한 번쯤 당신의 이야기를 쓰고 싶었습니다

마더

마더

초판인쇄	2023년 1월 18일
초판발행	2023년 1월 26일

지은이	김성신 외 8인
발행인	조현수
펴낸곳	도서출판 더로드
기획	조용재
마케팅	최관호 최문섭
편집	이승득
디자인	토닥

주소	경기도 고양시 일산동구 백석2동 1301-2
	넥스빌오피스텔 704호
전화	031-925-5366~7
팩스	031-925-5368
이메일	provence70@naver.com
등록번호	제2015-000135호
등록	2015년 6월 18일

ISBN	979-11-6338-345-1 03810

정가 16,800원

한 번쯤 당신의 이야기를 쓰고 싶었습니다

마더

김성신 | 김유성 | 이소희 | 이영숙 | 전태련 | 정혜연 | 최서연 | 최덕분 | 최정선

도서출판 더 로드
The Road Books

'엄마'라는 한 단어에는 마법이 걸려있어요. 각자 살아온 환경에 따라 애틋함, 사랑, 섭섭함 등 우리가 느끼는 모든 감정이 포함돼 있죠. 나이를 먹어도 엄마에게 우리는 그저 어린 딸, 아들인가 봅니다. 사회생활을 할 때는 성인군자처럼 타인의 실수도 웃으며 이해하려 하면서, 엄마 앞에만 서면 힘들다고 투정 부리고 짜증부터 내버려요. 무장해제가 됩니다. 엄마는 다 받아줄 거라는 믿음 때문에 가장 약한 모습으로 어린아이가 되죠. 성인이 돼서는 내가 삶을 결정하고 주체적으로 살아야 하는데, 선택의 순간이 올 때마다 우리 집이 가난해서, 내가 배운 것이 부족해서, 엄마 때문이라는 핑계를 하며 도전하지 않아요. 엄마를 주제로 공저를 써야겠다고 결심한 이유이기도 해요.

《마더》는 엄마에 대한 찬가도 아니고, 푸념을 늘어놓기 위한 것도 아니에요. 한 번쯤은 엄마라는 포장지를 벗겨내고, 이름 석 자를 가진 사람으로서 바라보고 싶었습니다. 저는 BBM(Book, Binder, Mindmap) 커뮤니티를 운영하고 있어요. 수강생 몇 명에게 엄마 이야기를 공저로 쓰자고 연락했어요. 어떤 분은 가족들이 상처받을 것 같아서 못 하겠다고 했고, 다른 분은 엄마가 살아계실 때 선물을 해 드릴 수 있을 것 같으니 바빠도 꼭 하고 싶다고 반겼습니다. 첫 번째 생각을 가진 분들이 생각보다 많다는 것을 알았어요. 자신에게 도 상처가 있는데, 그대로 방치해두면 삶에 염증이 생겨요. 한발 앞선 듯했는데 다시 제자리인, 되돌이표 같은 삶이 답답하지 않으세요? 그렇다면 이 책을 끝까지 읽고 똑같은 제목으로 다시 여러분의 글을 적어보세요. 종이에 적어 봐도 좋고, 비공개 블로그도 괜찮아요. 감정 정리를 꼭 하시면 좋겠어요. 글쓰기가 주는 힘을 딱 한 번이라도 느껴보세요. 엄마에게 전화해서 그때 왜 그랬냐고 따져 묻지 않아도 됩니다. 분노가 손가락을 통해 종이 위에서 글자로 변하는 순간, 내 실수도 떠오르고 그때 엄마도 어려서 그랬나 보다 조금은 이해도 됩니다.

비비엠 공저 6기 함께해 주신 작가님들 멋지게 해내셨어요. 공저 출간이 끝이 아닌 시작이면 좋겠습니다. 6기 반장으로 따뜻한 카리스마를 발휘해 주신 김성신 작가님 고마워요. 육아와 병행하면서 글도 쓰고 서기까지 맡아주신 최정선 작가님 감사해요. 김유성 작가님, 해외에 계셔서 시차로 힘드셨을 텐데 모임 참여와 마감 기한도 잘 지켜주셔서 감사해요. 출간 계약 때 뵙지 못해 아쉬웠어요. 뭐든 끝까지 해내시는 작가님의 태도를 배웁니다. 이소희 작가님은 글을 읽을 때마다 꼭 책을 쓰시면 좋겠다고 생각했어요. 작가님의 첫 책을 함께 낼 수 있어서 감사해요. 이영숙 작가님의 우아한 유머가 6기의 윤활제가 되었어요. 전태련 작가님, 포기하지 않고 해내신 것을 진심으로 축하드려요. 정혜연 작가님은 꼭 엄마 이야기를 쓰고 싶다고 하셨는데, 멋진 작업이 되셨기를 바랍니다. 최덕분 작가님의 SNS를 통해 엄마와 함께하신 사진을 보면서 공저 작업을 같이 하고 싶다고 생각했어요. 제 손잡아주셔서 감사합니다.

책 구성을 소개해 드릴게요. 《마더》1장은 엄마와 관련된 경험, 2장은 엄마에게 묻고 싶은 이야기, 3장은 상처와 용서, 4장은 나이를 먹고 보니 엄마를 조금은 이해할 수 있다는 내용, 5장은 엄마에게 하고 싶은 말로 적었어요. 책을 읽다 보면 공감되는 부분도 있고, 이 딸 정말 못됐네 싶기도 할 거예요. 이 감정을 절대 놓치지 말고 여러분의 글로 표현해 보세요. 인스타그램을 하는 분이라면 책 제목으로 태그를 달아주시고요. 블로그를 하는 분은 간단한 리뷰도 올려주세요. 공저 작가들이 이제는 독자가 돼서 여러분의 글을 읽겠습니다. 기다리고 있을게요.

삼시세끼 밥 먹듯
책 먹는 여자

| 차례 |

PART 03 　　　　　　　　　　　상처, 그리고 용서

PART 04 아주 조금, 당신의 삶을 이해할 수 있게 되었습니다

PART 05

내 엄마로 살아준 당신에게

PART 01

내 곁에 엄마가 있었습니다

엄마, 당신 덕분에

"우리 아기 좀 봐주세요. 우리 아기 한 번만 봐주세요. 제발요! 제발 우리 아기 한 번만!"

"아 참, 이 아줌마 끈질기네. 이것 좀 놓고 얘기합시다."

서울 목동 K 병원. 퇴근 시간 임박해 내원한 정신없어 보이는 아기 안은 엄마. 얼핏 보아도 뭔가 급한 눈치다.

"아기가 귀 가까이 손만 가도 이렇게 울어요. 우리 아기 왜 이러나요? 선생님! 우리 아기 살려주세요! 제발 부탁드립니다!"

엄마는 손을 싹싹 빌며 의사에게 간절하게 부탁하고 있었다. 하도 가운을 붙들고 놓을 생각을 하지 않자, 의사는 결국 포기하고 말았다.

"어디 봅시다."

중이염. 그 때문에 아기가 그렇게 울었다고 했다. 아기는 병실로 옮겨졌고 그제서야 엄마는 자신이 신발을 한쪽만 신고 있다는 사실을 알았다. 집에서부터 한쪽만 신고 달려온 건지, 오는 도중에 택시에서 아니면 뛰다가 벗겨진 건지는 알 수 없었다. 엄마에겐 아픈 아기만 보였다. 한 살짜리 아기. 엄마는 아기가 울음을 그칠 때까지 쉬지 않고 기도한다. 먹는 것도 입는 것도 아무것도 중요하지 않았다. 아기는 며칠을 입원한 후에야 퇴원할 수 있었다.

내 엄마 이야기이다. 나는 아기일 때 중이염을 심하게 앓아서인지, 항상 엄마의 약한 딸이었다. 불면 꺼질듯한 자식이었다. 이 이야기를 할 때마다 그 눈길이 걱정스럽다. 그때의 기억은 지금도 생생하다고 한다. 엄마이기에, 한 생명의 엄마이기에 그만큼 절절했던 모양이다. 신발이 벗겨진 채 맨발로 뛰어가는 사람. 내 나이 50이 넘은 지금까지도 "너는 몸이 약하니 항상 무리하지 마라"라고 하신다. 이런 이유로, 내가 무엇을 하려고 할 때마다 반대하셨다. 때로 엄마의 그런 주의와 잔소리가 불편하기도 했었다. 전부 다 하지 말라고만 하면 나는 어떻게 살아야 하냐며 툴툴거린 적도 많았다.

초등학교 체육 시간. 달리기도 꼴찌, 매달리기도 꼴찌, 피구 선수 선발에도 탈락. 체력이 약한 게 맞았다. 지금도 체력이 썩 좋지는 않다. 엄마 나이 여든 중반이 넘었는데도 아직도 큰 딸 걱정뿐이다. 내가 한 살 때 나를 안고 맨발로 뛰어가신 엄마. 지금 내가 살아 있는 이유다.

"엄마 나 죽을까? 나는 수학이 너무 어려워. 이해도 안 되고 어려워서 속상해."

고등학교 1학년인 막내아들이 성적표를 가져왔다. 남편에게 보여주었다. 남편은 화가 날 대로 났고, 이런 점수는 세상에서 받아올 수가 없는 점수라고 했다. 남편은 홧김에 주먹으로 옷장을 쳤고, 손가락뼈에 금이 가고 말았다. 나는 막내를 보호하려고 막아섰다. 남편의 마음을 이해하지 못하는 것은 아니었지만, 어떻게든 최악의 상황은 막아야만 했다. 막내아들은 무릎을 꿇고 앉아서 울고 있었다. 남편의 분은 풀리지 않았고, 집안 분위기는 험악했다. 나는 무조건 아이 편을 들어야 한다는 생각밖에 없었다.

성적이 엉망인 아이를 혼내고 정신 차리도록 훈육하는 것이 옳은 일인지도 모른다. 하지만 그때의 나는 그냥 아이 편이었다. 잠시 후, 남편도 어느 정도 화가 가라앉았다. 걱정이 되었나 보다. 막내 방에 가보라고 했다. 얼른 막내 방에 들어갔다. 구석에서 쭈그리고 불도 켜지 않은 채로 하염없이 울고 있는 아이. 곁에 앉아 어깨를 토닥여주었다. 아들은 한참을 더 울다가 지쳐 잠들었다. 아빠 말이 옳다고 학생이 이렇게 공부 못하면 학교 다닐 필요가 없다고까지 말하는 아들.

"아빠가 나가라고 하면 엄마랑 살자. 엄마는 너랑 같이 살 거야. 걱정하지 마."

어디서 난 용기인지, 아들에게 이렇게 얘기하고는 나보다 머리

하나는 더 큰 아들을 품에 안고 달렸다. 지금 돌아보면 별일도 아니지만, 그 순간만큼은 무슨 일이 있어도 막내아들 지키겠다는 '엄마의 용기'가 불쑥 생겨났다. 그날 일로 남편은 왼손 깁스를 했다. 다친 남편이 안쓰럽기도 했지만, 제풀에 다친 거라 신경이 덜 쓰이기도 했다.

그날 이후 막내는 그림을 그리고 싶다고 내게만 살짝 와서 얘기했다. 나는 아들에게 현실을 보라는 말 대신 엄마가 밀어주겠다고 했다. 주변 사람들에게 물어보니, 고등학교 2학년은 미술을 시작하기에는 너무 늦었다고 했다. 상관없었다. 아들의 의견을 존중해주고 도와주고 싶었다. 또 한 번 용기를 냈다. 무작정 학교로 찾아가서 미술 선생님을 만났다. 다급한 나의 마음이 하늘에 통했는지 긍정적으로 얘기해주시는 선생님.

늦었다고 생각한 시기에 아들은 미술 공부를 시작하여 대학을 갔다. 지금도 즐겁게 그림을 그리고 있다. 남편은 막내의 최고 지지자이자 팬이 되었다. 카카오톡 사진도 모두 막내가 그린 그림이다.

작고 힘도 없어 보이는 엄마지만, 자식에게만큼은 무모할 정도의 용기와 헌신. 어디서 나오는지 알 수조차 없는 힘. '나를 살린 엄마'가 있었고 '막내를 살린 엄마'가 있었다.

나이를 먹어서 그런지 한 번씩 몸살감기를 심하게 앓는다. 요즘은 병원도 좋고 약도 고급이라 3~4일이면 거뜬히 일어난다. 잠시라도 열이 오르고 목이 부을 때면, 나를 위해 전부를 걸듯 챙겨주신 엄마 생각이 간절해진다. 나이 오십이 넘었는데, 되려 아기가 되나 보다. 엄마의 주름진 손으로 찬 수건 한 장 이마에 올려주신다면, 당장이라도 벌떡 일어날 것만 같다.

일하다 보면, 글 쓰다 보면, 사람 만나다 보면, 세상일이 마음 같지 않다는 생각이 들 때가 많다. 노력하고 애쓰면 다 잘 된다고 하지만, 어디 인생이란 것이 술술 풀리기만 하는 것인가. 막막하고 어려울 때, 엄마 생각이 난다. 이런 말을 아무한테나 하기도 쉽지 않다. 그까짓 나이가 뭐길래. 나도 애처럼 엄마 이름 실컷 부르고 칭얼거리고 싶다. 속이 시원해질 정도로 울고 싶은 날도 있고, 엄마 무릎 베고 누워 어린양도 부리고 싶다. 살아보니 알겠다. 엄마는, 그 이름만으로도 삶의 큰 위로와 용기라는 것을. 인생 절반을 살고서야 깨닫게 되니, 이 또한 한스럽다.

"엄마, 당신 덕분에 이렇게 살고 있습니다."

♥ 김
유
성

고통과 시련 앞에 설 때마다

술에 취해서 구멍가게 앞에 널브러져 있다. 몇 번을 확인해도 알코올 중독자 아빠가 아니라 엄마다. 새우깡에 소주를 마시던 술꾼 아저씨들이 눈이 휘둥그레져 있다. 구시렁 구시렁 수군수군 소리가 들린다. 구멍가게가 내려다 보이는, 철거를 앞둔 시민아파트 창문들 열리는 소리에 시끄럽다. 지나가던 동네 사람들도 구경거리에 한마디씩 던지고는 지나쳐 간다. 마치 노숙자에게 쓸모없는 동전을 던지며 노숙자를 위아래로 쳐다보고는 가던 길을 가는 차가운 마음처럼 말이다. "엄마"하고 한 살 어린 여동생은 울면서 엄마에게 달려간다. "엄마!" "엄마!" 엄마!" 사람이 죽기라도 한 듯 숨넘어가게 여동생은 자지러진다.

흔들면서 고막이 찢어져라 울어 재끼는 데도 엄마는 인기척이 없다. 나는 무서워서 몸이 움직여지지 않는다. 아빠의 술주정을 피해 숨어있던 곳에서 단 한 발짝도 나갈 수 없다. 아니, 몸이 굳어서

숨조차 제대로 쉴 수 없다. 구경거리가 된 사람들 시선 속으로 달려들 용기가 없다. 그리고, 아무리 흔들며 울어 대도 인기척이 없는 엄마도 무섭다.

"나도 그 지긋지긋한 술 먹고 죽으려고 마셨지" 정신이 돌아오시는지 어머니 입술에서 다음 날 나온 첫 대답이다. 그때 처음 '엄마가 내 곁에 없을 수도 있겠구나' 하는 생각에 등에 소름 비슷한 무언가가 지나가는 것을 느낀다. 벌써 35년의 세월이 지나가 버렸다. 어머니는 그 자리를 떠나지 못하시고 여전히 지켜 내고 계시다. 훈장처럼 뇌출혈, 고지혈증, 당뇨를 몸에 달고서는 폐결핵 환자 같은 숨소리를 내면서도 아내의 자리를 지켜내고 있다. 영화를 보고 나면 너무 무서워서 화장실조차 혼자 갈 수 없는 공포 영화가 있다. 바로 그 공포영화 같은 삶이 영사기로 매일 상영된다. 그런데 이 영화는 끝나지 않는다. 반세기가 넘도록 끝나지 않는 그 피 비린내 그윽한 공포영화 속에 어머니는 그때 그대로 계시다.

"내가 이 자리를 떠나면 누가 아버지를 챙겨주니?" "나 없으면 네 아버지는 금세 죽는다" 자신의 생명선이 끊어져 가는 줄도 모르고 남편의 생명선을 놓을 수 없는 어머니를 남겨두고 나는 고등학교를 마치자마자 도망을 쳤다. 서울에 있는 대학을 다니고 집이 서울인데도, 지방에서 온 선배들과 자취한다. 집에는 여전히 무차별로 두들겨 패는 폭력 장면이 촬영 중이다. 손에 잡히는 뭐든 간에 잡고는 마치 '미치지 않고서야 자기 아내와 자녀를 저렇게 가죽 혁대를 접어서 팰 수 있을까' 하는 생각이 들 정도의 장면이 촬영 중이다. 어머니는 종종 갈비뼈가 부러지고 정신을 잃고 쓰러지기를 반복한다. 그곳으로는 죽기보다 돌아가고 싶지 않다. 이미 성인 남자임에도 마음은 도망가기 급급한 어린아이에서 한치도 자라지 않았다. 어머니와 나보다 나이 어린 두 여동생이 그곳에서 울고 있는데도 말이다. 나는 돌아보면 눈이 마주쳐서 도망치지 못할까 봐 뒤도 돌아보지 않고 도망치는 어린아이 같은 마음이다. 대학 신입생 시절, 마치 아주 먼 지방대학을 다니는 양 집을 잘 들어가지 않았다. 선배들과 더 이상 자취하지 않게 된 나머지 대학 생활도 집에서는 거의 생활하지 않았다. 서울에 있는 이모님들 댁을 옮겨 다니면서 대학생활을 이어 간다.

'어머니께서 그 자리를 지키지 않고, 떠났으면 어땠을까?' 스스로 물을 때가 종종 있다. 나는 지금 국비 유학생으로 유학을 와서 미국에서 주립대 의대 교수로 일하고 있다. 두 여동생도 모두 서울에 있는 대학을 졸업할 수 있었다. 심지어 막내 여동생은 소위 SKY라 불리는 대학 중에 한 곳을 졸업했다. 어떤 직업과 학교를 졸업했느냐로 소위 '성공'을 측정하려는 유치한 이야기를 하려고 하는 것이 아니다. '한 명의 건강한 시민으로 내가 속한 사회에서 내가 감당할 그 일을 하면서, 그리고 한 가정의 아버지 그리고 어머니로, 삶의 무게를 감당해야만 하는 그 자리를 도망가지 않고 뚫어낼 수 있었을까?'라는 질문에 답하려고 한다.

어머니께서 어느 날 집을 나갔었다면 어땠을까? '그래, 할 만큼 했다.'라고 생각하시며 우리 세 자녀를 남겨둔 채, 집을 나갔다면 '나의 인생이라는 영화가 어떻게 달라졌을까?'라고 생각해 본다. 내가 고등학교를 졸업하자마자 집을 나갔듯이 말이다. 아버님은 이미 아주 오래전에 소천하셨을 것으로 생각된다. 나의 아버지께서 그러하셨듯이, 나도 중학교 혹은 고등학교를 졸업하지 못했을 수도 있지 않을 까? 생각한다. 술만 드시면 오래된 카세트테이프가 반복해서 돌아가듯이 아버님께서 배설해내는 이야기들이 있다.

국민학교 시절까지 전교 2등을 했다. 부모님이 잘 키워서 중학교 갈 때 학자금 하라면서, 막 태어난 새끼 돼지를 국민학교 3학년 때 맡기셨다. 학교 갈 때 그리고 돌아와서 그 돼지를 정성을 다해서 먹이고 치우고 해서 성인 돼지로 잘 컸다. 국민학교 졸업을 앞둔 어느 날 학교 갔다 돌아와 보니, 어머니께서 그 돼지를 팔아서 빚진 술값을 갚고 며칠 동안 진탕 술을 마셨다는 것이다. 중학교는 들어갔지만, 공납금을 낼 수 없어 매일 두들겨 맞고. 책값을 못 내고 학용품을 살 수 없어 몇 개월을 버티다가 학교를 그만두어야만 했던 이야기이다. 그리고는 서울의 먼 친척 집으로 집을 떠나는 이야기. 얼마간 일하면 중학교를 보내주겠다고는 하고는 수년을 월급도 없이 먹고 재워주는 것만으로 일을 시킨 그 친척 집을 또 나오게 된 이야기. 돈을 벌기 위해서 월남전에 참전해서 포병으로 목숨을 걸고 싸운 이야기. 그 후 돌아왔더니, 술에 만취한 어머니가 '죽어서 돌아오면 국가 보상금이 얼만데', '뭐 하러 살아왔다냐'라고 해서 어머니를 죽여버리고 싶었다는 이야기. 그리고 마지막 부분을 이야기할 때면 아버지 안에 분노와 원한이 용암처럼 폭발해서 정신을 잃고는 가족들에게 폭력을 휘두른다. 아버지께서 그토록 증오하셨던 당신의 어머니는 알코올 중독으로 돌아가셨다. 아버지도 그분처럼 알코올 중독자가 되었다. 나도 그분처럼 '분노와 원한'을 되새기며 중독자가 되지 않았을까? 생각한다. 어머니가 아무리 귀 따갑게 "사랑한다", "너희를 위해서는 그 어떤 희생을 할 수 있어", "내 생명보다 소중해"라고 말한다고 하더라도, 어머니의 삶이 나와 동생들을 버리고 도망쳐 버렸었다면 말이다.

"갈비뼈가 부러지고 온몸에 성한 데 없이 멍이 들도록 맞고 칼부림을 당하면서도, 목숨보다 소중하게 여기는 것들을 삶으로 지켜내신 어머니. 제가 이만큼 살 수 있게 된 것은 어머니 덕분입니다."

어머니께 말씀드리고 싶다. 이제는 결코 도망치지 않을 것이다. 삶의 무게가 아무리 무거워도 버티고 견디려고 한다. 삶을 직시하고, 남편으로서 아빠로서 내 인생을 지켜내리라. 나의 어머니가 그랬듯이. 힘들고 어려운 일 생길 때마다, 삶이 고달플 때마다, 온몸으로 생과 자식들을 지켜낸 어머니 얼굴을 떠올려 본다.

엄마의 편지

"소희 보여주지 말고, 사위 혼자 봐~" 귀여운 곰돌이 캐릭터가 그려져 있는 손바닥만 한 분홍색 편지 봉투를 남편에게 건네며 말한다. 엄마는 내게 윙크하며 싱긋 웃는다. 결혼 이후 사위의 첫 생일이라며 소고기를 근사하게 먹이고, 생일파티를 했다. 쌀쌀한 날씨였지만 데려다주겠다고 정류장까지 나와서 버스가 오기 직전, 남편 손에 조심스럽게 건넸던 편지였다. 나에겐 쓰지도 않던 편지를 사위에게 쓰다니 피식 웃음이 나왔다. 버스에 앉자마자 남편과 함께 분홍색 편지 봉투를 열고 편지지를 펼쳤다. 마지막 글귀를 보는 순간, 눈에 고인 눈물이 주체할 수 없이 흘러내렸다. 남편을 향한 축복의 말들과 함께 쓰여있던 한 줄이었다.

마지막으로 부탁 하나만 해도 될까? 우리 딸 소희, 많이 아껴주고 사랑해 줘. 내가 채워주지 못한 것까지 가득 넘치도록.

외동딸로 사랑을 듬뿍 받고 자랐던 5살의 나, 갑자기 여동생이 생겼다. 6살이 되자 이번에는 남동생이 왔다. 7살이 되었다. 엄마와 함께하는 유치원 소풍에 이모가 함께했다. 그때 알았다. 엄마의 사랑은 나눠 가질 수 있는 것이 아니라, 동생들에게 양보해야 한다는 것을. 그 이후 나는 사랑보다는 의무를 부여받았다. 11개월 차이밖에 나지 않는 아기 둘을 돌보는 엄마에게 도움이 되는 첫째 딸이 되어야 했다. 엄마가 필요한 것이 무엇인지 예측하고 행동하는 눈치 싸움을 자연스럽게 익혀나갔다. 하지만 엄마는 더 완벽한 첫째 딸이길 바랐다. 나는 그런 엄마의 기대에 부응하지 못할 때가 많았고 그때마다 야단을 맞았다. 점차 엄마는 귀신보다 무서운 존재가 되어 버렸다. 항상 화, 짜증이 나 있는 모습으로 별것도 아닌 일에 소리를 질렀고 매를 들었다. 어린 내게 이해되지 않는 상황들이 허다했다. 그런 엄마에게 더 이상 혼나지 않기 위해 항상 엄마 눈치를 보며 비위를 맞추려 노력했다. 엄마가 기뻐하는 모습을 보기 위해 공부했고, 집안일도 최대한 도와드리려 노력했다. 하지만 내가 노력한 것에 비해 결과는 언제나 엄마가 인정할만한 수준이 아니었다. 칭찬보다는 '네가 잘해야 동생들도 잘한다.'는 말과 함께 더 노력하라는 말만 되돌아왔다. 최선을 다했지만 난, 어쩔 수 없이 부족한 딸이었다.

비가 억수같이 쏟아지던 날, 엄마가 우산을 가지고 올까 기다리다 비를 홀딱 맞고 달려서 집에 간 적이 있었다. 남동생의 친구들 간식을 챙기며 온몸이 다 젖은 날 보고도 별말씀이 없으셨던 엄마. 서러운 눈물을 훔치며 방으로 들어갔다. '그러면 그렇지'라고 생각했다. 치킨을 시켜도 다리를 먹어본 적이 없었다. 은박지를 곱게 두른 닭다리는 당연히 동생들의 몫이었고, 날개가 더 맛있는 거라며 내 손에는 언제나 날개를 쥐여 주셨다. 죽도록 맞은 날, 진지하게 엄마가 새엄마일 수도 있다고 생각하고 몰래 일기를 썼는데 그걸 본 엄마에게 더 피 터지게 혼났던 기억도 있다. 두들겨 맞다가 죽어 버렸으면 좋겠다는 생각도 했었다. 생일 때마다 엄마와 갈등이 있었고, 생일을 행복하게 보낸 기억도 없다. 이런 식으로 내가 결혼할 때까지 엄마와 나는 평행선을 유지했다.

남편을 만났을 때도 마찬가지였다. 남편은 엄마의 높은 기준에 부합하지 않는 사람이었고, 난 절대 엄마 말을 듣고 싶지 않았다. 결국 결혼 전 엄마의 불평에 난생처음으로 온 힘을 다해 소리를 지르며 그동안 쌓아두었던 원망과 서러움을 모두 쏟아냈다. 펑펑 울고 있는 나를 가만히 지켜보던 엄마는 아무 말도 하지 않고 밖으로 나갔다. 원래 엄마의 성격으로는 내 말에 반박하며 똑같이 화를 냈어야 했는데 그때는 그러지 않았다. 그리고 그 이후부터는 결혼을 반대하지 않았다. 심지어 미안하다는 말을 종종 했다. '내가 널 너무 힘들게 했다.'고 말씀하셨다. 그래서인지 편지에 쓰인 말 또한 나에게는 이렇게 들렸다.

'소중한 내 딸 소희야. 너무나 사랑한다. 엄마가 부족했던 모습들 너무나 미안해. 근데 난 널 가득 넘치도록 사랑했고 지금도 사랑한다.'

엄마의 후회와 미안함이 느껴져서 죄송했다. 그동안 엄마의 사랑을 당연하게 여기고 100%의 사랑을 채워주지 않은 엄마를 원망하고 미워하던 나와 마주하게 되었다. 현재 내 결핍의 모든 연결고리를 엄마 사랑의 부재가 원인이라 치부하고 엄마 탓만 했던 내가 참 부끄러웠다. 표현되지 못한 사랑 대신 표현되었던 상처만을 더 크게 생각했던 나였다.

자주 장이 꼬여 아프던 나. 어린 동생 둘을 업고 안고 내 손을 부여잡고 숨을 헐떡이며 병원으로 달려가던 엄마의 모습이 아직도 생생하다. 작은 추억 하나라도 더 만들어주기 위해 계곡 물가에서 예쁜 돌멩이를 골라 개울을 만들어주던 엄마. 세 남매 맛있는 간식을 만들어주기 위해 손수 요리까지 배우셨던 엄마. 아빠가 계시지 않을 때 그 빈자리를 채워주기 위해 더 최선을 다했던 우리 엄마.

엄마에게 받은 상처만을 생각했던 과거의 나를 엄마가 주었던 사랑의 약으로 치유하며 다독인다. 이전에는 엄마와 함께 달리고 싶지 않아 평행선을 유지했다면 이제는 엄마와 손도 잡고 달리고, 때로는 혼자 힘차게 달릴 수 있게 되었다. 언제나 그 자리에 엄마가 함께한다는 걸 알기에 편안한 마음으로 멀리 뛰어갔다가 힘들면 다시 엄마에게 달려오기도 한다. 엄마는 그런 나를 그냥 지켜봐 주고 다독여준다. 변함없이 그 자리에서 나를 소중한 딸로 대해준다. 그리고 엄마는 내게도 더없이 소중한 존재이다.

이제는 남편에게 편지로 나에 대해 미안함을 전했던 엄마 마음을 조금은 알 것 같다.

"잘 챙겨주지 못했으니 이 서방이 그 몫까지 잘해주게"라고 당부하셨던 사랑이 담긴 편지.

더할 수 없이 모든 것을 내어주셨던 엄마이기에, 아무런 아쉬움 갖지 않아도 된다고, 더 이상 미안해하지 않아도 된다고. 이 말을 꼭 전하고 싶다. 편지를 볼 때마다, 모든 것을 내어주고도 미안해하는 엄마의 마음이 느껴져서 가슴이 먹먹해진다.

이
영
숙

아직도, 여전히, 주려고만 하는 엄마

　황금빛 장독에 탐스러운 포도송이가 알알이 박혀 있다. 장독에 지점토로 원하는 모양을 만들어 붙이고 색을 입혀서 만든 엄마의 작품이다. 장독 윗면에 유리를 덮으면 세상에 하나뿐인 장식장으로 탄생된다. 지점토 공예는 엄마의 취미이자 삶의 활력소다. 평범한 갑 티슈가 지점토와 만나면 집안의 품격을 높여주는 아름다운 장식품이 된다. 황금물결을 이룬 공예품들이 거실과 방에 하나둘씩 채워질 때마다 엄마 얼굴에 생기가 돈다. 학교를 마치고 집으로 돌아올 때 동네 어귀에서부터 피아노 선율이 들려오면 내 발걸음은 가벼워진다. 엄마가 피아노 연주로 나를 빨리 오라 손짓한다. 현관에 들어서자마자 엄마 옆에 앉아 나도 피아노 건반에 손을 얹는다. 우리는 '젓가락 행진곡'을 연주한다. 엄마는 나를 보고 미소 짓고 나도 엄마를 향해 윙크한다. 어린 시절을 생각하면 선명하게 떠오르는 아름다운 한 장면이다.

내가 중학생이 되었을 때였다. 집 안 가득 채워진 장식품들은 하나 둘 베란다로 자리를 옮겨가고 엄마는 더 이상 지점토 공예를 하지 않았다. 피아노 연주하는 횟수도 줄면서 건반엔 뿌연 먼지만 쌓여 갔다. 그때 내가 사춘기를 겪으며 성적이 점점 떨어지자 걱정을 하셨고 과외가 필요하다는 생각에 일을 하시기로 마음먹었기 때문이다. 엄마는 매일 새벽 6시에 일어나 아침을 준비하고 식탁엔 따뜻한 국과 김, 김치, 달걀 반찬으로 채워졌다. 아빠는 아침 8시면 출근하고 남동생과 나는 학교로, 엄마는 일하러 갔다. 작품을 만들던 고운 엄마의 손은 점점 거칠고 투박하게 변해 갔다. 아르바이트를 끝내고 온 엄마는 저녁마다 면장갑을 빨아 옥상 빨랫줄에 널었다. 나는 거실 한 켠에 쌓여있는 면장갑이 궁금해 엄마에게 물었다.

"엄마! 요즘 새로 시작한 아르바이트는 어때? 엄마는 왜 면장갑을 가방에 넣고 다녀?"

"엄마가 하는 일이 궁금했구나. 엄마는 LG화학에서 취급하는 생활용품들을 마트에 진열하는 일을 해. 진열대 먼지도 닦고 사람들이 물건을 잘 볼 수 있게 주변 정리 정돈도 해야 하니 면장갑은 필수로 사용하는 거지."

"그럼 온종일 서서 일하겠네! 엄마 힘들겠다."

"세상에 힘들지 않은 일은 없단다. 힘들다고 생각하면 어떤 일도 해낼 수 없어. 목표를 가진 사람은 현실에 안주하지 않는단다."

"엄마도 목표가 있어?"

"지금 우리가 사는 일층 집이 이층집이 되는 게 엄마의 목표지."

부모님은 이층집을 짓기 위해 무리하게 대출을 받았고 당시 경찰 공무원이셨던 아빠 월급으로 대출이자를 갚아 내긴 힘들었다. 엄마는 아르바이트를 그만두시고 새로운 직장을 알아보셨다.

1980년대 마산회원구 합성동 시외버스 주차장 근처엔 유명한 '독일 빵집'이 있었다. 마산에서 가장 큰 빵집이라 늘 손님들로 북적였다. 빵집 여사장님은 이웃사촌으로 엄마와 친분이 있으셨다. 독일 빵집은 일류 제빵사가 직접 빵을 구워내기에 특히 유명했다. 독일빵집에서 만든 빵을 한 번 맛본 사람은 그 맛을 잊지 못할 정도로 경남 일대에서 유명한 빵집이다. 사장님은 엄마를 매장 총괄 매니저로 고용했다. 엄마는 일을 시작하신 이후 새벽에 일어나 아빠 아침 식사를 챙긴다. 우리 남매를 학교로 보내고 '독일 빵집' 가게 문을 열었다. 엄마는 빵집에서 하루 종일 일하셨다. 가게 청소부터 빵 포장, 계산, 물품 수량 점검, 직원들의 상담자 역할까지 했다. 그곳에서 17년 동안 일하셨고 감기 한번 걸린 적이 없을 정도로 정신력이 강했다. 장군처럼 씩씩한 우리 엄마, 엄마의 부지런함 덕분에 우리 집은 늘 깔끔했다. 집안일은 물론 직장 일까지 최선을 다하며 우리 가정의 살림살이를 일으킨 내무부 장관이셨다. 엄마는 생활비를 제외한 나머지 돈은 무조건 적금을 넣었다. 알뜰하게 살림을 사셨기에 나와 남동생은 4년제 대학을 다닐 수 있었다. 내가 대학에 가서도 엄마는 계속 빵집 일을 하셨다. 딸 시집가기 하루 전날까지도 엄마는 허리 한번 펴지 못하고 빵을 포장하셨다.

중학교 시절 친구들과 빵집에 가는 날이 가장 신났다. 내가 친구랑 빵집에 들를 때면 늘 맛있는 특별 피자와 밀크셰이크를 주셨다. 그때 처음으로 콤비네이션 피자를 맛보았다. 피자 위에 햄, 쇠고기, 양송이, 올리브 등 각종 토핑이 치즈와 함께 입안에서 사르르 녹았다. 특히 우유 얼음을 갈아 넣은 밀크셰이크 맛은 잊을 수 없다. 지금도 가끔 그때 먹었던 셰이크가 생각난다. 요즘에는 카페에서 밀크셰이크를 찾아보기 힘들다. 나는 여러 카페를 전전하다 우연히 우리 동네 길모퉁이에 새로 생긴 카페에서 밀크셰이크를 먹게 되었다. 30년 전 엄마가 만들어 주신 시원한 밀크셰이크 맛과는 달랐다. 그때는 한 모금 쭉 빨아올리면 우유와 얼음이 뒤엉킨 채 목 넘김에서부터 부드러움과 시원함이 느껴졌다. 지금은 수박 에이드, 청포도 에이드, 망고 스무디, 블랙베리 스무디 등 다양한 음료들이 인기다. 옛 추억의 그 셰이크를 맛 볼 수 없다는 사실이 안타깝다.

2007년 11월 11일 스물아홉에 나는 결혼을 했다. 엄마는 내가 결혼하고 1년 후 다니시던 빵집을 그만두셨다. 일을 손에서 놓으셨던 그해에 건강하시던 엄마는 입이 돌아가는 '구안와사'로 몇 달 동안 한의원에서 침을 맞고 병원에 다니시며 몸고생 마음고생을 하셨다. 늘 강인한 모습만 보여주신 엄마였기에 나는 그런 엄마의 아픈 모습에 당황했다. 엄마는 빵집에서 17년간 일하시느라 건강검진 한 번 제대로 받은 적이 없었다. 자식들 키우고 아버지 뒷바라지하시느라 정작 자신은 돌보지 못하셨다. 그런 엄마에게 나는 한약 한 첩 지어드리지 못한 것이 미안하고 속상했다.

구안와사를 겪고 난 후 엄마는 달라졌다. 적극적으로 건강관리를 하셨다. 종합 영양제를 챙겨 먹는 것은 물론 걷기 운동, 근력 운동까지 꾸준히 하고 계신다. 5년 전부터는 아버지와 함께 등산 동아리에 가입하셨다. 등산을 통해 봄, 여름, 가을, 겨울 계절의 변화를 오롯이 몸으로 느끼며 건강관리를 하고 계신다. 관절 건강을 위해 무리한 산행은 하지 않지만 아빠와 함께 운동하시는 모습만 봐도 기분이 좋다. 빨강, 노랑의 화려한 등산복을 입고 초록 모자를 쓴 부모님은 청명한 하늘과 산의 아름다운 자연환경을 벗 삼아 찍은 사진을 우리에게 보내주신다. 두 분이 어깨동무하며 활짝 웃고 있는 모습이 마치 소풍 가는 어린아이 같다.

초가을이 왔다. 찬바람에 감기 들기 딱 좋은 날이다. 계절과 상관없이 새벽에 일어나 밭에 나가시는 엄마는 채소가 잘 자라는지 살피고 풀을 뽑는다. 부지런함이 몸에 밴 엄마에게 아침 일찍 전화가 왔다.

"가지 필요하니?, 엄마가 밭에서 따왔다."

"감 한 박스 가져왔다. 가져가서 어르신들과 같이 먹어라."

"너무 무리하게 일하지 마라, 너희만 건강하면 아무 걱정이 없다."

전화벨 소리만 울리면 또 무엇을 '주려고 하는' 엄마의 목소리가 들리는 듯하다. 안부를 물을 때도, 소식을 전할 때도, 특별한 일이 있을 때도, 엄마는 한결같이 마지막엔 뭔가를 보내준다고 말씀하신다. 인제 그만 편하게 쉬면서 노후를 보내도 될 텐데. 시집간 딸자식이 여전히 품 안에 있는 모양이다. 나는 그동안 엄마께 무엇을 얼마나 보냈던가. 괜스레 손이 민망해진다. 휴대전화가 울린다. 또 엄마인 모양이다.

찬 바람이 부는데, 따뜻한 카디건이라도 하나 사서 보내드려야겠다.

찬바람이 불면

"얼른 가. 얼른 가서 아기 봐. 아기 잘 키워"

엄마는 수술 후에 회복이 덜 된 상태이신데도 당신보다 자식을 더 생각하셨습니다. 그때 전 서른 살이었고 아들은 6살이었습니다. 찬바람이 스산하게 느껴지던 2월 어느 날 퇴근 후에 친구와 만나서 맥주 한잔을 하고 있었습니다. 그때 언니에게 전화가 왔습니다. 전화벨 소리가 왠지 불길하게 들렸습니다.

"엄마가 수영장에서 쓰러지셨어. 병원으로 와"

눈물이 왈칵 쏟아졌습니다. 모든 것이 제 탓인 것 같았기 때문입니다. 같이 있던 친구가 택시를 타고 가라고 3만 원을 쥐어 주었습니다. 가는 내내 가슴을 졸이며 하염없이 눈물을 흘렸습니다. 낯설고 차가운 느낌의 중환자실에서 엄마는 의연하게 말씀하십니다. '뇌출혈이라고 다음날 수술할 것이라고.' 엄마는 그렇게 당신이 편찮으시면서도 괜찮다고 하셨습니다.

"너 때문이야. 내 엄마 잘못되면 너 절대 용서 안 할 거야"

집으로 돌아와서 아이 아빠에게 저주하듯 소리쳤습니다. 그 당시 아이 아빠와 이혼선언을 했을 때였습니다. 엄마의 뇌출혈이 내 탓인 것 같았고 그 사람 탓인 것 같았습니다. 스물넷 어린 나이에 고집 피워 결혼했지만 그 당시 아이 아빠는 일을 꾸준히 하지 않고 무척 불규칙한 생활을 했습니다. 아이 낳은 그 해 IMF 외환위기를 맞은 이후 일자리를 구해도 자주 그만두며 입사와 퇴사를 반복하니 생활은 어려웠습니다. 맞벌이를 하면 형편이 좋아지리라 생각해 생후 5개월 아기를 앞집 아주머니에게 맡기고 일을 시작했습니다. 당시 살던 인천보다 일자리가 많은 곳으로 옮기면 상황이 좋아질 것이라는 생각을 하며 서울 친정 근처로 이사를 감행했습니다. 하지만 시간이 지나도 상황은 좋아지지 않고 저는 지쳐만 갔습니다. 화나면 술을 마시고 욕을 섞어 말을 하기 시작했고 그런 모습을 보고 아이도 닮아갈까 절망스러웠습니다. 반대하는 결혼이었기에 더 잘 사는 모습을 보여드리려고 힘든 내색을 안 하고 버텨 온 나 자신이 무너져 내렸습니다.

결혼 5년 만에 처음으로 그동안 하지 못했던 말을 하며 왈칵 눈물이 쏟아졌습니다.

"나 좀 어떻게 해줘"

묵묵히 들으신 엄마는 담담하게 아빠와 상의해보시겠다고 하셨습니다. 그 후 직장을 소개해주려고 하시고 만나서 설득하려고도 하셨지만 아이아빠는 변함이 없었습니다. 내색은 안 하셨지만 자식을 키워보니 자식이 아프거나 힘들면 가슴이 찢어지는데 부모님의 마음이 어떠셨을지 생각하면 가슴이 아픕니다. 20년이 흐른 지금도 그때의 힘들었던 기억은 저에게 도려내고 싶은 순간입니다.

명절 때에 할머니 댁에 가면 큰엄마는 일하시느라 명절 당일 아침에 오시고 엄마는 이틀 전부터 미리 가서 일하셨습니다. 그래서인지 명절 때 엄마는 항상 지친 얼굴이셨습니다.
"어머니 저 왔어요. 여기 꽃이 피었네."
이층집이었던 할머니 댁을 올라오시며 큰소리로 말하는 큰어머니가 그때는 미웠습니다. 큰엄마가 늦게 오시니 엄마 혼자 고생스럽게 명절준비를 하시는 것이 속상했습니다. 내가 힘들다고 고백했던 그 해 설날도 엄마의 지친 얼굴이 아직도 떠오릅니다. 지쳐 보이는 그 얼굴이 나 때문인 것 같아 더 마음이 안 좋았습니다. 명절이 다가오면 엄마의 지친 얼굴이 떠올라 가슴 한쪽이 시려옵니다.

엄마가 수술하시고 회복되는 기간에 큰언니가 간병을 하였습니다. 회사를 다니던 저는 자주 가보지 못했습니다. 어쩌다 퇴근하고 병원에 가면 엄마는 5분도 안 돼서 '가서 아기 봐. 얼른 가'라고 말씀하셨습니다. 가면서 '오늘은 길게 있다가 와야지' 생각하고 한 시간이 넘는 시간을 버스를 타고 갔지만 아픈 그 와중에도 엄마는 자식 생각, 손자 생각을 더 하셨습니다. 수술 후 담당 의사 선생님이 경과가 좋다고 했기에 회복이 잘되는 것처럼 보이고 밥도 혼자 찾아드시고 걷기 운동을 하면서 완쾌되실 줄 알았습니다. 그렇게 퇴원하시길 기다리던 중 3월을 앞둔 어느 토요일, 퇴근 후에 엄마와 함께 주말을 보내기로 했습니다. 오전 근무를 마치고 병원에 가고 있었습니다. 또다시 작은 언니에게 전화가 왔습니다.

"태련아, 병원에 같이 가자. 엄마가 2차 출혈이래."

시간을 되돌리고 싶었습니다. 회복이 잘되어 다시 예전처럼 지낼 것이라고 믿고 있었습니다. 머릿속이 멍해지고 실감이 나지 않았습니다. 중환자실에서 몇 날을 의식불명으로 눈을 감고 얇은 이불을 덮고 불러도 반응이 없었습니다. 붕대로 감은 엄마의 머리를 쓸어내리고 손을 잡고 싶었지만 그마저도 아파하실까 차마 만지지 못했습니다. 문병 오시는 분들마다 엄마를 보고 안색이 좋으니 좋은 곳으로 가실 거라고 하는 말도 위로가 되지 않았습니다.

"막내라 엄마랑 함께 할 시간이 적은 것이 마음이 걸려."

라고 말씀하시곤 하셨는데 말이 씨가 된 것일까요. 저는 나이 서른에 엄마를 잃었습니다. 고아가 된 것 같고 죄책감과 아이 아빠에 대한 미움과 원망이 떠나질 않습니다. 어릴 때 고집이 세서 혼나면서도 잘못했다는 말을 안 한다고 더 혼났던 저는 엄마의 영정사진을 보며 수백 번 속으로 잘못했다는 말만 되뇌었습니다. 그렇게 엄마를 잃고 나니 모든 것이 후회되었습니다. 죄책감에 죄송하다고 하는 나에게 아빠는 "너의 잘못 아니다. 너의 팔자가 그런 것이다" 라고 해주신 말씀에 힘들 때마다 버틸 힘이 되었고 아빠께 잘사는 모습으로 못한 효도를 만회하기로 마음먹었습니다.

늦은 시간까지 일 하며 아이는 놀이방에 보냈습니다. 별거 중에 잠시 친정에 살았지만, 엄마는 작은언니네 집에 가서 언니의 세 아이를 돌봐주었습니다. 늦은 시간까지 불 꺼진 놀이방에서 TV를 보는 아이 모습이 안타까워 엄마에게 "언니는 돈 주니까 거기까지 가서 아이들 봐주느라 같이 사는 우리 아이는 안 봐주는 건가요?" 하고 대들기도 하였습니다. 그 당시 대학원에 다니던 언니의 아이들을 봐주러 한 시간 거리에 있는 언니 집까지 다니는 엄마에게 서운한 마음이 들었습니다. 중환자실 앞에서 언니에게
"엄마가 우리 아이들은 1년만 봐주고 너의 아이는 평생 봐준다고 했어."라는 말을 듣고 펑펑 울었습니다. 어쩌다 원망 섞인 말 한마디를 한 것도 죄송함으로 남았습니다.

엄마가 돌아가신 후 한동안 심한 두통과 시야가 흐려지는 증상에 구토까지 있었습니다. 그럴 때마다 '엄마는 이것보다 더 아팠겠지.' 그렇게 아플 때에도 자식 걱정을 하신 엄마 생각에 한동안 상실감과 우울증이 생겨 폐인처럼 지낸 적도 있었습니다. 라디오에서 흘러나오는 노랫말이 귀에 들어왔습니다. '그대 떠나가는 순간 나

를 걱정했었나요. 무엇도 해줄 수 없는 내 맘 앞에서 그대 나를 떠나간다 해도 난 그댈 보낸 적 없죠.' 마치 내 마음을 대변해주는 것 같아 수없이 들으며 울다 잠들기도 했습니다. 엄마가 컴퓨터를 배우며 이메일을 만들었다고 알려주신 주소로 보낸 메일은 끝내 수신 확인이 되지 않았습니다.

아동복지시설에서 사회복지사로 근무하며 아들과 둘이 생활하게 되었습니다. 이혼 후 아이와 살 수 있게 해주라는 엄마의 유언에 따라 아빠의 도움으로 여주의 아동복지 시설의 사회복지사로 일하게 되었습니다. '애 딸린 이혼녀'라는 꼬리표에 자신감 없이 주눅이 들어 살았습니다. 친정 식구들 볼 낯도 없고, 돌아가신 엄마에게 잘 사는 것을 보여드리지 못한 것이 마음의 짐으로 남아있습니다.

지금은 다시 서울로 옮겨 잘 지내고 있습니다. 그런데도 엄마 산소 한 번 제대로 들러보지 못하고 있습니다. 뭐가 그리 바쁘고 그리 정신이 없는지. 뜨거웠던 여름이 가고 찬바람이 불기 시작합니다. 베란다 창문을 닫고, 밤에 잘 때는 보일러를 켭니다. 엄마 생각이 자주 납니다. 막내딸이 행복하게 사는 모습 보셨으면 얼마나 좋았을까 아쉬움이 남습니다. 지금 이렇게 행복하게 사는 제 모습을 지켜보고 계실 테지요. '열심히 살아갈게요. 엄마가 그랬듯이, 난 엄마 딸이니까요.' 바람이 점점 차가워집니다. 찬 바람이 불면 엄마 생각이 납니다.

♥ 정혜연

퇴근길 만나는 엄마

　농번기의 여름철 소나기는 우리에게 뜻밖의 선물을 안겨준다. 쏴 아악~!! 소나기가 내리기 시작한다. 서둘러 집으로 동생들을 데리고 뛰어 들어간다. 집 마당에 들어서니 엄마가 좋아하는 화단 속 과일나무, 선인장, 꽃나무가 초록한 잎새를 뽐내며 나를 반긴다. 동생들과 마루에 걸터앉아 엄마, 아빠를 기다린다.

　비 오는 소리를 들으면 절로 하늘을 멍하니 보게 된다. 저 멀리 시끄러운 엔진 소리를 내며 경운기가 들어온다. 밭에 나간 부모님이 오시는 소리이다. 비가 오는 날이면 어김없이 엄마는 집에 일찍 들어오신다. 설레어 토방 끝으로 가서 바라본다. 동생들이 줄줄이 따라와 선다. 경운기가 천천히 창고 안으로 들어가고 아빠와 엄마는 늘 그렇듯이 땀과 비에 흠뻑 절어 비 맞은 생쥐가 되어 돌아오셨다. 장화에 묻은 흙을 툭툭 털어 뒤집어 토방에 걸쳐놓는다. 장화를 벗은 발은 흙과 땀으로 엉망이 되고 살짝 튀어나온 양말 끝은 꼭 어린아이가 양말을 신다 말은 듯한 모습을 하고 있다. 아빠는 급히 물을 찾고 엄마는 주섬주섬 가지고 나간 물통과 새참 대야를 내려놓으신다. 나는 흙이 덕지덕지 묻은 새참 대야를 뒤져 인부들이 먹고 남은 새 빵이나 주스가 있는지 확인한다.

엄마가 안 계시는 동안 나는 동생 둘을 보며 동네 여기저기를 탐방하곤 했는데 오후가 되면 배가 고파 엄마가 사다 놓은 새참 빵을 가끔 먹곤 하였다. 아빠가 토방에 걸터앉아 하늘을 보시며 담배를 피우신다. 토방 뒤, 마루에 동생들과 쪼르르 앉아 하늘을 올려다보며 비가 오는 풍경을 바라본다. 그런 날은 아빠의 담배 냄새가 독하게 느껴지지 않는다. 비 오는 날은 마루가 거실이 되고 하늘이 그림이 된다. 우리는 마루에서 놀며 엄마, 아빠가 무엇을 하는지 바라보았다. 소나기는 바쁜 엄마, 아빠를 집으로 불러들이는 가장 손쉬운 방법이어서 좋았다. 비가 조금씩 잦아들고 회색 구름 뒤로 해님이 쫙 뻗은 팔이 보인다.

"엄마, 무지개가 떴네!"

무지개가 우리 집 마당에 들어와 있었다. 흔한 일이 아니기에 넋을 놓고 색의 향연을 감상하다보면 마치 무지개 끝에 서 있는 듯하다. 소나기가 오는 날 무지개는 축제의 기분을 만끽하게 해 주었다. 일찍 집에 오시면 우리 집 마당은 잔칫날이 된다. 맛있는 옥수수, 수박, 민물 가재 간식을 준비해서 마루에 둘러앉아 함께 먹었다. 아직도 그날의 몽글한 감정은 잊을 수 없다. 내 어린 시절을 통틀어 가장 행복했던 순간이다. 여섯 식구가 모여 무지개를 보며 마루에 앉아 두런두런 이야기를 나누었다. 그 순간이 사진처럼 가슴에 박혀있다. 소나기를 좋아한다. 곧 무지개를 만날 것만 같아서이다.

비가 오는 어느 날 갑작스러운 엄마의 질문에 나의 행복이 깨지고 말았다.

"무슨 상 받았어? 몇 점인데?"

엄마가 물어보신다. 생각해보면 공부하라고 닦달하지 않으셨지만 2살 터울로 초등학교에 다니는 오빠와 나, 동생은 자연스럽게 비교 대상이 되었다. 공부를 곧 잘하는 우리가 부모님의 기대이자 희망이라고 말씀하곤 하셨다. 나도 공부를 잘하고 싶었다. 성적에 관해 물어보시지만 머뭇거리며 대답하지 못 했다. 오빠와 동생이 가방에서 금상을 꺼내면 엄마가 나를 쳐다본다. 가방에서 마지못해 은상을 꺼내어 보여준다. '나만 또 은상이네.' 실망감이 죄책감으로 자리 잡으며 말없이 내밀었다.

"조금만 더 잘하지? 머리도 좋은 녀석이 왜 그런 다냐?"

엄마는 짧게 핀잔을 주시고는 오빠와 동생을 칭찬한다. 시험마다 있던 일이지만 매번 적응이 되지 않았다. 그날만큼은 간식 맛이 아주 쓰디쓴 약과 같았다.

11살 어느 여름날, 추적추적 비가 내리는 날이었다. 종이가방 하나가 책상 안쪽에 덩그러니 놓여있는 것을 보았다. 한참 전에 싸 두었던 나의 짐이다. 대수롭지 않게 여기고 학교로 향했다. 하교 후 집에 도착하니 인기척이 나며 집에 온기가 느껴졌다. 비가 와서 엄마가 집에 계시는 날이었다. 엄마가 집에 있는 것이 반가워 한걸음에 집 안으로 들어갔다. 항상 부엌이나 안방에 계셨는데 웬일인지 나와 동생들이 쓰는 방에 앉아계셨다. 엄마가 우리 방을 정리하나 보다 생각하고 엄마를 부르며 방으로 들어갔다. 한참을 말없이 앉아서 내가 싸 두었던 종이가방을 바라보고 계셨다. 당황한 나는 문 앞에 서서 엄마를 바라보았다. 엄마가 종이가방을 내밀며 무엇인지 물으셨고 나는 아무렇지 않게 그날의 무용담을 늘어놓았다. 덤덤하게 말했지만 사실, 그때는 사계절을 지낼 짐을 싸며 걱정이 가득하였다.

내 기억에 그날은 성적표를 받은 날이었다. '이번에도 은상이면 집 나가!'라고 하신 엄마의 말이 떠올랐고 학교 성적이 나쁘고 미운 오리 같은 나는 집을 나가야 한다고 생각했다. 주섬주섬 짐을 싸며 겨울을 대비해 두꺼운 옷도 챙기고, 씻어야 하니 비누와 속

옷도 넣었다. '어디서 살까?'를 누구보다 깊이 고민했다. 동생들에게 당부의 말을 하고 동생들과 함께 내가 살 곳을 찾아 나섰다. 왠지 동생들에게는 내가 살 곳을 알려야 할 것 같았다. 어린 마음에 살 곳으로 시골 농로의 작은 굴에 들어가 보기도 하고 낡은 폐가에 만든 아지트도 가 보았다. 혼자 그렇게 큰 창고에서 살 수 없을 것 같아 돌아 나왔다. 결국 옆 마을까지 갔고 살 곳이 없어 근심이 한가득했다. 날은 어둑해졌고 동생들의 성화에 나는 걱정을 등에 지고 발길을 집으로 돌렸다. 동생들에게 입단속을 시키고, 종이가방을 책상 밑에 숨겨둔 채로 아무 일 없듯이 보냈다. 그날 저녁, 얼마 전 엄마가 집 나가라고 했던 말을 기억하지 못하시길 바랐다.

비가 오는 소리가 크게 들렸다. 빗물이 내 눈물 같았고 비가 그쳐야 이 상황이 끝날 것 같은데 멈추지 않는 비가 원망스러웠다. 방 안의 공기는 바닥까지 내려와 무겁게 떠다녔다. 엄마는 짐을 왜 쌌는지 물으셨다. "엄마가 금상 안 받아오면 집 나가라고 해서."

이미 한바탕 우셨다는 것을 단번에 알 수 있었다. 머뭇거리며 대답했다.

나를 바라보는 엄마의 눈에 눈물이 맺혔고 이내 고개를 돌리셨다. 엄마의 모습을 보면서 어리둥절하기도 했고 행복하기도 했다.

미운 오리 새끼인 나를 위해 엄마가 눈물을 흘리신다는 것이 나도 사랑받고 있음을 확인받는 거 같았다. 이미 자존감이 바닥인지라 칭찬과 사랑에 목말랐던 나는 엄마의 눈물이 기쁘기까지 했다. 엄마 품에 안기고 싶었으나 자신이 없었다.

"엄마는 자신감을 가지라고 그런 말을 한 거야. 도전해 보라고."

엄마의 마음을 이해했지만 가출할 결심은 진심이었다. 어린 마음에 찾아 나선 장소마다 살 수 없는 이유를 들어가며 마땅한 곳을 찾아다녔던 당시 나의 근심은 여전히 생생하다. 이 사건을 계기로 한참은 소나기가 오는 날의 행복했던 기억도 퇴색되었다. 한참이 지나서야 후회가 되었고, 내가 아이를 낳은 후 비로소 엄마의 마음을 헤아릴 수 있었다. 비가 오나 오지 않으나 엄마가 나를 사랑하고 있음을 깨달았다. '미운 오리 새끼도 엄마의 사랑을 받는구나.' 그날 엄마의 마음에는 비가 왔지만, 내 마음에는 무지개가 떴다. 사랑을 확인받고 싶어 하는 나는 그렇게 성장통을 겪었다. 엄마의 눈물과 사과 속에서 성장하였고 미운 오리 새끼는 멋진 백조가 되는 꿈을 꾸었다. 뒤로 든든한 나의 지원군은 언제나 엄마가 되었다.

우리는 하루하루 시험을 치듯 살아간다. 성적이 좋은 날은 기분이 좋고 즐겁지만 오답이 많은 날은 기운 빠지고 녹초가 되는 기분이다. 누가 정했는지 모르는 정답과 오답 사이에서 오늘 하루도 발버둥 치며 살아간다. 하지만 오늘 내린 비가 영원하지 않고 무지개를 곧 선물하듯 매일 숙제가 아닌 축제로 살아가기 위해 마음을 다 잡는다. 퇴근길 온몸이 녹초가 되어 엄마에게 전화를 걸어 본다. '징징거리지 말아야지.'라고 다짐하면서도 수화기 저편 엄마 목소리만 들리면 어느새 아이가 되어버린다.

누구보다 나를 잘 아는 엄마. 군소리 말고 참으며 회사 잘 다니라고 쓴소리도 한마디 할 법한데, 엄마는 늘 내게 힘이 되는 말씀만 하신다. 힘이 빠질 때마다 엄마의 목소리가 들리는 듯하다.

"우리 딸 힘내. 인생은 내일에 속으면서도 희망을 걸고 사는 겨."

엄마는 밥이다

"밥. 밥. 밥! 엄마는 그 말밖에 할 줄 몰라?"

결국 내뱉고 말았다. 학교에 늦어서 뛰어갈 때도, 엄마는 가는 길에 먹으라며 묵은지를 넣은 김밥 한 줄을 손에 쥐여 줬다. 김 한 장에 밥을 얇게 펼쳐 씻은 묵은지를 손으로 찢어 한두 가닥 넣은 김밥은 별미였다. 은색 포일을 펼치면 참기름 냄새가 쫙 퍼져서 먹기도 전에 군침이 났다. 아슬아슬하게 학교에 도착해서 김밥을 먹을 때면 엄마에게 짜증을 냈던 게 미안했지만, 표현하지 못했다.

광주에 갈 날이 한 달 이상이나 남았다. 일 년에 두세 번 정도 고향에 간다. 그럴 때면 어릴 때 즐겨 먹던 충장로에서 파는 상추 튀김도 생각나고, 신락원 짜장면도 먹고 싶다. 집에 왔으면 엄마가 해주는 걸 먹어야지, 외식한다며 엄마는 서운하다고 했다. 엄마는 손맛이 좋아서 맥가이버처럼 뭐든 뚝딱 만들어냈던 사람이다. 팔순이 넘은 지금은 다르다. 굽은 허리로 싱크대에 서기도 힘들어한다. 틀니 때문에 음식 간도 맞지 않는다. 눈이 침침해서 가끔 이물질이 음식에 섞여있다. 혼자서는 절대 '외식'조차 하지 않는 엄마가 편히 식사를 하기 바라는 마음에 밖에서 먹자고 하면 싸움만 난다.

고향에 갈 때마다 엄마는 뭐가 먹고 싶냐고 묻는다. 나는 '잡채'라고 답한다. 잡채, 죽순나물, 꼬막 등 계절에 맞춰 이야기한다. 잡채가 지겹지도 않냐며, 또 뭐가 먹고 싶은지 말해보라고 한다. 그럼 엄마 먹고 싶은 것을 먹자고 하니, 나와 같이 먹기만 해도 좋다고 하신다. 내 입에서 먹고 싶은 음식을 듣고서야 전화를 끊는 엄마를 알기에, 그럼 고기도 먹자고 했다. 그럴 줄 알고 홈쇼핑에서 LA갈비를 샀다며 엄마는 웃었다. 엄마는 그것 말고는 나한테 물어볼 것이 없었던 걸까?

팔순도 넘은 엄마는 마흔두 살인 나를 '아가'라고 부르면서 콜라겐, 루테인, 유산균, 석류 등을 챙겨 먹으라고 문자를 보낸다. 인공지능보다 더 로봇 같은 말투로 "응"이라는 답장만 보내는 나는 차가운 딸이다. 따뜻한 말을 엄마와 주고받고 싶은 마음은 가득하지만, 표현하기가 어렵다. 그야말로 머리와 가슴 사이가 하늘과 땅만큼 멀다. 엄마의 마음을 알면서도 짜증이 올라온다. 어디서부터 꼬여버린 걸까?

며칠 전에도 광주에서 택배 박스를 받았다. 무거워서 혼자 들 수도 없었다. 겨우 집에 들여놓고 열어보니 박스 안에는 엄마의 냉장고가 옮겨져 있다. 몇 달 전 명절에 선물로 받은 생선이며 고기도 보인다. 치약에 묻혀서 사용하라고 자일리톨 가루까지 보냈다. 홈쇼핑에서 샀는지 ○○○의 갈비도 있다. 그 아래로는 두세 겹 쌓인 인삼즙이 가득하다.

"엄마. 추석 때 수강생들이 선물로 보내 준 홍삼 많이 있어. 안 보내줘도 돼."

"엄마 맘이 그것이 아니다. 그것은 그것대로 먹고, 엄마가 보내준 인삼부터 먹어라."

맞다. 엄마가 보내준 인삼 즙은 시중에서 파는 것과 맛부터 다르다. 감초를 많이 넣어서인지 자연적인 달달함도 좋고, 봉지 가득하게 담겨 있어서 한 팩이 묵직하다. 엄마의 사랑을 감히 내가 짐작이나 할 수 있을까? 고마움이 넘쳐 미안함으로 변해서 나란 딸은 뭘 이런 것까지 보냈냐는 말 밖에 할 줄 모른다. 뇌가 고장 났나 보다.

어버이날에 밖에서 식사를 했다. 계산하러 가는 나를 따라서 엄마는 내 옆에 섰다. 주인에게 우리 딸이 휴대폰에 나온다며, 책 먹는 여자라고 검색해 보라고 말을 걸었다. 나는 카드를 내밀며 웃었고, 언니들은 엄마를 모시고 후딱 식당을 나갔다. 어제도 엄마에게 전화를 했더니, 내가 보고 싶어서 며칠 전 방송했던 유튜브를 보고 있었는데 전화해 줘서 고맙다고 했다. 막내딸이 바쁠까 봐 전화를 하고 싶어도 못했다는 엄마 말에 나는 죄책감이 들었다. 이런 딸이 뭐가 예쁘다고 엄마는 사람들한테 내 자랑을 할까? 가증스러운 내가 미워서, 엄마가 바보 같아서 화가 난다.

명절에 집에 갔다가 몇 년 만에 고향에서 다니던 교회에 갔다. 사람들은 엄마를 보며 딸들이 다 잘 자라서, 권사님은 부러울 것이 하나도 없을 거라고 했다. 엄마는 굽었던 허리가 펴지면서, "이제 죽어도 여한이 없제. 다 키워놨응게."라고 말한다. 오십 대 중반에 남편을 잃고 딸 다섯만 바라보면서 산 세월이 삼십 년이 넘는다. 이제 좀 살만하다 싶은데 엄마에게 남은 시간은 얼마 없다. 자신은 버리고 자식만 바라봤던 그녀의 세월을 누가 알까. 자식인 딸들도 감히 안다고 말할 수 없다. 엄마 속을 썩인 딸들은 다시 엄마가 되었다. 가끔 언니들 입에서 예전에 엄마한테 들었던 말이 나올 때면 피식 웃는다. 너도 너 같은 딸 낳아보라고, 너도 자식 낳고 키워보라고 언니들도 조카에게 말했다.

'여자 심영숙'의 삶은 어디에도 없었다. 엄마라는 이름으로 80년을 넘게 살았다. 안 아픈 손가락이 어디 있겠는가. 딸들의 아픔까지 견뎌내다 보니 엄마의 마음은 더 넓어지고, 몸집은 작아졌나 보다.

엄마는 내게 밥이다. 허기를 채워주는 밥처럼 살아갈 힘을 준다. 쌀처럼 흰 순백의 사랑을 내가 감히 받을 자격이 있을까? 혼자 식탁에 앉아 찬밥에 김치 한 조각을 먹을 때면 다시 그날이 떠오른다. 교복을 입고 구겨진 운동화를 신고 있던 아침, 등 뒤에서 엄마는 책가방을 열어 묵은지 김밥 한 줄을 넣어줬다. 그날의 따뜻함 덕분에 오늘도 살아간다. 엄마는 항상 내 옆에 있다.

나의 또 다른 브랜드명, '엄마의 뒷모습'

"고디님, 경험을 아낌없이 나누어 주셔서 고마워요. 진짜 많은 도움 되었어요." 1인 기업가로 고마워 컴퍼니 대표, 고마워 디자이너가 되어 가장 많이 듣는 말입니다. 서툴면 서툰 대로 부족하면 부족한 대로 꾸밈없는 모습을 보여주려 노력합니다. "고맙습니다. 사랑합니다. 덕분입니다. 행복합니다." '고사덕행'을 외치며 나눔 하고 있는데요, 제 삶에 녹아든 '나눔'이라는 단어 속엔 엄마가 있었습니다.

"덕분아, 음식은 나눠 먹는 거야. 서울 아줌마는 맛있는 거 갖다 주는데 이거라도 나눠 먹어야지." 저는 어쩔 수 없이 서울 아줌마 집에 다녀와야 했습니다. 뜨거운 팥죽을 받은 서울 아줌마는 인자한 미소로 말씀하셨어요. 서울 아줌마의 "고마워" 말 한마디에 짜증이 사라졌습니다. 집으로 돌아오는 길이 정말 즐겁고 행복한 추억이 있었습니다.

초등학교 수업이 끝나고 집으로 돌아오는 길, 집이 가까워질수록 어디서 맡아보았던 냄새가 풍겨 왔어요. 부엌에 있는 엄마를 발견합니다. 비 오는 날은, 농사일을 할 수 없어 유일하게 엄마가 쉬는 날입니다. 우리 집의 '부침개 이벤트'가 열리는 날이기도 했지요.

"엄마, 그럴 줄 알았어. 부침개 너무 먹고 싶었는데, 엄마 최고!" 부추와 호박을 곁들여 반죽을 만들고 계시던 엄마의 표정은 개화한 분홍 장미를 닮아 있었습니다. 큼지막한 부침개를 받치고 있는 솥뚜껑이 얼마나 사랑스러워 보였는지 몰라요. 금방 만든 부침개를 호호 불어가며 먹는 즐거움은 엄마의 사랑이었습니다. 어느 정도 먹고 나면 엄마는 저를 부릅니다.

"덕분아, 큰집에 부침개 갖다주고 와." 엄마는 또 제게 심부름을 시킵니다. 밖에는 비가 내리고 바람이 부는 날씨였어요. "싫어! 엄마가 갖다 줘." 엄마에게 말대꾸한다고 야단을 맞습니다. 어쩔 수 없이 한 손에는 부침개를, 다른 한 손에는 우산을 들고 다녀와야 했지요. '우리 엄마는 왜 맨날 나눠 먹지?' 어렸던 저는 엄마가 이해되지 않았습니다.

"덕분아, 엄마가 천 원 줄 테니 맛있는 거 먹고 와. 집에 올 때는 할머니 요구르트라도 사서 오고. 절대 빈손으로 오면 안 돼." 초등학교 소풍날 아침에는 엄마의 명령이 있었습니다. 그래서 어렸던 저였지만, 맛있는 음식이 있으면 가장 먼저 할머니를 챙겨야 하는 마음이 생겼습니다. 소풍이 끝나고 초등학교 앞 슈퍼에는 아이들로 북적거립니다. 먹고 싶은 과자를 고르는 아이들의 모습을 보면서 부럽기도 했습니다. 하지만 이내 고개를 내저었습니다. 할머니와 엄마에게 선물로 드릴 과자와 요구르트를 사서 집으로 돌아오는 길엔 설렜습니다. 함께 나눠 먹는 즐거움이 기다리고 있었지요. 엄마는 저에게 식사 예절도 가르쳐 주셨습니다.

"덕분아, 할머니가 숟가락을 들고 난 후에 네가 음식을 먹는 거야." 엄마는 최우선순위로 할머니를 챙기셨습니다. 당신은 먹지도 못하면서 할머니를 챙기는 마음이 이해되지 않았습니다. 하지만 지금은 제 삶에 가장 귀한 분이 할머니입니다.

저는 결혼을 하고 삼 남매를 낳았는데요, 음식을 만들고 나면 삼 남매에게 심부름을 시켰습니다. 시골 엄마 집에서 가져온 음식 재료들도 옆집, 윗집 이웃들에게 나눠주는 심부름 교육을 했습니다. 엄마가 몸소 보여준 시어머님을 공경하는 태도 덕분에 저 또한 시어머님을 공경하게 되었습니다. 연세가 드시면서 몸이 쇠하여진 어머님을 모시고 병원에 다녔습니다. 진정성의 마음으로 어머님께 최선을 다하고자 노력하였습니다. 엄마가 할머니를 모셨던 모습들이 제 몸과 마음에 깊게 각인되어 있습니다. 덕분에 어머님을 뵐 때면 할머니가 떠올랐습니다. 90세가 다 되어 가시는 어머님이 사랑스럽고 존경스럽습니다. 진심과 정성을 다해 어머님을 챙기는 모습을 삼 남매에게 보여주었습니다. 옆에서 지켜보던 남편은 제게 고마워했어요. 삼 남매도 할머니를 귀히 모시며 따뜻하게 안아드립니다. 정말 감사했습니다. 엄마가 직접 보여준 삶의 태도가 제 곁에 언제나 머물러 있었습니다.

엄마의 삶 자체가 '사랑 나눔'이었는데요, 처음엔 억지로 심부름했지만, 엄마의 나눔의 태도가 저도 모르게 삶에 새겨져 있었습니다. 덕분에 1인 기업가 '고마워 디자이너'로 브랜딩 행운도 얻게 되었어요. '고마워 컴퍼니' 대표로 사업자등록까지 하면서 엄마의 삶이 더욱 제 곁으로 와 있었습니다. 그동안 아프고 힘들었던 경험들, 배우면서 얻었던 깨달음을 사람들과 '일대일 고마워 데이트'로 나눔 하고 있습니다. 고마워 컴퍼니에 오시는 분들의 돌아가는 손에 항상 선물을 드렸습니다. 특별히 2022년도에는 3p 마스터가 되어서 기록, 시간, 목표, 지식관리를 통해 얻어낸 깨달음을 나눔 하고 있습니다. 이론이 아닌 구체적 실행을 통해 '1인 기업 성공 지침서'를 만들어 가는 중입니다. 50대 중반을 살아가는 중요한 시점에 엄마의 삶이 제 곁에 다시 돌아왔습니다.

누군가를 돕고, 나누며 살아간다는 것이 쉽지는 않습니다. 내가 해준 만큼 돌려받지 못할 때 본전 생각도 나고, 어쩜 사람들이 저럴 수 있을까 아쉬운 마음도 많이 듭니다. 하지만 곧, 평생 사랑을 실천하신 어머니 모습이 떠오르게 됩니다. 할머니, 동네 어른들께 따뜻한 관심을 놓지 않으셨던 엄마의 뒷모습이 말이지요. '자식은 부모의 등을 보고 자란다.' 했던가요. 지치고 힘든 마음과 상황을 꿋꿋하게 이겨내고 티 한 번 내지 않았던 엄마의 모습은 오늘도 제가 '고마워 디자이너'로 살아낼 수 있는 자양분이 됩니다. 그 어떤 책이나 강연보다, 엄마의 삶이 저에겐 배움이자 교훈이었습니다. 저는 또 넘어질 겁니다. 억울한 마음도 있겠지요. 하지만 또, 엄마의 뒷모습을 떠올릴 겁니다. 결국엔 사랑과 나눔을 선택하게 되겠죠? 내게 오는 사람들을 귀히 여기며, 내가 가진 것을 나누어 줄 수 있음에 감사하는 '고마워 디자이너'로서 살아갈 것입니다. 엄마의 사랑처럼 영원히요.

엄마와 따스한 햇살은 희망이었다

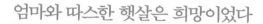

　단칸방 옆 부엌 뒤편에 빨간 고무 대야에 물이 가득했다. 그 시절, 여름엔 괜찮지만 추운 겨울이면 가득 담긴 물이 꽁꽁 얼었다. 유치원을 다녀온 나는 얼음을 깨며 쭈그리고 앉아 설거지를 시작했다. 입김을 호호 불면 따뜻한 난로처럼 손을 녹여주었다. 설거지할 때가 가장 마음이 편한 시간이었다. 유치원을 다니는 것도 무서웠다. 짝꿍이 매번 선생님 몰래 나를 때리고 괴롭혔다. 더 두렵고 무서웠던 것은 아빠 몰래 나를 심하게 때리고 괴롭힌 새엄마였다. 정말 어딜 가나 숨 쉴 구멍이 없었다.

　나에게 새엄마는 이 세상에서 가장 두렵고 무서운 존재였다. 새엄마는 갑자기 기분이 나빠지면 이유 없이 매일 머리를 벽에 밀치고 심하게 때리기 시작했다. 아픈 나를 깜깜한 다락방에 수시로 가둔 새엄마. 아픈 몸을 웅크리고 숨죽여 두려움과 울음을 삼켰다. 새

엄마가 잠시라도 기분이 좋아져 다락방 문을 열어주길 기다리다 울며 잠든 적이 많았다. 다행히 낮에 갇히면 작은 창문 사이로 들어오는 햇살 덕분에 덜 무서웠다. 아빠가 점심 식사하러 들어오시면 허겁지겁 새엄마는 다락방 문을 열어주었다. 매서운 눈초리로 노려보며 작고 상냥한 목소리로 조용히 내려오라고 말했다. 나는 아무 일도 없었다는 듯 차려진 밥상 앞에 앉아 조용히 밥을 먹어야 했다. 불행 중 다행히 얼굴은 때리지 않았다. 그래서 아빠가 눈치를 채지 못했다. 점심 식사 후 아빠가 나가시면 또 다른 두려움이 기다리고 있었다.

밥상. 난 삼시 세끼가 정말 싫었다. 마음 편하게 먹고 싶은 반찬을 마음대로 못 먹었다. 실컷 두들겨 맞은 후 먹은 밥은 지옥이었다. 단 한 번도 좋아서 먹은 경우가 없었다. 어렸지만 밥이 목구멍으로 쉽게 넘어가지 않았다. 그래도 남김없이 밥 한 그릇은 모두 먹어야 했다. 밥을 남기면 아빠가 식사하시고 가신 뒤 야단이 무서웠다. 숟가락을 떠서 입안으로 들어간 밥을 꾸역꾸역 씹어 간신히 삼켰다. 밥상에 올라와 있는 반찬 중 계란말이, 김자반도 먹고 싶었다. 내가 앉은 상 앞에는 먹고 싶은 반찬은 없었다. 멀리 떨어진 반찬 접시까지 젓가락을 가져가 집어먹기에 눈치가 보였다. 나는 밥, 밥상에서 자유로운 사람이 되고 싶었다.

어느 날, 새엄마가 나를 가두고 때린다는 사실을 아빠가 아셨다. 두 분이 싸우는 동안 전화기가 바닥에 내동댕이쳐 박살이 났다. 아빠가 문짝을 주먹과 발로 차서 흔적을 남겼다. 정말 전쟁 같은 몇 시간이 지나고 아빠는 나가셨다. 나는 숨을 쉴 수 없을 만큼 무서웠다. 이제부터 무슨 일이 벌어질지 예측하고 싶지 않았다. 부엌으로 끌려갔다. 소리도 지르지 못하고 이를 악물어야 했다. 연탄집게로 어디를 때리는지 모를 정도로 심하게 맞았다. 온몸이 너무 아파 부엌 부뚜막 위로 올라갔다. 피할수록 살갗이 찢어질 정도로 더 세게 때렸다. 순간 정신을 잃고 바닥에 쓰러졌다. 한참 누워있다 눈을 뜨고 울음소리도 내지 못한 채 네발로 기어 다락방으로 올라갔다. 그렇게 숨 쉴 구멍 없이 6년을 버티며 살았다.

다락방에 있을 때면 새엄마는 남동생을 데리고 동네 가게에 다녀왔다. 항상 사이다 한 병과 과자 한 봉지를 사서 검정 봉지에 담아 기분 좋게 돌아왔다. 그리고 다락방 문을 열어준다. 계단을 내려오면 남동생에게 과자를 나눠 주라고 새엄마는 말하지만 과자를 나눠주지 않았다. 잠시 따뜻한 바닥에 앉아 몸을 녹이려 하면 심부름을 시킨다. 부엌에 가서 컵을 가져오면 사이다를 조금 따라 주었다. 사이다를 마실 때면 달고 톡 쏘는 맛보다 씁쓸했다. 새엄마의 사이다는 또 다른 고문이었다. 지금도 피자, 치킨을 먹으면서 씁쓸한 기억으로 사이다를 마시지 않는다.

그러던 어느 날이었다. 새엄마는 소화가 안 된다며 사이다를 여러 잔 마셨다. 소화가 안 된다는 말을 계속하신 새엄마. 식사를 못 하실 정도로 심하게 아프기 시작했다. 병원에서 종합 검사를 했는데 병명이 나오지 않았다. 그 이후로 3개월 동안 병원에서 투병생활을 하셨다. 퇴원 후 일주일 동안 집에 머물렀다. 집으로 오신 후 누워만 계셨고, 밤이면 손발이 저리다고 신음을 내셨다. 새엄마의 끙끙 앓는 소리에 나는 자다가 비몽사몽으로 일어났다. 쭈그리고 앉아 손발을 주물러드렸다. 그 순간, 아파 괴로워하시는 새엄마를 보니 불쌍한 마음이 들었다.

그때 새엄마는 한숨을 내쉬며 한마디 하셨다.

"정선아, 내가 많이 잘못해서 아픈가 보다. 널 아프게 해서 미안하다."

용서를 구한 새엄마는 다시 병원에 입원하셨다. 생각지도 못했는데 며칠 뒤 돌아가셨다. 돌아가셨다는 소식을 듣고 장례식장을 향한 발걸음은 만감이 교차했다. 가는 동안 대성통곡을 하며 미친 사람처럼 울었다. 장례식장에 들어서서 더 큰 소리로 울었다. '엄마가 돌아가신 게 너무 슬퍼 우는구나'하고 주변 사람들이 안타까워했지만 속으로 나는 기뻤다. 새엄마가 돌아가셨는데 나는 왜 기뻐할까?

그 이유는 기쁨의 눈물. 해방감에 흐르는 눈물이었다.

'다시는 그렇게 죽을 만큼 맞을 일이 없겠지?'

'다시는 캄캄한 다락방에 쭈그리고 숨죽이며 무서워하지 않겠지?'

'다시는 밥을 억지로 먹지 않아도 되겠지?'

두렵고 무서웠던 새엄마가 내 곁을 떠나가면서 조금씩 숨을 쉴 수 있었다.

삼십 초반이 되었다. 뭔지 이유도 모를 우울증을 겪었다. 힘들어하는 나에게 지인은 심리상담사 소개를 해주었다. 상담사는 어디가 가장 많이 불편한지를 물었다. 심장 벌렁거림과 숨이 막히고, 왜 사는지 답답한 마음을 답했다. 가장 힘들게 한 사람은 누구인지 물어올 때 '아빠'라고 답했다. 첫 번째 상담이 끝나고 두 번째 방문했을 때는 최면 치료가 이어졌다. 다른 사람의 말에 집중을 잘해서인지 상담사의 최면 유도에 금방 과거로 거슬러 내려갔다. 지금, 30대, 20대 중반, 20대 초반, 고등학교, 중학교, 초등학교 그리고 더 어린 나이로 계속 들어가면서 떠오르는 것에 집중하고 이야기를 했다. 더 어린 나이로 계속 들어가면서 생명의 시작인 뱃속의 아주 작은 나를 만나게 되었다. 뱃속의 싸늘한 기운에 몸을 웅크리고 있는 모습이었다. 따뜻함이 없이 금세 무슨 일이 생길 듯 긴장된 상태였다.

"살려주세요"

아빠와 싸우던 엄마는 필사적으로 뱃속의 나를 끌어안았다. 나를 살리기 위해 엄마가 안간힘을 쓰는데 뱃속에서 나도 살려달라며 울고 있었다. 최면상태였지만 정말 무서웠다. 몸을 바싹 웅크리고 있었고 손, 발이 얼음장이었다. 서서히 최면에서 깨어났지만 무서웠던 그 느낌 때문에 한참 울었다. 양손으로 내 몸을 감싸 안고 다독이며 따뜻한 체온으로 돌아왔다.

엄마가 배를 끌어안고 지켜주었던 그 느낌은 삶의 희망으로 다가왔다. 깜깜한 다락방에 홀로 갇혔을 때 창문 너머로 들어왔던 햇살도 나에게 희망이 되어 주었다. 이젠 두렵지 않다. 엄마가 나를 포근하게 안아준 희망처럼, 태어나 살아갈 이유가 충분하다. 거실 창문을 열면 따스한 가을 햇살에 눈이 부신다. 크게 심호흡을 한다. 엄마 향기가 나는 듯하다. 햇살을 볼 때마다, 엄마 생각이 난다.

포근한 엄마의 품처럼, 따스한 가을 햇살처럼, 나도 이젠 아이들에게 '희망'을 안겨주려 한다.

PART 02
꼭 한 번 묻고 싶었습니다

엄마의 깊고 큰 사랑

"엄마, 제발."

"······."

아버지가 병상에 누우신 지 6개월이 되었다. 올해 1월 추운 겨울
날 화장실에서 넘어지듯 주저앉으신 이후 일어나 걸을 엄두가 나지
않으신다고 하셨다. 그 후로 일어나지 못하셨다. 그때부터 엄마가
아버지의 병간호를 전적으로 하시게 되었다. 아버지 나이 89, 엄마
나이 86세, 누가 누구를 돌본단 말인가. 평소 건강하지도 못한 엄마
는 155센티의 작은 키로 182센티 아버지를 돌봐드린다는 것 자체
가 말이 안 되는 일이었다. 엄마는 큰 딸인 나에게 가끔 전화하셔
서는 아버지 보살펴드리는 것이 너무 힘들다며 얘기를 하셨다. 아
버지는 고관절 수술을 하셨고 치아에 문제가 생겨서 죽으로 생활
을 하고 계셨다. 죽으로 생활한 지도 오래된 시점에서 걷지 못하시

고 노환으로 눕게 되니 정말 아버지에 대한 걱정에 엄마에 대한 걱정까지 어찌할 바를 몰랐다. 그래도 6개월 전만 해도 우리가 가면 거실에 나오셔서 다 큰 손자들을 보시고 뭐라고 한마디씩 하시기도 하고 크게 웃기도 하셨다. 연세도 있으시고 이제는 거동이 불편하시니 운동하시라는 말은 소용없게 되었다. 엄마는 점점 지쳐가셨고 그나마 결혼 안 한 여동생이 주말마다 엄마를 도와 아버지를 보살펴드렸다. 엄마는 내가 몸도 약하고 결혼한 딸이어서인지 전화로 얘기를 들어드리는 것이 내가 할 수 있는 일의 거의 전부였다. 한 번씩 갈 때면 아버지는 누워 계시면서도 웃으시며 반겨주셨다.

그러던 어느 봄날 엄마에게 전화가 왔다.

"휴. 힘들다. 아버지 목욕시켜드리고 나면 이렇게 땀이 난다. 밥도 못 먹겠고 입맛도 하나도 없다. 아빠 죽 해드리고 나면 기운이 딱 떨어진다."

이런 말을 들을 때마다 안타깝기도 하고 이해가 안 가는 부분이 있었다. 엄마 혼자 힘들어하시는 모습이 답답했다. 그날따라 마음속에 담아 둔 말을 조심스럽게 꺼냈다.

"엄마, 요양병원 요즘 좋은 곳도 있대. 한번 알아보자. 엄마도 살아야지. 아니면 요양보호사를 한 번씩 쓰셔요."

"……"

항상 이 말에는 대답이 없으셨다.

"엄마?"

"응"

"왜 말 안 해?"

그날 이후 모진 말을 한 나쁜 딸이 된 것 같아 엄마에게 미안한 마음이 들었다. 혼자 아빠를 돌보시는 엄마를 마음으로만 응원하고 안타까워했지 제대로 도움을 드리지 못한 것에 늘 미안했다. 그날 이후로 요양병원 얘기는 꺼내지 않았다. 내가 엄마를 위해 할 수 있는 건 그저 엄마의 이야기를 묵묵히 들어주는 것뿐이었다.

힘들다고 하시면서도 작은 체구로 끝까지 아버지 곁을 간호하신 엄마. 엄마는 하루가 다르게 말씀도 줄어드시고 웃음도 사라지셨다. 엄마는 몸도 마음도 지쳐갔다. 고운 얼굴의 엄마는 어느새 여기저기 주름진 얼굴로 늙어갔다. 안타까웠지만 나름 아버지도, 엄마도 고집이 있으신 분들이라는 걸 알기에 그저 자주 전화를 드리는 일 외에 내가 할 수 있는 일은 많지 않았다.

그렇게 오래갈 것만 같았던 아버지의 세월은 7월 29일에서 멈췄다. 아버지는 거짓말처럼 편안하게 하늘나라로 가셨고, 아직 따뜻한 아버지 손을 잡고 볼을 만지며 아버지를 보내드렸다. 엄마가 의외로 혼절하시지도 않았고 많이 울지도 않으셨다. 차분히 계시는 것만으로도 감사했다.

나중에 엄마한테 들은 얘기는 정신이 하나도 없었고 전혀 실감이 나지 않았다고 했다.

나는 엄마가 힘들어할 때마다 묻고 싶었던 얘기를 다시 꺼냈다.

"엄마는 왜 끝까지 아버지 요양병원에 보내지 않았어? 그렇게 힘들어하면서. 병원에 가면 의사 선생님도 계시고 엄마 혼자 집에서 힘들게 아버지 간호하느라 너무 고생하잖아. 이게 맞는지도 모르면서. 요양병원 가시는 게 더 좋을 수도 있어. 의료시설의 도움도 받고 지금 아빠한테 필요한 게 뭔지도 알 수 있고. 엄마가 다 알아? 인터넷도 가짜 사실 많아서 믿을 수 없어. 그리고 아빠도 엄마 말고 다른 사람들 쳐다보기라도 하고. 사람은 사람을 만나고 소통을 해야 기운도 나고 그런 거래. 엄마도 다 알고 있지?"

요양병원이 많이 생기고 아빠의 상태가 심해지면서 우리 가족은 누구를 막론하고 아빠에게 어떤 편이 더 좋을지 고민이 되었다. 하지만 엄마에게 뭐라고 섣불리 제안할 수 없었다. 가장 고민과 걱정이 많은 사람은 엄마였다.

돌아가신 후 아빠의 영정 앞에서 엄마에게 답을 들었다.

"아빠가 원하시지 않아서. 그래서 요양병원에 보내지 못했어. 엄마가 생각해 보니까 아빠 요양병원에 보내놓고 집에서 매일 '사람들이 잘 간호하고 대소변도 친절하게 잘 처리해 줄까?' 생각하니까 도저히 못 보내겠더라. 그래서 그랬어. 그런데 때로는 엄마도 아빠한테 짜증 내고 그랬다. 죽 해서 다 먹여드리고 나면 고맙다며 내 손 잡고 말하는 사람. 지금 생각하면 미안하고 죄송한 것만 생각나서 눈물이 난다."

이런 엄마에게 나는 무슨 말을 한 것일까. 힘든 시간 동안 아빠 옆에서 오로지 아빠를 위해 버텨내신 분. 철없는 10대도 아닌 내가 너무나도 모진 말들을 했던 것이 가슴을 치며 후회가 된다. 사람은 왜 이렇게 한 치 앞도 모르고 말을 뱉어내는 것일까. 아버지가 편안하게 가신 마지막 순간까지 아버지가 원하는 대로 보살펴드린 엄마에게 아무 말도 할 수가 없었다.

이제야 엄마의 아빠에 대한 깊고 큰 사랑이 보인다. 마지막까지 아빠가 원하시는 대로 사랑해주신 엄마. 아빠가 하늘나라에서 행복하게 웃으시며 엄마를 향해 이렇게 말씀하실 것만 같다.

"여보 고맙고 사랑해요"

♥ 김
유
성

이렇게 좋은 날 왜 우세요?

"건아 도대체 몇 번을 다시 보는 거야?" 아들이 고사리손으로 비디오를 밀어 넣어 결혼식 영상을 본다. 보고 또 본다. 화면 안에서 결혼식을 하고 있는 엄마와 아빠의 모습이 신기 한 가 보다. 한 번도 본 적 없는 옷을 입고 머리에 뭔가를 뒤집어쓴 엄마의 모습을 신기한 듯 한참을 쳐다본다. 아빠가 밝게 웃으며 입장할 때는 화면 속 아빠를 손가락으로 가리키면서 "아빠" "아빠"하면서 나를 쳐다본다. 물론, 하얀 옷을 입은 엄마가 누군가의 손을 잡고 들어올 때는 더 난리가 나서 팔짝팔짝 뛴다. "엄마" "엄마" "엄마". 뭐 대단한 발견이나 한 냥 손을 가리키면서 난리다. 그 비디오에는 소위 요즘 말로 브이로그처럼 결혼식 전에 하객을 맞는 모습과 신부대기실에서 친구들을 맞는 모습 등 여러 장면이 결혼 예배 전체와 함께 담겨있다. 어린아이 같이 어려 보이는 25살의 내가 신랑의 모습으로 철없이 방실대며 시종 웃고 있다. 진한 화장을 한 아내의 모습이 나 또

한 낯설고 어색하다. 화장이 아닌 '분장' 혹은 '변장' 수준의 아내가 새롭기만 하다. 대학 동기들이 모두 와 준 것이 보인다. 반갑고 고마운 동기들의 모습들 하나하나가 잊혔던 기억의 세포들을 깨우는 듯 새록새록 하다. 방황하던 대학 시절 나를 건져 주신 정규선 교수님도 보인다. 중학교 시절 나를 믿어주시고 아들처럼 사랑해 주시던 김인종 수학 선생님의 얼굴도 보인다.

그런데, 카메라가 결혼식 장면을 촬영하며 지나가는 데 곱게 한복을 입고 미장원에서 머리도 하신 눈에 익은 한 분이 내 눈길을 낚아챈다. 내 기억 속에 막연히 있는 그분의 모습과는 사뭇 너무나도 다른 모습이다. 어머니의 모습이다. 장남인 내가 결혼하는 날에 새 한복을 입으셨다. 한 번도 본 적 없는 화장도 하시고 립스틱으로 입술도 칠한 모습이셨다. 너무도 익숙한 모습으로 아버님은 술이 거나하게 취한, 붉은 얼굴을 하고 그 옆에 앉아 계시다. 화가 난 얼굴인지 아니면 술이 취해 정신이 없어 무표정한 것인지 알 길이 없다. 물론, 입고 있는 양복도 몹시 어색하다. 카메라에 어머니가 잡힐 때마다, 시선이 간다. 울고 계시기 때문이다. '꺼억 꺼억'하고 소리 내어 우는 것이 아니라, 조용히 두 눈이 벌게져서 울고 계시다. "어머니, 이 좋은 날 왜 우세요?"라고 나는 여쭈어볼 수 없었다.

이제 막 대학을 졸업하고 사회로 나가는 내가 '결혼'이라는 선택을 일방적으로 하게 되었다. 조금 더 정확하게는 아내가 될 사람과 둘이서 일방적으로 하고, 통보하듯이 알려드렸음을 어머니의 눈물에서 깨닫게 된다. 카메라가 결혼식을 담으면서 어머니가 잠깐잠깐 배경으로 포함될 때마다 본 눈물. 결혼 후 잘 열어본 적 없던 결혼 앨범 그리고 폐백 사진 앨범을 벌떡 일어나서 찾게 된다. 무언가 중요한 것을 잃어버린 사람처럼, 앨범을 찾아 나선다. 앨범 위에는 먼지가 뽀얗게 앉아 있다. 사진들 속에 배경으로라도 잡힌 어머니를 찾으면서 앨범을 넘겨 간다. 결혼이 시작되기 전부터 결혼식 내내 그리고 폐백 속 사진들까지 어머니의 눈은 빨갛게 충혈되어 계시다. 알코올 중독자 남편과 살면서 키워 낸 아들을 잃은 슬픔이 어머니의 얼굴에 폭설처럼 내려앉아 있다. 장례식장 상주에게서나 볼 수 있는 상실의 아픔이 어머니 얼굴 가득히 눈물로 흐르고 있다.

"탯줄을 끊으세요" "네?" 아내의 세 번째 출산이지만 한 번도 분만실에 함께 있어 본 적 없는 나는 어리둥절하다. 셋째는 미국 위스콘신에서 태어났다. "아버님이 아기와 어머니를 연결하는 탯줄을 끊어 주세요" 말귀를 잘 못 알아듣고 어리둥절한 나는 간호사분이 두 번인가 이야기한 후에야 건네주는 살균 장갑을 낀다. 살균된 수술용 가위를 들고는 너무 무서워서 바로 자르지 못하고 백인 의사와 백인 간호사 아주머니 얼굴을 살짝 본다. 눈이 마주쳤다. '얼른 자르세요'라고 이야기하는 듯 눈빛으로 '얼른' 하고 재촉한다. 큰 소리로 울고 있는 붉은 생명과 땀을 비 오듯 하며 실신 직전의 아내는 탯줄로 이어져 있다. 양수와 피가 범벅이 된 아기의 탯줄을 입술을 살짝 깨물면서 잘라낸다. 간호사분께서 "출산이 어머니만의 일이 아닌, 아기가 하나의 독립된 생명체로 이 땅에 태어나는 데 있어서 아버님도 한 부분을 함께 하며, 이 아이의 양육 또한 두 부부가 함께 책임지겠다는 상징적인 의미"라고 설명을 해준다.

임신한 아내는 배가 산 만해서 10살 그리고 7살 아이 뒷바라지를 요즘 말로 몇 달째 독박을 쓰면서 해 오고 있었다. 두 자녀는 7살, 4살 때 미국에 와서 여전히 영어가 어눌하고 학교생활에 적응하면서 어려움을 겪고 있던 때였기에 학교 공부와 친구 관계까지도 마음과 손이 많이 가는 시기이다. 박사학위 최종 시험과 학위논문으로 나는 하루하루를 시간도 마음도 조금의 여유도 없이 쫓기듯 살던 때이기도 하다. 뱃속에 새 생명을 잉태하고도 그리고 그 생명이 세상에 나올 때가 다 되어가며 산 만해진 배를 하고도 아내는 박사과정 막바지에서 사투하고 있는 나의 뒷바라지까지 하고 있다. 매일 도시락을 싸 준다. 저녁 한 끼 가족과 먹고 다시 연구실로 가는 나를 위해 그리고 가족을 위해 저녁은 온 가족이 함께 좋은 시간을 갖으며 맛나게 먹을 수 있도록 정성껏 준비한다. 그 아내의 몸과 아기를 연결하는 탯줄을 끊고는 내 눈에 아기도 보이지만, 이제 아기로부터 자유로워진 아내도 보인다. 의사 선생님의 '손가락, 발가락, 몸의 어느 한 곳 상하거나 잘못된 곳 없이, 아기가 건강합니다.'라는 말을 듣고서야 마라톤 완주라도 한 듯 땀이 범벅이 된 아내의 얼굴에 환한 미소가 번진다.

상상하기 힘든 일이지만, '아기를 너무 사랑해서 '탯줄'을 끊을 수 없었어요'라고 하는 어머니가 있을 수 있을 까? 아마 없을 것이다. 오히려 '아기를 사랑하기 때문에' 반드시 끊어야 하는 것이 탯줄이다. 어머니에게는 나의 결혼식이 '탯줄'을 끊는 시간이 아니었을 까 생각해 본다. 울고 계신 어머니의 눈물을 보면서, 결혼하는 과정 중에 내가 어머니와 충분한 대화의 시간을 갖지 못했음을 깨닫게 된다. 그러나 그 '결혼'을 통해서 어머니와 연결된 정서적 '탯줄'이 끊어졌다. 그렇기 때문에 나는 어머니를 어머니로 더 건강하게 사랑할 수 있게 된 것이다. 아기가 어머니와 연결된 탯줄을 끊어 내야만 건강한 독립된 인간으로 커 갈 수 있듯이 말이다. 나도 한 가정의 건강한 남편과 가장으로 성장해 나갈 수 있는 것이다. 그리고 그 성장을 통해서만 어머니를 위한 건강한 사랑을 할 수 있다. 건강한 남편과 가장의 자리를 대신해 가면서 어머니를 사랑하는 어떤 행동도, 당장 눈에는 어머니를 위하는 행동처럼 보이지만, 궁극적으로 어머니를 행복하게 해 드릴 수 없다. 마치 탯줄을 끊지 못하고 연결된 채 살아가는 다 큰 성인 아들과 어머니처럼 말이다.

결혼식 날 "이렇게 좋은 날 왜 울고 계세요?"라고 질문하려는 마음을 내려놓는다. 그리고는 "꼭 한번 묻고 싶습니다. 어머니 그때는 어머니를 그토록 우시게 한 저의 아픈 결혼이, 25년이 지난 지금 세 손주의 건강한 가정을 이룬 모습에, 이제는 웃을 수 있는지요?"라고 질문을 고쳐서 어머니께 여쭈어본다.

엄마는 왜 그렇게 살았어?

한겨울의 이른 새벽, 으스스 찬 기운에 몸을 웅크리고 이불을 뒤집어쓰다가 웅성거리는 소리에 눈이 번쩍 떠졌다. 검은 옷을 입은 아저씨들이 아빠와 함께 서 있었다. 그리고 아빠는 인사도 없이 그 아저씨들을 따라나섰다. 현관문을 나서는 아빠의 뒷모습을 멍하니 바라만 봤다. 일주일 후, 크리스마스가 와도 아빠는 오지 않았고, 또 다른 일주일이 지나 내 생일이 되었는데도 아빠는 오지 않았다. 다음 해 초등학교 졸업식에도, 중학교 입학식에도 아빠는 없었다. 엄마는 아직 어린 동생들에게 아빠가 일 때문에 잠깐 해외에 나가셨다고 했다. 하지만 난 알았다. 뭔가 아빠에게 안 좋은 일이 일어났다는 것을.

"소희야, 넌 알지? 엄마아빠가 없을 땐 네가 엄마아빠야. 동생들 잘 챙겨야 해."

고개를 끄덕였다. 하지만 난 몰랐다. 무슨 상황인 건지. 도대체 아빠에게 무슨 일이 일어난 건지. 내가 알 수 있었던 건 엄마가 너무 힘든 상황에 있다는 것이었다. 엄하게 잔소리하던 엄마가 사라진 대신 우리를 바라보고 힘없이 억지 미소를 짓는 엄마의 모습이 보였다. 엄마는 심각한 아빠의 문제를 해결하기 위해 온 힘을 다했다. 집에 오면 바닥을 기어 다닐 정도로 허리가 아프면서도 매일 계속해서 백방으로 뛰어다녔다. 내가 할 수 있는 건 엄마가 돌아왔을 때 쉴 수 있도록 청소해 놓고 동생들을 챙기는 것뿐이었다.

어느 날 엄마는 동생들에게는 비밀로 하라고 하며 아빠를 보러 가자고 했다. 찬기운이 도는 거대한 건물에 들어섰다. 무표정한 사람들 틈을 지나 대기실에서 기다렸다. 이름이 불렸다. 삐그덕 거리는 문을 지나 창살 너머 아빠가 보였다. 새하얀 머리카락. 눈물만 흘렀다. 울지 말라는 아빠의 눈에도 눈물이 흘렀다. 아무 말도 못 했다. 그곳은 구치소였다. 엄마는 아빠가 사기를 당했다고 했다.

몇 달이 지났다. 여동생은 콩쿠르까지 나갈 정도로 열심히 하던 피아노 학원을 그만두었고, 남동생이 정말 좋아하던 델몬트 주스도 더 이상 마실 수 없었다. 이제는 너무 자주 먹어 짜파게티만 봐도 속이 울렁거릴 정도였고, 좋아하던 라면도 더는 맛이 없었다. 엄마의 몸은 날이 갈수록 수척해졌고 내가 할 수 있는 건 아무것도 없다는 게 숨 막히게 답답했다.

"엄마 피자 먹고 싶어."

초등학교 1학년 남동생의 순수한 말에 엄마의 얼굴이 굳어졌다.

"아빠 오면 먹자. 난 짜파게티 먹을래 엄마"

동생들을 다독이고 엄마가 신경 쓰일 일 없도록 하는 게 첫째 딸
인 나의 의무였다.

종종 친가 어르신들이 집에 오셨다. 이마를 잔뜩 웅크리고 인상
을 찌푸리는 어르신들 앞에서 엄마는 무릎을 꿇고 앉아 고개를 조
아렸다. 집에 아무런 수입이 없는 상태에서 무슨 말을 하는 건지 대
충 짐작이 갔다. 엄마는 우리 셋을 아빠가 없는 상황에서도 먹이고
키워내기 위해 모든 자존심을 버리고 하루하루를 살아내셨다. 그게
그 당시 엄마에겐 우리 삼 남매를 향한 최선의 사랑 표현이었다.

가까스로 일이 해결되고 몇 년 뒤, 아빠는 새로운 사업을 시작하
셨다. 점차 자리를 잡아가고 있다고 생각했던 순간, 집에 새빨간 딱
지가 붙었다. 엄마는 벌어진 일들을 다시 수습하기 시작했다. 작은
집으로 옮겨 이사하는 날, 아빠 없이 엄마 혼자 모든 이삿짐을 챙겼
고 나는 옆에서 묵묵히 지켜보다가 좁아진 집을 보며 엄마에게 짜
증을 냈다. '이건 여기다가 놔야 한다고!' 엄마는 미소 지으며 내 마

음을 안다는 듯 말했다. '그래. 알았어~' 이런 상황들이 너무 화가 나고 엄마에게 미안해서 집을 뛰쳐나와 교회로 달려갔다. 펑펑 울며 미친 듯이 기도했다. '하나님, 너무 하세요. 우리 가족, 엄마 좀 살려주세요.'

그때의 엄마에게 묻고 싶다. "엄마는 왜 그렇게 살았어?"

엄마는 누가 봐도 예쁘다고 하는 미인이다. 웃는 모습도 아름답고 순수하다. 그래서 가끔은 '아빠를 만나지 않고 더 자상하고 엄마에게 사랑을 가득 부어주고 고생시키지 않는 분을 만났다면, 나를 낳지 않았다면, 엄마는 행복했을까. 엄마 삶의 무게가 조금 덜어졌다면 엄마가 더 예쁘게 늙으셨을 텐데.'라는 생각을 한다. 지금까지도 아빠 뒷바라지로 고생하고 계시는 엄마를 보면 그냥 외면하고 싶어진다. 엄마가 짊어진 삶의 무게가 전보다 이해가 돼서. 마음이 저리고 아파서. 외면하지 않으면 지금 당장 엄마를 위해서 아무것도 할 수 없는 내가 너무 힘들어서 거리를 두게 된다.

왜 엄마는 가족을 위해 자신의 모든 것을 쏟아부었을까? 지금도 엄마는 일하고 집에 들어와 힘든 몸을 이끌고 아빠를 위해 반찬을 만든다. 대화가 통하지 않는 아빠와 함께 살면서 신경성 질환들로 힘들어도 엄마는 은근슬쩍 아빠를 챙긴다. 아빠가 언젠가는 정신 차리지 않을까 기대하며 아빠와 우리 가족을 위해 새벽마다 간절히 기도한다. 기대는 실망과 외면으로 돌아오지만, 그 모든 걸 알면서도 또 기도한다. 우리가 친정에 간다고 하면 반찬을 가득 만들어놓고 맛있는 거 입에 조금이라도 넣어주려고 부엌에서 나오지 않는다. 힘들다고 하면 달려와서 밤새 애 봐주고 후다닥 가버린다. 엄마가 힘들 때, 아플 때는 연락도 없이 혼자 끙끙거리다가 시간이 다 지나서 이야기한다. 엄마는 도대체 왜 그렇게 사는 걸까?

엄마가 이기적인 사람이면 좋겠다. 엄마만을 위해 돈도 펑펑 쓰고, 몸에 좋은 것도 먹으러 다니고, 친구들하고 여행도 다니면서 재밌게 자신만을 위해 살았으면 좋겠다. 그러면 엄마에게 조금은 덜 미안할 것 같다. 가족만을 위해 살았던 세월을 꼭 보상받았으면 좋겠다. 내가 얼마나 엄마를 사랑하는지 그 사랑을 그대로 전하지 못해 미안해하는지를 알면 보상이 조금은 될 수 있을까.

이제야 알게 된 것은 내가 내 딸을 사랑하는 것만큼 엄마가 나를 사랑했고, 지금도 엄마는 나를 사랑한다는 것이다. 이젠 엄마의 그 사랑을 충분히 누리고 싶다. 그리고 엄마의 남은 인생, 그 이쁘고 온화한 얼굴에 평안과 행복이 가득하도록 지금이라도 내 사랑을 전하고 싶다.

'그렇게 살아도 너희 덕분에 행복했다.'는 엄마의 말을 들을 수 있도록.

♥ 이
영
숙

자식을 잘 키워내길 바랐던 엄마

1955년 경남 합천 덕곡 산골 마을에서 엄마는 3남 3녀 중 막내로 태어났다. 엄마가 초등학교 2학년이 되었을 무렵 외할아버지께서 돌아가셨다. 부지런한 외할머니는 새벽부터 일어나 밭일하시며 농사를 지으시고 소를 키워 6남매를 손수 키워 내셨다. 외삼촌과 이모들은 합천에서 초·중·고등학교를 마치고 도시로 나가 직장을 다녔다. 막내인 엄마는 언니 오빠들과 도시로 가고 싶은 마음은 굴뚝같았지만 홀로 계실 외할머니가 걱정되어 합천에 남아 농사일을 돕기로 했다.

작년 추석 때 일이다. 나는 남동생 부부와 4살 조카를 오랜만에 만났다. 재작년 명절은 코로나 상황으로 가족들과 얼굴만 보고 빨리 헤어졌기에 아쉬움이 많았다. 이번엔 가족들이 한자리에 모이자마자 이야기꽃을 피웠다. 이야기 도중 어릴 적 남동생에게 일어난 재미있는 일이 떠올랐다.

"영진아! 너 어렸을 때 기억나?, 오줌 발음이 안 돼서 항상 '우줌, 우줌' 이라 말해서 엄마를 당황하게 했잖아!" 하고 내가 말하자 순간 가족들은 웃음을 터트렸다. 동생은 "내가 언제?, 난 기억이 없는데!"라며 시치미를 뗐다. 동생도 어릴 적 이야기를 꺼냈다. "누나, 우리 어릴 때 쭈쭈바 사건 기억나? 누나가 엄마한테 용돈 200원 받아서 나 쭈쭈바 사준다고 했잖아! 그런데 누나는 누나 친구한테만 쭈쭈바 사주고 나한텐 안 사줬잖아! 그래서 누나가 슈퍼에서 쭈쭈바 사서 나오는 걸 딱 지켜보고 있다가 누나 손에 든 쭈쭈바 보자마자 바로 빼앗아 먹었잖아! 그때 나한테 꿀밤 준 누나가 얼마나 미웠는데 나 아직도 기억난다!" 그때는 하루가 멀다 하고 남동생과 다투었던 시기였다.

동생과 이야기를 나누니 다시 그 시절로 돌아간 기분이 들었다. 한참 이야기하고 떠드는 사이 동생은 처가에 갈 준비를 했다. 동생이 간 후 엄마와 차를 마시며 엄마의 유년기 시절 이야기를 나눴다.

"엄마는 어린 시절 합천에서 외할머니와 지낼 때 힘들었어?"

"당연히 힘든 점도 있었지. 엄마가 6남매 중 막내잖아. 언니, 오빠들은 고등학교 마치고 부산이나 도시로 나가 직장 생활하며 자리 잡았지만, 그 당시 엄마는 고등학교에 진학하지 못했어. 친구들이 학교 다니는 모습이 부럽고 속상했지. 외할머니 홀로 외삼촌과 이모들 공부시키기 위해 일을 열심히 하셨는데 막내까지 공부시키긴 힘들었을 거야".

엄마가 고등학교 과정을 마치지 못했다는 이야기에 마음이 아팠다. 얼버무리며 다른 이야기로 화제를 돌렸다.

"엄마, 아빠는 어떻게 만나셨어요?"

"그땐 외삼촌이 결혼해 창녕에 살고 있었는데 그곳에 살고 계신 친척이 아빠를 소개해 주셨어. 다방에서 처음 만났는데 엄마는 아빠가 마음에 들진 않았어."

"엄마, 아빠 첫인상은 어땠어요?"

"남자다운 면도 없고, 말도 별로 없었어. 가정을 잘 이끌어 갈 사람인지 확신이 들지 않았지."

"그런데 어떻게 결혼하셨어요?"

"그게 말이야. 엄마가 밭에서 일하고 집에 오자마자 머리를 감고 있었거든. 그때 갑자기 너희 아빠가 느닷없이 합천 집으로 찾아온 거야. 아빠 소리가 들렸지만 머리카락이 거품으로 덮여 있어서 밖으로 나갈 수가 없었어. 그때 마침 밖에 계시던 외할머니에게 아빠가 인사를 드렸어. 외할머니는 아빠를 보고 서글서글 웃는 모습이 좋아 보인다며 몇 번 만나 보라고 권하셨지. 그 일이 있고 엄마는 23살에 약혼하고 1년 후 24살에 아빠랑 결혼식을 올렸지" 아빠와의 만남을 회상하시는 엄마의 모습이 소녀처럼 느껴졌다.

엄마와 아빠가 만나게 된 이야기는 언제 들어도 재미있다. 엄마는 아빠와 결혼 후 나를 낳고 다음 해에 연이어 남동생을 낳았다. 경찰 공무원인 아버지 첫 봉급은 당시 7만 원이었다. 엄마는 아빠가 준 봉급에서 매달 약간의 돈을 시댁에 부쳐드렸다. 우리 가족은 나머지 돈으로 생활했다.

"영숙아! 부모는 어떠한 순간이 와도 자식을 위해 최선을 다해야 해. 그래야 자식도 부모를 믿고 올바르게 살아갈 수 있어. 엄마는 너희를 위해 매 순간 열심히 살았어. 나를 위한 삶을 사는 것보다 너희들을 잘 키우는 게 엄마의 사명이라고 생각했어."

"영숙이 너도 나현이와 세원이를 위해 최선을 다하고 있잖니. 부모는 그런 존재란다."

코로나가 오기 전 부모님은 외할머니를 뵈러 한 달에 한 번은 부산에 있는 요양병원에 가셨다. 그때마다 외할머니는 "우리 영숙이는 어떻게 지내노?"라며 외손녀 안부를 물으셨다고 한다. 결혼해 함안에 살면서 두 아이를 키우느라 외할머니를 찾아뵙지 못했다. 늘 죄송한 마음이 가슴 한쪽에 자리 잡혀 있었다. 재작년 이맘때쯤 엄마에게 전화가 왔었다.

"영숙아, 이번엔 부산에 외할머니를 뵈러 가야 할 것 같다. 외할머니가 올해 넘기기 힘드실 것 같구나." 외할머니를 뵙기 위해 부모님과 요양병원에 갔다. 간호사가 외할머니를 휠체어에 모시고 면회

실로 들어왔다. 코로나로 인해 가족 면회 시간은 15분이다. 외할머니를 보는 순간 눈물이 와락 쏟아졌다. 외할머니의 초점 없는 눈동자, 꼭 다문 입술, 깡마른 팔, 메마른 손, 톡 건드리기만 해도 부서질 듯한 가녀린 다리를 보는 순간 일찍 찾아뵙지 못함에 미안하고 죄송한 마음이 커졌다. 눈앞에 있는 외손녀를 보고도 눈만 끔뻑끔뻑하시며 알아보지 못하셨다. 힘없는 눈동자로 어디론가 하염없이 바라만 보고 있었다.

"외할머니, 영숙이 왔어요." 외할머니 눈앞에서 큰 소리로 말했지만, 미동도 없으셨다. 날 알아보지 못하셨다. 집으로 돌아오는 내내 휠체어에 앉아 계신 외할머니 모습이 눈앞에 아른거렸다. 몇 달 후 외할머니는 107세의 나이로 돌아가셨다.

친정집 장롱에 40년 넘은 빛바랜 앨범을 꺼내 든다. 사진첩을 펼치자 양산을 든 외할머니가 우리를 향해 환하게 웃고 계신다. 부산 외삼촌 댁에 지내시는 외할머니는 겨울이면 창원 막내딸 집에 오신다. 딸이 일하러 나갈 때 집안일도 도우시고 학교 마치고 온 외손주들 간식도 챙겨 주신다. 겨울의 별미 고구마와 호빵을 쪄주시는 외할머니는 우리에게 신신당부한다.

"엄마 말 좀 잘 들어, 내 딸, 힘들게 하지 마라."

외할머니는 늘 엄마 걱정뿐이셨다.

우리 엄마도 늘 시집 보낸 딸 걱정뿐이다. 현재 창원에 살고 계신 친정엄마도 나현이, 세원이를 볼 때면 용돈을 손에 쥐여 주시며 "우리 착한 손주들 부모님 말씀 잘 들어라."라고 말한다.

갑자기 날씨가 추워졌다. 학교에서 돌아온 나현이가 고구마를 한 자루 꺼내놓는다. 학생들이 학교 텃밭에서 고구마를 심고 수확한 것이다. 이번 주 창원에 엄마를 뵈러 갈 때 나현이가 직접 캔 고구마를 쪄서 엄마에게 따뜻한 간식으로 드려야겠다.

엄마와 함께 하는 시간들

엄마는 젊으셨을 때 수영장을 자주 다니셨습니다. 제가 초등학교 저학년 때쯤이었어요. 함께 수영하시고자 하셨는데 저는 물이 무서웠습니다. 물속에 들어가 가슴 부분까지 물이 차면 숨이 차고 그것이 공포로 느껴져 수영을 배우지 못했습니다. 나이 들면서 수영을 배우고 싶었지만 겁이 나고, 시간도 여의치가 않습니다. 엄마가 예순이 되셨을 때 집 근처 수영장을 다니셨는데 제 아들을 데리고 다녀달라고 부탁했습니다. 저는 수영을 못하지만, 아들만큼은 잘했으면 하는 마음이었습니다. 엄마의 다이빙 실력은 수준급이었습니다. 더 높은 곳에서 다이빙을 하고 싶어서 연습을 했다고 하셨습니다. 엄마가 제 아들에게 수영을 가르쳐 주는 모습을 상상합니다. 아이는 할머니와 함께 물장구치면서 누가 더 빨리 가나 헤엄을 칩니다. 배영, 평영, 접영까지 같이 하며 할머니와의 추억을 많이 만들었으면 얼마나 좋았을까요.

학교 갔다 오면 엄마는 꽃꽂이 하거나 신문지를 펼쳐 난을 그리시고 붓글씨를 쓰셨습니다. 집안 곳곳에 엄마가 쓰신 시나 글귀 등이 액자로 걸려 있었습니다. 긴 시간 반복해서 붓글씨 쓰실 때 옆에서 먹을 갈고 붓을 들어 엄마를 따라 쓰기도 했습니다. 그래서 엄마를 떠올리면 먹 향기가 납니다. 달력 뒷장이나 이면지를 주시며 한글 공부를 하고 그림도 그렸습니다. 엄마의 그림은 어린 눈에 보아도 솜씨가 좋았습니다. 초등학교 다닐 때 단체로 갔던 사생대회에서 풍경화를 제가 잘 그리지 못하자 엄마가 대신 그려 주셨습니다. 나뭇잎의 명함도 표현을 너무나 잘하셨고 색감도 잘 선택하셨지요. 그림 뒤에 '전태련'이라고 제 이름을 써서 제출했습니다. 어린 제가 봐도 너무 잘 그려서 초등학생의 그림이 아닌 거 같아 주춤거리며 제출했던 기억이 납니다. 반면 언니들은 엄마를 닮았는지 그림을 잘 그려 미술대학교에 진학했습니다. 저 역시 미대를 지망했지만, 실력이 부족해 낙방했습니다. 미술 전공은 못 했지만 고등학교 때에 미술 시간이 제일 좋았고 실기평가에서 항상 A+를 받았습니다. 비록 뛰어나게 잘 그리지는 못하지만, 엄마의 재능을 물려받아 무언가를 만드는 일을 할 때 즐겁고 주위에서 손재주 좋다는 말을 듣곤 합니다.

아이가 유치원 다닐 때 근무하던 아동복지시설에서 교내 미술대회를 했습니다. 원장님은 직원의 아이라고 형식상 참가를 권했습니다. 처음엔 시설 내에 총무님과 다른 사회복지사들이 심사했는데 일부러 우리 아이 그림은 제외하고 심사를 했습니다. 그 후 공평성을 위해 여주 시내의 미술학원 원장들을 초빙해 다시 심사했는데 아들의 그림이 우수상을 받았습니다. 미술교육을 따로 시킨 적이 없었지만 얼마 전에는 광고영상 공모전에서 대상을 받을 만큼 재능을 타고난 것이 신기합니다. 엄마의 재능이 내 아이에게까지 전해진 듯 해 왠지 모를 끈끈함이 생깁니다. 좋은 일이 생기고 기쁠 때 '엄마가 계셨으면 좋아하셨겠지! 생각이 드는 순간입니다.

엄마가 돌아가시기 전까지 살던 동네에는 어린이대공원이 있습니다. 고등학교 때부터 결혼하고 잠시 인천에서 살았을 때 제외하고 서른 살이 될 때까지 그곳에 살았습니다. 엄마는 제 아들과 조카를 데리고 김밥을 싸서 어린이 대공원에 간 적이 많습니다. 피곤하실 텐데도 시간을 내서 아이들과 함께 해주시는 것이 참 고마웠습니다. 엄마인 저는 피곤하고 귀찮아서 아이와 집에서만 있으려 할 때도 딸 대신 아이들을 데리고 다니셨습니다. 어린이대공원 안에 위치한 이벤트 회사에 근무했던 저는 공룡 대전과 동춘 서커스 등 티켓이 많이 생겨서 엄마께 티켓을 잔뜩 갖다 드렸습니다. 나중에 아이에게 들은 이야기로는 할머니랑 어떤 아줌마랑 매일 서커스 구경을 했다고 합니다. 일하던 딸 대신 아이를 데리고 시간을 보내는 것이 좋으셨나 봅니다.

초등학교 1학년 때 운동회에서 색동저고리를 입고 꼭두각시 춤을 추었던 순간이 성인이 되어서도 즐거웠던 기억으로 남아있습니다. 엄마가 찍어주신 그때 사진이 좋아하는 사진 중 하나입니다. 그 꼭두각시 춤을 아이가 또 추게 되었습니다. 세월이 지나 내가 했던 것을 아이가 하는 것이 의미도 있고 신기해서 꼭 가서 사진으로 남겨주고 싶었지만, 그때는 제가 어린이집을 운영하였습니다. 원아들을 돌보느라 막상 제 아이의 운동회에는 가보지 못했습니다. 아이는 고아인 양 혼자 봐주는 사람 없이 춤을 추고 다른 학부모가 불러서 김밥을 챙겨주었다고 합니다. 엄마가 계셨으면 딸의 운동회에서 사진을 찍어주고 김밥을 챙겨주셨듯이 외손자의 운동회도 봐주셨을 테지요. 다른 아이를 돌보느라 내 아이는 방치한 것 같은 생각에 더욱더 엄마가 그립고 빈자리가 너무나도 컸습니다. 혼자 아이를 키우며 일을 하니 아이는 방과 후에 늘 혼자 있었고 어린 나이에 뭐든지 스스로 해야 했고 때로는 무섭다는 전화를 받을 때는 아이가 너무 안쓰럽고 미안한 마음과 함께 엄마 생각이 더 많이 났습니다.

아이를 대학 보낸 후 생계를 위해 했던 일을 그만두고 좋아하는 일을 하기 위해 떡 만들기와 빵 만들기를 배워 홈 클래스를 시작했습니다. 거실에 커다란 테이블을 놓고 수강생들을 불러 강의했습니다. 온종일 종종거리며 수업하느라 피곤했지만 행복했습니다. 어릴 때 엄마는 카스텔라와 떡을 손수 만들어 주셨습니다. 재질이 양

은이었는지 스테인리스였는지 기억이 가물거리지만, 그 빵틀로 만들어주셨던 빵은 엄마의 정성으로 남아있습니다. 사 먹이는 것보다 손수 만들어주시는 것을 당연하다 생각하시며 늘 챙겨주시던 엄마셨습니다. 혼 분식의 날 다른 아이들은 슈퍼마켓에서 산 크림빵이나 소시지 빵을 가져왔는데 전 늘 손수 만든 샌드위치를 싸주셨습니다. 저는 어린 마음에 다른 아이들처럼 크림빵을 먹고 싶기도 했습니다. 빵 안에 달콤하고 부드러운 크림 맛이 궁금했던 아이였습니다. 엄마가 되니 저도 아이에게 직접 만든 파운드케이크, 호두 파이, 마들렌, 스콘 등을 간식으로 내어 줍니다. 그렇게 자연스럽게 엄마의 마음을 알게 되어 빵과 떡 케이크를 만들고 도라지정과, 약식 등을 배워서 클래스를 운영했고 아빠와 언니들에게도 갖다 주었습니다. 수강생들이 엄마에게 드릴 것이라고 할 때는 살아계셨으면 엄마에게도 내가 만든 것을 갖다 드릴 수 있을 텐데 하는 아쉬움이 남습니다.

엄마와 함께했던 세월과 엄마 없이 보낸 세월이 비슷해지는 나이가 되어 갑니다. 살아가며 문득문득 엄마와 함께하고 있음을 느낍니다. 엄마가 늘 보여준 모습처럼 가족을 위해 요리를 하고 아이를 위해 빵을 만들고 함께 시간을 보내게 됩니다. 6살이었던 아들은 20년이 지나 26살이 되었습니다. 할머니를 기억하지 못하겠지만 저는 그런 기억들이 아이를 키우는 데 큰 힘이 되었습니다. 엄마에게 받은 사랑을 대물림하듯이 아이를 키워온 것입니다. 항상 자식이 우선이었던 엄마는 곁에 계시지 않지만 내 마음속에 모든 순간 기억으로 남아 있습니다. 엄마와 함께한 시간들이 아들이 성장하는 과정 중에 또 문득문득 떠올라 그 기억들이 함께 아이를 키워온 것입니다. 엄마가 계셨다면 그 시간을 함께했을 테니까요.

나의 해방 일기

나의 결혼식 이틀 전 일이다. 같이 일하는 병원 사람들에게 신혼
여행을 잘 다녀오겠다는 인사를 남기고 신혼집으로 향했다. 집에
도착해서 가방을 내려놓고 뭘 먹을지 잠시 고민하는 사이 전화가
걸려 왔다.

"어, 그 상황인데 이모 집 앞에 쭈그리고 있다고?"

아프다는 동생의 전화에 나도 모르게 언성이 높아졌다. 그날 아
침 동생이 아프다는 전화를 했다. 하지만 새로운 병원에 출근한 지
한 달이 채 되지 않았고 신입이 결근할 수 없으니 아프면 병원에서
주사라도 맞을 수 있겠다 싶어 출근하라고 했다. 동생은 종일 병원
에서 링거를 맞으며 겨우 일했고, 퇴근 후 당시 지내던 이모 집에
아픈 몸을 이끌고 갔다. 하필 그날 열쇠를 두고 나왔는데 이모마저
집에 없어 문 앞에서 두 시간을 넘게 2월의 추운 바람을 맞고 서 있
었다고 했다. 몸이 아팠으면서도 미련하게 도움을 청하지 않은 것

에 화가 났고 추운 날 아픈 동생이 바깥바람을 맞으며 앉아있도록 둔 언니라는 게 더 화가 났다.

"당장 형부한테 전화할 테니 기다려. 형부랑 언니한테 진작 전화하지, 그랬어."

동생의 전화를 끊고 남편에게 전화했다. 안산에서 수원까지 단숨에 달려가 동생을 데려왔고 집에 도착한 동생은 힘들어하였다. 아무것도 먹지 못하였다고 해서 쌀을 빻아 미음을 쑤었다. 미음을 쑤는 동안도 구토가 나오려는지 힘들어하며 침대에 누워있었다. 미음을 그릇에 덜어 먹이려고 하였으나 손사래를 쳤다. 내 성의를 봐서인지 두 숟가락을 뜨고는 입에 대지 않았다. 누워있는 내내 멀미와 구토 증세가 지속되었고, 배가 아프다고 하였다. 아무래도 건강한 모습으로 내 결혼식에 같이 가려면 동생이 아프면 안 된다 생각했고 내가 다니던 병원 응급실에 신경외과 의사인 원장이 당직이었기에 퇴근한 지 세 시간 만에 다시 급하게 병원으로 향했다.

배를 움켜쥐며 힘겹게 걸어 병원에 들어갔고 병원에서는 동생에게 간단한 검사를 한 후 수액을 놓아주었다. 모르핀이 수액을 타고 들어가서인지 응급실에 있는 내내 잠을 잤다. 세 시간 정도 흐른 새벽녘 팔과 손이 꼬이는 증세가 보여 Brain CT(뇌) 검사를 하였다. 특별한 이상은 발견되지 않았고 다시 모르핀이 혈액을 타고 돌며 동생을 재웠다. 얼마의 시간이 흘렀을까? 반복해 손과 팔이 뒤틀리는 것을 보고 덜컥 겁이 났다. 상급병원인 안산고대병원으로 보내달라고 하였지만 돌아오는 건 병원 원무과장의 핀잔이었다. 내가 다니는 병원이 아니었다면 그때 더 강하게 표현했을까? 이후로 3번 정도 같은 증상을 반복하였다. 도저히 참을 수 없어 병원 이송을 요청한 시간이 아침 6시 40분경이었다. 구급차를 타고 고대병원 응급실에 도착하여 CT를 다시 찍기 위해 2층으로 이동하였다. 동생의 침상을 계속 따라다니며 곁을 지켰다. 문 앞 의자에 앉아 얼굴을 감싼 채 큰 문제가 없기만을 바라고 있었다. 들어간 지 몇 분 되지 않아 갑자기 검사실 문이 활짝 열렸고 방사선사 두 명이 동생을 태운 침상을 밀고 전속력으로 달리기 시작했다. 물어볼 겨를도 없이 방사선사들은 동생을 다시 응급실로 데려갔다. 직감적으로 좋지 않은 상황임을 느꼈다. 두려움이 커졌다. 응급실 바닥에 널브러져 아이처럼 한참을 소리 내어 울었다. 동생은 그날 이후 잠에서 깨지 못하였고 영원한 이별을 선택하였다.

결혼식에 대해 가족들이 이야기하고 있었다. 부모님은 시골집에서 동네 사람들을 불러 잔치를 치르고 있었다. 다음 날 버스를 타고 올라올 수 없는 분들을 위한 대접이었다. 잔치를 하다 말고 갑자기 올라온 엄마의 모습을 중환자실 앞에서 마주하였다. 어안이 벙벙하신 엄마와 무슨 일인지 설명하라는 아빠의 고함치는 모습이 보였다. 엄마는 나를 마주하지 않으셨고 다만 어찌 된 일인지 궁금해 하셨다.

"왜 출근시켰어? 병원에 있었는데 애가 이렇게 될 때까지 왜 몰라?"

궁금해하는 엄마에게 아침에 병원에 온 친오빠가 내게 들은 대로 설명하는 것 같았다. 그 장면은 마치 소리 없는 동영상이 재생된 것 같았다. 종일 중환자실에 누워있는 동생이 걱정되어 면회 시간만을 기다리며 얼굴을 보았다. 그마저도 가족들이 시간을 나눠 들어가야 했기에 여러 번 볼 수가 없었다. 거즈로 눈을 가린 채로 침대에 누운 동생의 얼굴이 창백해 보였다. 발은 얼음장처럼 차가웠다. 평소 동상에 잘 걸릴 만큼 워낙 손발이 찼던지라 내가 가진 온기와 간절한 마음을 나눠주기 위해 문지르고 주무르며 힘내라고 귀에 속삭여 주었다. 가족들이 내일 결혼식은 해야 하니 저녁에 들어가라고 했다. 분명 일어날 수 있으니 잠깐 병원에 동생을 맡기고 결혼식을 진행하자는 의견이었다. 양가의 첫 결혼이기도 하고 시어른들께도 예의가 아니라고 하셨다. 신혼여행은 포기한 지 오래였고 결혼식 끝난 후에 동생을 보러 와야겠다고 생각했다. 엄마는 중환자실에 있는 내내 동생에 대한 걱정 때문이었는지 나와 마주하지 않으셨다. 아니 죄송한 마음에 내가 얼굴을 볼 수 없었는지도 모르겠다. 내가 잘 돌보았더라면 하는 생각이 들었다. 복잡한 마음을 뒤로하고 중환자실에 들러 인사를 나누고 집으로 돌아왔다. 잠을 자려고 누웠지만 오지 않았고 내내 하느님을 찾으며 도움을 간청하다

겨우 잠이 들었다.

다음날 결혼식을 치렀다. 그땐 미처 알아차리지 못했다. 새언니가 왜 안경을 쓰고 결혼식에 나타났는지, 다들 병원 사람들 표정이 어두웠는지 그저 나를 향한 안타까움이라고만 생각했다. 엄마와 아빠, 나만 모르는 상태로 장례식과 결혼식은 동시에 치러지고 있었다. 결혼식 후, 동생이 있는 곳으로 달려갔다. 엄마는 하염없이 눈물을 흘리셨고, 나 또한 동생을 지키지 못했다는 죄책감에 내내 울음이 멈추지 않았다. 장례를 치르는 동안 엄마와 이야기를 나누지 못했다. 지금도 그날에 관해 묻거나 서로 이야기를 꺼내지 않는다. 무엇 때문인지 잘 알지 못한다.

동생의 죽음이 엄마마저 데려갈까 두려웠다. 당시 엄마는 종교의 힘으로 버텨내고 계셨다. 성당에 다니지 않았다면 이겨내지 못했을 것 같다고 말씀하신 적이 있다. 그런데도 나에게 그날의 상황을 묻지 않으신다. 매해 결혼기념일이 되어도 나는 기뻐할 수 없었고, 결혼기념일을 챙기기보다는 동생을 잃은 슬픈 날이 되었다. 평생에 한 번뿐인 결혼식 전날 동생을 잃은 상황도 감당하기 힘들었지만, 자식을 잃은 슬픔에 힘들어하는 나를 안아주시지 않는 엄마가 원망스러웠다. 뒤로 나는 외상 후 스트레스 증후군이 생겼다. 장례식 글자를 볼 수 없었으며 가까이만 가도 가슴이 심하게 뛰었다.

갑자기 눈물이 나오면 소리 내 엉엉 울기를 반복하였다. 10년 정도 꽤 힘들었다. 동생과의 이별이 내 잘못인 것만 같아 마음이 무거웠다. 엄마에게 묻고 싶다. '엄마 내가 미웠지? 동생을 지키지 못한 내가 원망스러웠지?'

엄마의 슬픔을 지켜보는 나는 두 배, 세 배로 아팠다. 엄마도 위로가 필요했겠지만 나도 위로가 필요했다. 내 잘못이 아니라고 말해주는 사람이 필요했다. 10여 년은 맘이 편치 않았고, 동생을 보러 가는 길이 좋았지만 힘도 들었다. 시간이 지나면서 결혼기념일이 행복한 기억을 추억할 만한 날이었다면 하는 아쉬움이 들던 어느 날, 엄마가 이런 말을 해주셨다.

"결혼기념일을 슬프게만 생각하지 말어. 맛있는 것도 먹고 은지 한테만 가지 말고 너희끼리 지내."

엄마의 말 한마디는 효과가 컸다. 죄책감이라는 족쇄가 풀린 느낌이었다. 누가 내게 족쇄를 채운 것도 아닌데 말이다. 그 이후로 결혼기념일에 동생이 있는 곳에 가지 않았다. 15년이 흐른 후 수목 장을 한 나무 밑 흙을 가져와 엄마의 화단에 뿌리는 계기가 되었다. 세월이 흐른 만큼 동생을 추억하는 방법도 바뀌었다. 어느 해에는 친정 오빠가 다 잊고 결혼기념일을 단둘이 보내라며 속초 여행을 보내주기도 하였다. 우리 가족들은 서로의 상처를 알고 보듬으며 치유해 주었다. 엄마의 말과 오빠의 격려를 받은 날을 기억한다. 스

스로 가둔 감옥에서 해방된 날이다. 비로소 온 마음으로 내 결혼을
받아들일 수 있었다.

  무언가에 매달린다는 건 힘든 일이다. 사람이든, 일이든 되지 않
는 것에 매달리는 것은 버겁다. 잊어야 할 일에 매달리는 것도 그렇
다. 자유로워지길 바란다. 자신이 옭아맨 굴레로부터 해방되어 훨
훨 날 수 있길 바란다. 나 자신을 가두는 허튼 짓은 하지 말고 그냥
흘러가게 두는 지혜와 강단이 필요하다.

내 나이의 엄마에게

나는 81년 1월에 태어났고, 엄마는 38년 2월생이다. 엄마는 지금
의 내 나이쯤 나를 출산했다. 임신했을 때 광주 5.18이 일어났다고
한다. 총알을 막기 위해 이불로 창을 덮었다는 이야기도 들었다. 영
화 〈택시운전사〉만 봐도 그날이 얼마나 참혹했는지 알 수 있다. 그
시대에 엄마는 이미 딸 넷을 키우면서 또 하나의 생명을 잉태하고
거친 세월을 살아냈다. 엄마는 아빠와 싸우고 마당 바닥에 주저앉
아 니들은 나처럼 살지 말라고 울부짖었다. 엄마처럼 살지 말라는
말은 무슨 뜻일까? 무능력한 남편을 대신해 가장 노릇까지 했던 엄
마는 모든 수고로움을 자신의 업보로 여겼다. 술 없이는 못 사는 아
빠와 같이 살았던 엄마에게 예전에 물었던 적이 있다.

"엄마는 왜 아빠랑 이혼 안 했어?"
"니들 잘 때 몇 번이나 도망갈라고 짐을 쌌다. 근디 차마 발이 안

떨어지더라. 사는 게 하도 힘들어서 죽을라고도 했제."

강하다 못해 무서웠고, 힘차다 못해 악으로 버텨냈던 엄마도 사람이고 여자였다. 어린 내가 무엇을 어떻게 얼마나 알 수가 있겠는가? 학교행사에 엄마가 올 일이 생기면 가게를 봐줄 사람이 없다며 발을 동동 굴렀다. 잠깐 옆 가게에 부탁을 하고 엄마가 학교에 올 때면 나는 기쁘면서도 창피했다. 평상시에 입지 않던 정장 바지에 블라우스를 갖춰 입고, 립스틱까지 바르고 온 엄마는 예뻤다. 그런데 다른 사람 눈에는 그렇게 보이지 않았나 보다. 친구들 엄마보다 나이가 많았기 때문이다. 다들 할머니가 왔냐고 물었다. 어린 나는 입을 삐죽 내밀고 엄마에게 마냥 짜증을 냈다. 엄마는 잘못한 것도 없는데 말이다. 가끔은 엄마가 젊었으면 좋겠다고 바랐던 적도 있다.

엄마는 중학교까지만 졸업해서인지 딸들의 교육에 집착했다. 자신처럼 살지 말라고 한 말에는 좋은 남편을 만나고, 잘 배우라는 뜻이었던 것일까. 나는 막내라서 언니들보다 혜택을 더 받은 편이다. 유치원도 다녔고, 학원에서 공부도 했고 고등학교 때는 과외도 받았다. 방이 두 개인 집에 나를 위해 피아노까지 들여놨다. 주머니를 뒤져도 동전 하나 없는 살림이었다. 버스비가 없어서, 엄마는 차비가 아깝다며 나를 데리고 먼 거리를 걸어 다녔다. 모아놓은 돈도 없었고 오롯이 엄마가 일해야만 식구가 밥을 먹고살 수 있을 때였다.

나라면 그렇게 살지 못했을 것이다. 아니, 안 할 거다. 왜 나만 희생해야 하냐며 화를 냈을 거다. 누구보다 자유분방하고 호기심 많은 엄마가 왜 그런 삶을 살고 싶었겠는가? 자식들 때문이다. 자기 삶을 되풀이시키고 싶지 않았기 때문이다. 엄마의 희생으로 딸 다섯은 자유를 얻었다.

내 나이 때 엄마는 딸 넷을 키우고, 전라도 광주 대인시장에서 옷 장사를 했다. 아직도 기억난다. 내가 초등학교도 들어가기 전이었다. 방 하나에서 식구들이 다 같이 자고 있을 때, 엄마는 옷을 입고 조용히 집을 나섰다. 서울 동대문에 도매로 옷을 사러 한 달에 한두 번씩 갔다.

"오메. 그날따라 바람이 얼마나 찼는지 얼굴까지 찢어지려고 하더만."

엄마는 새벽에 서울 갔던 일을 가끔 말한다. 생각만 해도 몸서리가 친다고 했다. 나는 엄마의 뒷모습만 기억했다. 뒤도 보지 않고 집을 나서는 엄마를 보며 붙잡고 싶었다. 짐이 많을 때면 언니들도 서울에 따라갔다고 한다. 내가 언니들만큼 컸을 때는 엄마가 옷 장사를 접어서 따라가 보지 못했다. 엄마의 고행 덕분일까. 서울에 대한 열망이었을까. 딸 다섯 중에서 나만 서울에서 터를 잡고 산 지 10년이 넘었다.

짐 보따리를 머리에 이고, 양손에 들고 가게로 와서, 엄마는 쉬지도 않고 장사를 시작했다. 그날은 보신탕을 먹는 날이다. 빈 냄비를 주면서 국을 사 오라고 시킨 적도 있다. 그때는 그게 뭔지도 모르고, 맛있게 먹었다. 은근히 기다리기도 했다. 흔치 않은 외식이기 때문이다. 밖에서 음식을 사 먹는 것은 졸업식 때 중국집에서 짜장면을 먹는 것 말고는 없었을 때다. 엄마는 음식도 먹고 싶어서 먹은 게 아니었다. 먹어야 사니까 버티려고 먹었다. 그래서 엄마는 지금도 먹고 싶은 음식을 사 먹는 법을 모른다. 외식하면 큰일 나는 줄 안다.

나는 먹고 싶은 것이 있으면 배달 앱으로 시켜 먹거나, 동네 시장에서 사다가 먹는다. 잘 먹고사는데 엄마는 항상 걱정이다. 엄마가 돈이 없는 것을 알았기에 어렸을 때부터 뭔가 하고 싶다거나 먹고 싶다는 말을 잘하지 못했다. 참다 못 해 꿈에서까지 치킨이 보일 때야, 통닭을 먹고 싶다고 말하면 엄마는 닭을 사다가 튀겨줬다. 친구들하고 학교 앞 분식점에서 몇 백 원만 내면 한 접시를 먹을 수 있는 튀김도 엄마는 돈이 아깝다며 사 먹지 못하게 했다. 대신 고구마를 한 봉지 사다가 큰 냄비에 기름을 붓고 며칠 먹을 분량의 고구마튀김을 만들어줬다.

"니들은 돈이 썩어난갑다."

지금도 듣는 말이다. 엄마는 왜 해 먹을 수 있는데 돈을 쓰냐고 말했지만, 우리의 논리는 그렇지 않다.

　나는 오천 원만 내면 동네 시장에서 생선 전, 깻잎 전, 동그랑땡을 살 수 있다. 입도 짧아서 혼자서 3일 이상을 먹다가 상해서 버리는 경우도 있다. 집에서 전을 만든다고 생각하면 아찔하다. 밀가루, 계란, 깻잎, 동태 재료부터 사야 한다. 손질하고 전을 부쳐야 한다. 이미 전을 먹기 전에 지쳐버린다. 먹을 만큼만 맛있게 사서 먹는데, 오천 원만 있으면 된다. 엄마가 살아온 삶에서는 이해할 수 없는 부분이라 생각한다. 지금의 20대를 내가 알지 못하는 것처럼 말이다.

　42살의 엄마에게 묻고 싶다. 당신의 삶은 행복하냐고.
　그리고 말해주고 싶다. 모질게 살아내지 않아도 된다고.

엄마에게 늘 아픈 손가락이 된 셋째 딸

딸만 넷인 엄마에겐 제가 늘 아픈 손가락이었습니다. 셋째 딸로
태어나 지금도 엄마의 걱정거리였지요.

50대 초반을 넘어감에도 엄마에게는 마냥 어린 딸로만 기억하고
계십니다. 지금까지 김치를 한 번도 담아 본 적이 없었어요. 매년
가을이면 셋째 딸 김장 때문에 고민하십니다. 앞마당에 있는 밭에
배추를 심습니다. 다리와 허리가 아픈 상태에서 배추를 정성껏 보
살핍니다. 비가 오지 않을 때면 아픈 몸으로 물을 주십니다. 온몸을
땅에 기대며 풀도 뽑으십니다. 배추 폭이 안 차면 또 걱정하십니다.

"민지네 김장 배추가 안 크고 있어." 한숨을 내쉽니다. 김장이 끝
날 때까지 엄마는 오직 걱정뿐이셨습니다.

나이가 드실수록 엄마는 난청으로 소통이 어려워졌습니다. 자존
감이 낮아지셨습니다. 아버지가 살아계실 때 고막이 터졌는데요.

부부싸움을 하시던 중에 화가 난 아버지는 엄마의 머리를 때리셨다고 합니다. 피하시다가 아버지의 손에 엄마의 왼쪽 귀 고막이 터졌습니다. 그 후로 엄마는 점점 청력을 잃어 가셨어요. 36살 엄마와 어린 딸 3명, 임신 중인 동생을 남긴 체 아버지는 병으로 돌아가셨습니다. 젊은 나이의 엄마는 홀로 되셨습니다. 시어머니와 네 명의 딸의 가장이 되셨습니다. 생계를 유지해야만 했습니다. 온갖 품앗이로 돈을 버셔야 했습니다. 다행히도 아버지가 남겨 놓으신 작은 논이 있었습니다. 벼농사를 지을 수 있었기에 밥은 먹고살 수 있었습니다. 농사와 품앗이로는 도저히 딸들을 가르칠 수가 없었습니다. 가정형편이 어려워 큰언니와 작은언니는 일찍이 사회생활을 해야만 했습니다. 저 또한 어린 나이에 엄마와 할머니의 농사를 도와야 했습니다. 정말로 힘든 나날이었습니다. 그 와중에 저는 심한 중이염을 앓고 있었는데요. 항상 제 귀에선 누런 고름과 냄새로 가득차 있었습니다. 셋째 딸의 모습을 보며 늘 마음 아파하셨던 엄마, 성인이 되어 알게 되었습니다. 한 번도 마음 표현을 안 하셨던 엄마였는데요. 엄마는 제게 늘 미안한 마음을 가지고 있었다고 합니다. 엄마의 진심을 알게 된 사건이 있었는데요. 제가 쓰러진 날이었습니다.

2005년 4월 어느 날, 제가 전집 방문판매 팀장을 하고 있었습니다. 회의를 마치고 일어나려고 하는 순간 귀에서 '펑' 하고 소리가 나더니 쓰러졌습니다. 바닥에 누워 있는데 온 세상이 빙글빙글 돌기 시작했습니다. 균형 감각을 잃어 일어날 수가 없었습니다. 연락을 받고 온 남편은 깜짝 놀라며 저를 아주대 병원으로 데려갔습니다. 검사 결과 왼쪽 귀의 바이러스가 오른쪽 귀로 넘어오는 과정이었다고 합니다. 바이러스에 고막과 뼈가 녹으면서 소리와 걷기를 빼앗겨 버렸습니다. 지인 덕분에 3일 만에 수술 일정이 정해졌습니다.

8시간의 긴 수술을 마쳤습니다. 3일만 늦었어도 생명이 위험했다고 합니다. 오른쪽 귀에 인공고막과 뼈를 이식하는 수술을 하였는데요. 다행히도 왼쪽 청력은 잃었지만, 오른쪽 청력을 되찾을 수 있었습니다. 수술을 지켜보던 엄마는 많이 놀라셨어요. 딸이 난청이 되었다는 사실 때문에 엄마는 속상해하셨습니다. 오랫동안 중이염을 앓았던 왼쪽 귀도 수술하였습니다. 이미 청력이 상실되었기에 인공고막을 넣어도 나아지지는 않았습니다. 두 번의 수술을 지켜보던 엄마는 저를 대하는 태도가 달라졌어요. 제대로 치료를 받지 못해 청력을 잃은 엄마의 경험으로 더 괴로워하셨어요. 알아듣지 못하는 답답함을 알고 계시는 엄마는 더욱 위축되어 가셨고 사위에게도 미안한 마음을 가지셨습니다. 동병상련으로 더 힘들어하시는 엄마를 볼 때마다 저는 짜증이 나기 시작했습니다.

저는 연년생 삼 남매를 낳았습니다. 삼 남매를 키우면서 아이들 교육 욕심으로 전집 방문판매 일을 시작하였는데요. 방학이 되면 항상 엄마는 딸 집에 오셔야 했습니다. 엄마에게 삼 남매를 맡긴 체 일에만 집중하였습니다. 제대로 용돈도 주지 못했어요. 반찬이 없으면 엄마의 돈으로 시장을 봐서 삼 남매 식사를 챙겨야 했습니다. 일에만 집중했던 저였기에 집안일은 소홀했습니다. 모든 것을 엄마 손에 맡기며 내 할 일만 했던 철없는 딸이었습니다. 그래서 엄마는 사위에게 당당하지 못하셨어요. 집안을 챙기지 못하는 딸을 보면서 늘 미안한 마음을 사위에게 가지고 있었습니다. 여름방학, 겨울방학이 끝나면 다시 집으로 가셨습니다. 홀로 농사를 지으셨습니다. 거의 10년 동안 시집간 딸을 뒷바라지했던 엄마는 저를 위해 희생하셨습니다. 그러면서도 당신과 닮은 딸을 보면서 아파하셨습니다. 누구의 잘못도 아닌데 당신의 잘못인 양 마음 아파하시던 엄마였지요.

나이가 들수록 저도 엄마의 모습을 닮아갑니다. 엄마는 청력이 더 나빠지셔서 자식과 소통이 어려워지고 있습니다. 큰 소리로 말해도 잘 알아듣지 못하시는 엄마입니다. 낮은 자존감으로 움츠리시는 엄마를 볼 때면 속상합니다. 어쩌면 저의 모습이기도 하지요. 당신과 닮아가는 딸을 지켜보는 엄마의 마음은 어떨까요? 세월이 흐르면서 힘들어하시는 엄마의 뒷모습을 바라봅니다. 엄마는 오늘도 배추 농사를 걱정하십니다. 오로지 딸들의 김치 때문에 눈도 못 감는다는 엄마에게 조용히 묻고 싶습니다.

"엄마, 이 나이가 되어서도 엄마에게 늘 아픈 손가락이 되었을까요?"

지금까지도 엄마에게 아픈 손가락의 셋째 딸이었습니다.

엄마의 마음은 늘 한결같습니다. 50대, 60대 자식을 바라보는 엄마의 끝없는 시선은 사랑이었습니다.

자식의 아픔이 엄마의 아픔이 되어버립니다. 엄마의 삶이 다하기까지 눈물이 되어버린 자식의 모습.

엄마에게 아픈 손가락이 된다는 것은 어쩌면 축복이 될 수 있습니다. 마지막 순간까지도 살아야 할 이유가 될 수 있습니다. 아픔이 곧 사랑이 되어버린 엄마의 마음을 받아들입니다. 비록 엄마에게 늘 아픈 손가락이지만 최고의 사랑을 받는 이유이기도 합니다. 얼마 남지 않은 엄마의 삶에 행복의 손가락이 되어보렵니다. 지금까지 받은 울 엄마의 사랑을 이젠 되돌려 줘야 할 시간. 행복의 손가락이 되어 기쁨의 딸, 고마움의 딸로 오늘을 살아가렵니다. 고맙습니다. 사랑합니다. 덕분입니다. 행복합니다.

엄마의 빈자리는 서러움이었다

시골 할머니 댁은 동네 한가운데 우물가가 있었다. 5살 친구들, 언니, 오빠들과 밭에서 놀다 어둑어둑 해가 지면 집에 가자고 했다. 친구가 일어나 엄마한테 간다고 말했다. 나도 엄마한테 간다고 말하려던 참에 친구가 나에게 한마디 던지고 뛰어간다.

"너 엄마 없잖아."

그 말을 들은 순간, 신던 신발이 벗겨진 줄도 몰랐다. 친구를 쫓아가 머리채를 잡고 엉엉 울며 말했다.

"나 엄마 있다고!"

동네 한복판에서 여자아이 두 명이 싸우는 소리가 크게 울렸다. 할머니는 뛰어오셔서 울고 있는 나를 안아주셨다. 집으로 들어와 등을 토닥이시며 말씀하셨다.

"정선아, 너 엄마 있어. 할미도 있고. 울지 말 그라."

이듬해 어느 봄날이었다. 집에 아빠가 온다고 할머니가 말씀하셨다. 그런데 아빠가 온다는 말이 반갑지 않았다. 저녁 무렵 할머니와 마루에 앉아 있다가 대문이 열리는 소리에 밖으로 나왔다. 처음 보는 아주머니 손을 잡은 아빠의 모습. 어린 마음에 이런 생각이 들었다.

'이제부터 내가 엄마라고 불러야 하는 사람이구나.'

아주머니는 어색한 웃음을 지으며 방으로 들어왔다. 할머니가 차려주신 저녁을 먹고 너스레를 떠신 아주머니는 할머니와 설거지를 했다. 설거지를 마치고 안방으로 들어온 할머니는 옷 가방을 챙기면서 말했다.

"이제부터 아빠랑 엄마랑 같이 집에 가서 살 그라. 할미한테는 또 놀러 오면 된다 잉~"

처음 보는 아주머니인데 '엄마'라고 불러야 한다는 말에 슬픈 마음이 몰려오며 실감되었다.

엄마라고 불러야 했던 어색함. '엄마'라는 존재가 무엇인지 정말 몰랐다. 3살 때 엄마와 헤어진 후 6살까지 한 번도 불러본 적이 없었다. 엄마에 대한 의미를 경험하지 못했던 나에게 갑자기 다가온 '엄마'의 단어는 낯설기만 하였다. 나에게 엄마란 존재는 6살 때부터 시작되었다. 내게 '엄마'는 때리고 화내는 사람, 심부름시키는 사람이었다. 내가 상상했던 엄마의 모습이 아니었다.

그리웠던 엄마라는 존재가 너무나도 보고 싶었다.

어느 날 새엄마가 돌아가시고 전화 한 통이 걸려왔다.
"정선아, 정선이 맞나? 나 누군지 아나?"
낯선 목소리에 순간적으로 '엄마인가?'
"정선아, 엄마다. 아빠한테 이야기 들었는데 엄마가 너무 늦게 전화했지?"
그리웠던 엄마의 목소리를 듣는 순간 기쁨보다는 화가 났다. 그동안 아빠와 엄마는 서로 소식을 주고받았다는 뜻인가. 억울했다. 나를 모르는 체했던 엄마. 이제야 연락했다는 것이 너무 미웠다. 하지만 불편한 나의 마음을 숨기고 "네, 네." 하며 대답만 했다.

나와 아빠는 엄마와 연락한다는 걸 서로 말을 하지 않았다. 가끔 엄마는 전화를 해서 안부를 물었다. 겨울방학 때 동해에 놀러 오라는 이야기만 했다. 그해 겨울방학이 시작되었을 때 아빠가 동해에 놀러 가자는 이야기를 했다. 그렇게 처음 엄마를 만나러 추운 겨울 동해를 가게 되었다. 나는 엄마를 만나러 가기 전에 엄마에게 줄 선물을 준비했다. 은빛 반짝이는 선물 포장지를 작게 잘라서 작은 거북이를 접어 유리병에 가득 채웠다. 엄마가 보고 싶은 마음을 담아 정성껏 만든 선물이다.
엄마 얼굴을 태어나 처음 보았는데 제대로 바라보지 못했다. 너무 낯설었다. 분명 엄마인데 엄마라고 부르기도 어색했다. 엄마는 내 이름을 부르면서 살포시 안아주셨다. 아무 느낌이 없었다. 정성 껏 만든 선물을 받은 엄마의 표정도 그리 기쁘지 않아 보였다. 엄마 에게 조금 서운했다. 추운 겨울이라 외투를 사 주시겠다며 매장에 들어갔다. 옷을 고르는데 어떤 것이 마음에 드는지 선뜻 결정하는 게 어려웠다. 결국 엄마 마음에 드는 외투를 골라 입고 작은 아파트 로 나를 데리고 갔다. 처음 보는 이모들에게 멋쩍은 표정으로 고개 를 숙이며 인사했다. 그런 상황이 불편하고 그렇게 인사하는 내가 너무 싫었다. 엄마 방의 문을 여는 순간 매캐한 담배 냄새로 가득했 고 머리가 아팠다.

폐타이어 위에 둥근 유리가 올려진 테이블. 그 위에 담배꽁초가 가득한 그릇이 놓여있었다. 엄마는 이모들이 치우지 않고 여기에 둬 서 냄새가 난다며 베란다로 치우셨다. 나는 아무 말 하지 않고 바닥 에 엄마와 마주 앉았다. '널 보고 싶었다는 말…, 힘들었을 텐데 잘 컸다. 고맙다.'는 말은 없었다. 딸에 대해 묻지 않아 서운함이 가득 했다. 아빠가 엄마에게 어떻게 해서 이혼을 했는지, 나를 왜 키우지 못했는지를 하소연 하듯 이야기했다. 아빠가 모든 걸 잘못했다는 이 야기로만 들렸다. 아빠가 더 나쁘고 미운 사람으로 생각하고 있는 엄마. 내가 엄마에게 원했던 건 눈을 마주하며 나의 이야기를 하고 싶었다.

'엄마가 없어서 나 정말 힘들었다고.'
'엄마가 죽고 싶을 만큼 보고 싶었다고.'

수업이 끝나면 피아노 학원을 다녔다. 어느 날 피아노 수업을 마치고 일어나자 의자와 옷이 시뻘겠다. 깜짝 놀라 울지도 못하고 가방으로 엉덩이를 가리고 집까지 뛰어왔다. 아빠가 올 때까지 불안한 마음으로 기다렸다. 아빠는 슈퍼에 가서 생리대를 사다 주셨다. 브래지어 속옷을 살 때도 아빠가 사다 주셨다. 친구들이 엄마랑 같이 고르고 샀다는 말을 들었을 때 너무 부러웠다. 소풍 때 김밥도 엄마가 싸 준 김밥을 가져간 적이 없다. 졸업식, 입학식도 마찬가지이다.

어려서 이사를 여러 번 다녔다. 집안 살림살이를 혼자 정리하며 너무 힘들었다. 아빠한테 다시는 이사하지 말자 그랬다. 집을 꼭 사자고 울면서 이야기한 적도 있다. 결혼할 때 혼주 자리는 큰엄마가 대신했다. 첫아이를 출산할 때 제왕절개 후 마취에서 깨는데 엄마가 너무 보고 싶어 오열하며 몇 시간을 울었다. 명절 때마다 친정에 가면 엄마가 없어 상 차리고 정리하는 것도 쉬운 일이 아니었다. 병원에 입원해서 수술해야 할 때 딸아이 맡길 곳이 없어 시댁에 보내야 했다. 아프고 힘들 때 '엄마'를 부르고 안기고 싶었다. 엄마가 없는 서러움을 눈물로 삼키며 골백번 부른 날이 너무 많다. 내겐 왜 엄마가 없는 걸까? 엄마의 빈자리는 서러움이었다.

PART 03
상처, 그리고 용서

김
성
신

응답하라 1988 철없던 날들

드라마 '응답하라 1988'. 응답하라 시리즈 다른 버전은 제대로 보지도 않았고 사실상 관심도 없었다. 그런데 1988편은 엄청나게 공감하며 두 번, 세 번은 본 것 같다. 나는 이 드라마를 왜 그렇게 몰입해서 열광하고 때론 눈물을 홀쩍거리며 보았을까. 그 당시에는 잘 몰랐다. 지금 돌이켜 생각해 보니 드라마에 등장하는 인물들의 그때그때 상황들에 공감이 갔었던 모양이다. 잘 사는 집보다는 다소 어려운 살림살이의 덕선이네 가족에 특히 정이 많이 갔다. 나도 덕선이처럼 우리 집에서 둘째이기 때문이다. 나도 언니나 남동생처럼 계란프라이 해달라는 덕선이. 나만 이름이 왜 촌스러운 덕선이냐며 불만을 토로하던 덕선이. 생일이 비슷하다는 이유로 생일케이크를 언니와 공유해야 하는 사실에 속상해 슬프게 엉엉 울었던 덕선이. 형제 중 둘째가 겪는 억울한 상황들이 공감이 갔다. 드라마이지만 결과적으로 덕선이가 잘 되어서 너무 좋았다.

우리집은 삼 남매다. 위로 오빠가 한 명 있고 아래로 여동생이 한 명 있다. 아버지가 중학교 선생님이셔서 엄청 넉넉하지는 않았지만 그렇다고 찢어지게 가난하거나 힘들지는 않았다. 용돈을 넉넉히 받아서 쓰지는 못했다. 그래서인지 우리 아이들에게는 용돈은 필요할 때 필요한 만큼 주고 싶은 마음이다. 돌이켜보면 아무 생각 없이 한다고 하는 행동들이 다 잠재의식 속에 어린 시절이 있는 것 같아 소름 끼치도록 두려울 때가 있다.

학창 시절 용돈을 풍족하게 받은 기억은 별로 없다. 항상 부족했었고 그렇다고 욕심부리며 더 달라고 말해본 기억도 없다. 그런 와중에 우리 집에 리바이스 청바지가 들어왔다. 그 당시 나는 꿈도 못 꾸는 가격대의 바지였다. 그 바지를 모르는 중고생은 없을 정도였다. 청바지 주인공은 오빠였다. 내가 갖고 싶은게 있어도 우리 집 형편을 먼저 생각해 사고 싶고, 갖고 싶어도 엄마한테 감히 말하지 못했다. 엄마는 항상 사주는 것에도 순서가 있다고 말씀하셨다. '언젠가는 나도 좋은 것을 받는 날이 오겠지'라는 마음으로 기다렸다. 나에게 리바이스 청바지는 주어지지 않았다. 아르바이트하기엔 어린 나이였고 그저 속상한 마음을 속으로 꾹꾹 눌러 담았다. 내가 할 수 있는 건 없었다. 엄마는 사촌 언니 집에서 유명브랜드 청치마를 얻어왔다. 어린 마음에 얻어 입는 옷은 입기 싫었다. 엄마 말씀 잘 듣는 순한 나도 그 옷은 단 한 번도 입지 않았다. 요즘 들어 엄마랑 통화하다가 그때 옷 이야기가 나왔다. 엄마도 옷을 물려주니 어쩔 수 없이 뿌리치지 못하고 받아오셨다고 했다. 나는 그 시절 엄마가 받아 온 옷을 입기 싫다고 화도 못 내고 어린 나이에 어른인 척, 괜찮은 척 속으로만 앓았다. 그때 솔직하게 말하지 못했던 나 자신이 원망스럽다. 대학생이 되고 처음으로 아르바이트해서 받은 돈으로 메이커 베이지색 바지를 한풀이하듯 10만 원을 주고 과감하게 샀다. 정말 닳아 없어질 때까지 그 바지만 입었다. 어릴 때부터 예쁜 옷, 좋은 옷을 많이 입지도 못했지만 나도 크게 욕심을 내지 않았다. 어른이 된 나는 자신을 예쁘게 꾸미는 데는 소홀하다. 그저 무조건 아끼는 버릇만 익숙하다. 엄마는 좋은 거 입고 비싼 거 사고 하고 싶은 거 하며 살라고 하지만 나는 내가 원하는 걸 쉽게 해 본 경험이 없기에 돈이 있어도 쉽게 쓰기가 힘들었다.

지난주에 재테크 관련 책을 한 권 읽었다. "돈"도 내가 좋아하고 보람을 느낄 만한 일에 써야 한다고 했다. 얼마를 쓰든 그렇게 써야 한다는 글을 보면서 앞으로는 싸구려, 싼 것만 사지 말고 비싸도 과감하게 사보기로 내 나이 쉰이 넘어서야 결심했다. 아이들과 쇼핑을 할 때도 아이들이 맘에 드는 신발을 처음으로 사줬다. 이제는 과감히 사는 내 모습을 발견한다. 나도 한 번에 처음으로 두 켤레 신발을 샀다.

드라마 '응답하라 1988' 시절 일반 시민들은 주어진 돈으로 알뜰하게 살아내야 했다. 나도 원하는 걸 다 누리는 삶을 살지 못했다. 덕선이가 서운했던 것처럼 나도 속상한 일들이 있었던 시절이었다. 드라마를 통해 내 어린 시절이 주마등처럼 지나갔다. 살면서 기억 저편으로 숨겨지는 듯했지만 '1988'의 덕선이를 보며 나를 만났고 아쉬움이 가득 남은 추억도 떠올려졌다.

경제적으로 아쉬운 부분도 있었지만 내 안에 숨겨진 마음의 상처도 있다. 8년 전 일이다. 그 당시 우리 가족이 살아남기 위해 남편은 멕시코 해외 근무를 선택했다. 남편을 따라 3년 8개월을 타국에서의 힘겨운 삶을 아이들과 견뎌내고 귀국했다. 사람들은 남의 속도 모르고 우리 가족을 부러워했고 시기의 시선들을 보내왔다. 나는 이런 예상치 못한 일들로 아이들과 함께 힘든 일상을 보냈다. 우리가 멕시코에 나가 있는 동안 아버지가 아프셨다. 엄마는 힘든 상황을 막내에게 많이 의지하셨다. 나는 귀국하자마자 엄마에게 달려갔다. 엄마가 그리웠고 보고 싶었다. 반가운 마음과 한국에 없는 시간 동안 챙겨드리지 못한 마음에 더 신경 써드리고 싶었고 잘 해드리고 싶었다. 타국에서 힘든 생활을 엄마에게 위로받고 싶었다. 하지만 엄마는 늘 막내와 소통해왔던 터라 내 말은 밀리기 일쑤였다. 40대 중반이었던 나는 엄마와 잠시 떨어져 있는 시간보다 한국에 와 엄마와 만난 시간이 더 힘들게 느껴졌다. 괜히 무시당하는 것 같았고 모든 것이 서운했다. 친정엄마를 이해하기 위해 노력했지만

다 이해할 수 없었다. 내가 멕시코에 나가 있는 동안 전화를 드리면 엄마는 늘 걱정된다고 말씀하셨다. 우리는 해외에서 잘 지냈다. 재미있는 일도 많았다. 타지에서 열심히 사는 딸에게 용기 주는 엄마를 기대했지만 늘 걱정만 하는 엄마를 볼 때면 아쉬움이 컸다. 지금 생각해도 멕시코 생활은 후회되지 않는다. 너무나 소중한 경험이었고 우리 가족에게 큰 자산이 되었기 때문이다. 우리 가족이 해외에 나가기 전 사정도 모르시면서 왜 꼭 가야 하냐고 했던 엄마. 엄마의 따뜻한 응원을 받고 해외로 가고 싶었다. 그러나 현실은 엄마의 걱정과 혼란 속에 한국을 떠나야 했다. 친정집 앞에서 두 아들을 데리고 공항 가는 택시를 타던 그 장면이 아직도 생생하다. 어린 아들들을 데리고 가야 했기에 너무나도 막막했던 마음을 감추려 일부러 아무렇지도 않은 척했다. 그 순간도 나는 엄마였기에 용감했다. 영어 한마디 못하면서 미국을 거쳐 멕시코까지 비행기를 타고 갔던. 엄마는 그런 딸이 고생할 일들이 나의 감추려 했던 표정에서 벌써 읽었는지도 모르겠다.

철없던 사춘기의 서운했던 기억들도, 나이가 들어서 생긴 일들도 시간이 갈수록 상처가 확실하게 아문다기보다 희미해졌다. 이해가 된 부분도 있지만 끝내 이해되지 못하고 덮어서 나만의 상자에 담아둔 부분도 있다. 모든 일이 완벽하게 이해하고 용서하고 정확한 선이 그어지진 않는다. 이젠 그래도 속상했던 일들에 다소 덤덤

해졌다. 감사한 일이다. 대신 내 어린 시절을 교훈 삼아 내 아이들에게 조금은 더 자유롭게 사고할 수 있도록 애쓰는 나 자신으로 다 못한 엄마에 대한 상처를 용서하고 감사하는 마음만 남겨두면 어떨까 싶다. 이러나저러나 나에겐 하나뿐인 엄마니까 말이다. 분명 그 당시의 엄마도 최선을 다하려 노력하는 엄마였을 것임이 틀림없기 때문이다.

응답하라 1988에서 둘째인 덕선이가 결국엔 성공하고 마지막은 행복하게 마무리된다. 아무리 억울하고 서러웠던 기억들도 씩씩하게 이겨냈던 드라마 속의 덕선이. 나도 결국엔 그 시절의 상처도 하나의 추억이 되고 삶의 교훈이 되어 나의 인생 후반전 밑거름이 되길 바란다.

용서할 것도 없어. 네가 잘 사는 모습에 모두 잊었어

"유성아, 집에 가자" 깜짝 놀라서 뒤돌아보니, 어머니가 서 계시다. 집을 나와서 종로를 정처 없이 방황하던 때. 하루 이틀이 지나고 한 주 두 주가 지나고 한 달이 넘어가고 있을 때이다. 그 당시 종로에는 만화책들이 모든 벽 가득 꽂혀있는 만화방들이 즐비했다. 만화를 보고 있다. 밤 11시경이다. 졸다가 만화를 보다가, 만화를 보다가 졸기를 반복하고 있다. 나지막한 한마디지만, 어머니의 목소리는 요즈음 유행하는 노이즈 캔슬링 이어폰처럼 다른 모든 소리를 잠재운다. 그리고 또렷하게 귀를 잡아채고 나를 벌떡 일어나게 한다. 평생 잊을 수 없는 표정으로 어머니가 만화방 입구에 서 계시다.

'혹시, 집을 나와서 방황하는 시간이 길어져서인가?'라는 생각에 벌떡 일어나면서 "엄마" 하고 다가가는데, 어머니께서 그대로 서 계시다. 아무 말도 없으시다. '종로에 그 많은 만화방, 비디오 방, 동시

상영하는 영화관들 속에서 내가 있는 곳을 어떻게 아셨지'라는 생각에 머리가 복잡하다. '강남 아파트 청소하는 일을 하셨던 어머니께서 온종일 힘들게 일하시고, 밤마다 나를 찾아다니신 건가?' '도대체 언제부터 나를 찾아다니신 건가?'라는 생각에 마음이 불편해서 나도 아무 말을 하지 못한 채 어머니를 따라나선다. 잘못한 후에는 당구대로 만든 '사랑(?)'의 매로 선생님에게 엎드려뻗쳐서 매를 맞으면 오히려 맞고 나서 후련하다. 그 잘못에 대해서는 서로 계산(?)이 끝난 듯한 마음이리라. 그러나 어머니께서는 그 어떤 말도 하시지 않고 그저 집으로 가신다. 아무 말이 없으시다. 내 머릿속은 그럴수록 온갖 생각들로 너무 복잡하다. 차라리 머리끄덩이를 잡히고 끌려가면 덜 미안할 것 같다. 집에 오셔서는 따뜻한 밥에 국과 계란프라이를 해 주신다. 집에 들어가지 않고 이 세상에 내가 없는 듯이 방황하는 날들 동안 편의점에서 컵라면 등으로 시장기만 속이며 지냈었다. '살맛이 없는 사람은 입맛도 없다'는 누군가의 말처럼 말이다. 밥상을 앞에 두고 마음은 '미안한 마음'과 '숨고 싶은 마음'이 김이 모락모락 나는 하얀 밥과 싸우고 있다. 한 수저를 떠서 입에 넣고 된장국 한 수저를 뜨는데, 눈치도 없이, 밥이 너무 맛있다. 한 달 만에 집 밥을 먹으니, 위가 적잖이 놀란 듯하다. 여전히 어머니는 아무 말씀도 하지 않으신다. 그저 내가 먹는 모습을 바라만 보신다. 나도 그날 밤 아무 말도 못 하고 그저 씻고 잠자리에 든다. 그날 밤 하지 못한 '용서'를 구합니다. 어머니.

아직도 대학 3년 차 때 나에게 온 그 시간을 정확하게 설명할 수 없다. 삶의 일상을 지탱할 힘이 없어 손에서 일상을 놓아버린 그 시간 말이다. 일상으로 해 오던 일들이 아무 의미 없게 느껴졌다. 수업을 들어가고 숙제하고 퀴즈와 시험을 보는 일상에서 손을 놓아버린다. 과외공부를 하던 학생에게도 아무 연락도 없이 소위 잠수를 탄다. 그 누구도 만나고 싶지 않고 혼자 있고 싶다. 그 누군가가 심지어는 가족들까지 포함하게 된다.

집도 들어가지 않는다. 물 위에 일상이 있다면 물속으로 마음이 잠수하던 시간. 나의 마음도 삶도 잠수한다. 조금 더 정확하게는 끝없는 심연으로 가라앉고 있다. 표면적으로는 햇살처럼 눈부시도록 아름다운 첫사랑 여자 친구와의 헤어짐이 그 이유로 보일 수 있다. 그녀의 손 한번 잡아보지 못하고 일 년을 사귄⑦ 그녀를 떠나가게 한 것은 그녀가 아니다 나였다. 그녀의 친구를 통해서 그녀의 아버지 또한 알코올 중독자로 이혼을 하셨다는 것을 알게 된 후 마음에서 그녀를 밀어낸다. 나보다 건강한 사람을 만났으면 하는 바람을 담아서 그녀를 놓아준다. 그 시절 알코올 중독자 가정에서 자라난 사람들을 '성인아이'라고 부른 다는 것을 책들을 통해서 알게 되었다. 그 '성인아이'라 불리는 그 사람들에게 공통적으로 보이는 특징이 남에게 인정받으려고 애쓰는 것, 다른 사람들의 비난과 지적에 예민한 것, 자존감이 낮은 것, 깊이 내재된 수치심을 지니고 사는 것 등이 있다고 책들은 설명하고 있다. 그 특징들 중에 하나가 나에게 '네가 정신 못 차리고 사랑하는 그 여자친구와 헤어져!'라고 고함을 친다. 그것은 알코올 중독자의 자녀들은 비슷한 성인아이들에게 끌려 결혼한다는 특징이다. 그렇게 마음에서, 삶에서 그녀를 밀어내서 헤어진 것이니 나는 그 누구도 원망할 수는 없는 상황이었다. 그렇다. 지팡이에 의지해서 어렵게 한 걸음 한 걸음을 걷는 뇌경색 환자의 지팡이가 부러지면서 넘어진 형국이었다. 표면적으로는 부러진 지팡이가 문제라고 할 수 있다. 삶이 무너져 내린 원인을 굳이 찾고자 한다면 말이다. 하지만, 실제 이유는 몸이 이미 뇌경색으로 혼자 걸을 수 없을 만큼 많이 약해 있었던 것이 더 진짜 이유라고 하는 것이 옳다. 비록 눈에 보이지 않지만, 나의 내면에 뇌경색이 오고 뇌출혈이 이미 와 있기 때문이었다고 말하는 것이 옳다.

내가 또 삶의 지팡이가 부러진 듯 삶이 휘청거리며 넘어질 때 그리고 넘어진 채 삶이 깊은 심연으로 가라앉고 있을 때, 이제는 칠순 후반이 되신 어머니께서 그 예전에 그랬듯이 내 삶을 일으켜 세울 수는 없다. 이제는 내가 어머니의 삶의 지팡이가 되어 드려야 한다.

"어머니 별일 없으세요?" 이미 여동생이 카카오톡 문자를 보내서 아파트 보도블록에 걸려 넘어지셨음을 알려온 상태였다. 무릎뼈가 부러져 수술을 해야 하고, 마취하고 수술하기에 매우 위험한 상태이니 큰 병원으로 빨리 가야 한다는 이야기를 다 들은 상태였다. "나는 건강하게 잘 지내고 있다. 너희들은 어떻게 지내니?"라고 태연하게 연기(?)를 하시며 어머니는 전화를 받으신다. 미국에서 전화하니, '당연히 모르겠거니' 생각하시면서 말이다. "무릎뼈는 전혀 부서지지 않고 건강하신 거죠?" 나도 전혀 모르는 척 능청을 떤다. "응, 무릎뼈는 아무 이상 없다. 걱정하지 말아라" "아! 당뇨, 지방간, 콜레스테롤, 뇌출혈 경력에 병원들이 수술에 난색을 보여도 건강에는 전혀 문제없으신 거죠?" 능청스럽게 한 번 더 여쭈니까, 그제야 "너 어떻게 알았니?" 하신다. 여전하신 어머니 마음이시다. 이제 내가 그 어머니의 삶이 넘어지실 때 일으켜 세워 드려야 한다. 일상의 삶이 의미 없어지면서 그 일상에서 손을 놓고 싶어지지 않도록 매일 전화를 드려서 일상을 손으로 꽉 쥐고 계시는지 확인해야 한다. 더 나아가서 그 일상이 '살맛'이 나도록 맛난 음식도 많이 사드리고 가장 행복해하시는 손주들 목소리도 자주 들려 드려야 한다.

"어머니, 그때 제가 정신 못 차리고 무기력 병에 걸린 사람인 듯 방황할 때 많이 힘드셨죠?" "죄송해요" 통화 중에 불쑥 사과를 한다. "어휴, 벌써 30년 전 이야기를 하네" "용서고 뭐고 할 게 뭐 있어" "나는 그때 네가 대학교만 제대로 졸업했으면 하고 바랬는데 직장 잡고 잘 살아줘서 내가 고맙지"하고 말씀해 주신다. 내가 가정을 이루어서 잘 살아가는 것만으로도 이미 '용서'를 하신 어머니. 아니, '용서'할 것도 없이 모두 지워버리신 어머니에게 감사하다.

이
소
희

상처 그리고 용서, 아빠 그리고 엄마

아빠가 퇴근하시기 전 엄마는 왠지 모르게 더 예민해 보였다. 하루라도 혼나지 않았으면 좋겠다고 생각했던 그때, 청소기로 바닥을 밀던 엄마가 갑자기 묻는다. '숙제 다 하고 TV 보는 거야?' '이것만 보고 하면 되는데.' 우물쭈물하며 바로 방 책상에 앉는다. 청소기를 가지고 방에 들어와서는 꿀밤과 함께 잔소리가 쏟아진다. '오늘도 역시나 혼나는구나.' 생각할 때 초인종 소리가 울린다. '아빠다!' 환희하며 밖으로 뛰쳐나간다. 어렸을 때는 엄마가 새엄마라고 생각할 정도로 별거 아닌 일로 내게만 화를 쏟아내는 엄마가 미웠다. 동생들이 같은 잘못을 해도, 동생들 잘못으로 싸우게 되어도 혼나는 건 나였다. 뭘 하든 난 엄마 앞에선 잘못된 행동만 하는 사람이었다.

아빠한테 야단을 맞은 적은 한 번도 없었다. 엄마한테 혼날 때마다 항상 다독여주셨다. 내게는 한없이 착하고 너그러운 아빠였다.

아빠는 무조건 엄마에게 맞춰주려고 했다. 내게도 '엄마는 원래 그러니까 그냥 참아.'라며 내 편을 들어줬다. 엄마는 최고를 원할 때 아빠는 그 정도만 해도 잘하는 거라며 격려해 주셨다. 어렸을 때 악몽 때문에 잠에서 깨면 엄마가 아니라 아빠를 찾을 정도로 아빠에 대한 애착이 강했다. 엄마는 날 사랑하지 않는다고 생각했고, 그런 엄마 사랑의 부재를 아빠가 사랑으로 채워주셨다고 생각할 정도로 아빠를 좋아했다. 엄마 옆에 있으면 언제나 불안하고 긴장되었고, 아빠 곁에 있으면 편안하고 따뜻했다. 그땐 그랬다. 엄마는 나쁜 사람이라서 아빠한테 화만 내고, 아빠가 착해서 엄마를 다 참아준다고 생각했다.

사실 엄마는 소통을 원했지만, 아빠는 그냥 덮기를 원했다. 엄마가 아무리 이야기를 하려고 해도 아빠는 듣는 척만 하고 실제로는 듣지 않았다. 그렇게 아빠와 엄마의 사이는 점점 멀어졌고 둘 사이에 깊이 있는 교감과 대화도 점점 없어졌다. 엄마는 답답하니까 더 화를 냈고 아빠는 그런 엄마에게 '알겠다.' 고만 했다. 하지만 그건 엄마를 무시하는 행동이었다. 대화가 이루어지지 않는 아빠의 모습에 엄마는 답답함이 쌓였고, 아빠는 그런 엄마에게 무반응으로 일관했다. 이런 상황에서 겉으로 보이는 모습은 엄마의 부정적 감정뿐이었다. 어렸을 때 그런 모습을 보면 아빠는 항상 불쌍해 보였고 나 또한 언제나 엄마 편이 아닌 아빠 편이었다.

하지만 엄마의 입장을 이해해 줄 수 있는 사람은 아무도 없었다.
그 당시에 엄마가 일기를 썼다면 이런 일기를 쓰지 않았을까?

갑작스러운 결혼에 아이까지 바로 갖게 되었다. 행복한 가정을
이룰 수 있을까? 두려우면서도 남편과 이쁜 가정을 이룰 생각에
가슴이 벅찼다. 남편은 성실한 사람이니까 평생을 이 남자와 함
께 살면서 안정적인 가정을 이룰 수 있을 것이라고 생각했다. 나
는 딸이라고 아버지가 중학교까지 밖에 공부를 안 시켰지만 내
딸은 최고로 키우고 싶다. 남부럽지 않은 딸로 키우고 싶다.
아이가 태어났다. 생각보다 육아가 힘들다. 매일 새벽에 일어나
출근하는 남편을 위해 아침상을 차리고 아이를 위해 온종일 모
든 것을 쏟아붓는다. 남편은 아이를 이뻐하기는 하지만 많이 도
와주지는 않는다. 그래도 우리 가정을 위해 바깥일을 하는 남편
에게 감사하다.
둘째, 셋째까지 갑자기 아이가 세 명이 되었다. 혼자 아이들의 육
아를 해나가는 것이 버겁다. 이제는 남편이 도와줬으면 하는데
집에 오면 잠만 자는 남편이 서운하다. 시댁에서는 왜 막내며느
리인 나에게 모든 걸 도맡아 하길 바라는지 모르겠다. 그런 상황
에서도 남편은 내게 수고했다는 말 한마디 없다. 서운하다고 고
래고래 소리 지르며 표현해도 남편은 받아주지 않는다. 다들 하
는 거 나만 이러냐는 식의 태도가 나를 점점 더 힘들게 한다. 이

렇게 내 마음속에는 서러움이 쌓여만 간다. 매번 아이들에게 화내지 말아야지 하면서도 내 안의 분노가 아이들에게 표현된다. 미안하다. 아이들에게. 첫째가 잘해야 밑에 애들도 잘해야 할 텐데. 아이들에게 부담을 주는 것 같기도 하지만 아이들이 더 잘 크려면, 나중에 훌륭한 사람이 되려면, 더 많이 가르쳐야 한다는 생각이 든다. 지금은 힘들겠지만, 나중에는 엄마에게 고마워할 날도 오겠지?

남편이 사기를 당했다. 법정까지 오고 가는 싸움에 지쳐간다. 허리 디스크 때문에 움직이지도 못하겠다. 답답하다. 내가 그렇게 반대했는데 욕심을 부려서 하더니. 남편이 벌여놓은 일을 내가 다 마무리해야 한다. 그래야 아이들에게 떳떳할 수 있다. 점점 남편에게 쌓인 감정이 많다.

첫째가 중학생이 되니까 정신을 차렸나 보다. 성적도 점점 오르고 정말 열심히 한다. 그래도 더 잘하려면 내가 더 채찍질해야 할 것 같다. 조금만 더 힘을 내주었으면 좋겠다. 그리고 엄마의 진짜 마음도 알아줬으면 좋겠다. 고등학생이 되니까 점점 반항이 심해진다. 아빠 편만 드는 딸이 너무 서운하다. 내가 왜 화를 내는지, 왜 짜증이 나는지, 아무도 이해해 주는 사람이 없다. 속이 타들어 가는 것 같다. 나를 이해해 주는 사람이 한 사람만 있었으면 좋겠다.

20살, 학사경고를 받을 정도로 아무것도 하지 않고 놀고, 먹고, 자기만 하던 시기가 있었다. 매일 텅 빈 가슴을 쓸어내리며 삶의 의미를 찾고자 했지만 그럴수록 수렁에 빠지는 듯했다. 모든 이유의 근원을 엄마 사랑의 부재라고 생각했다. 엄마의 사랑을 하나도 못 받고 자랐기 때문에 그렇다며 엄마에게 모든 원인을 돌렸다. 엄마와 갈등의 최정점이었던 그때 엄마는 내게 이런 말을 자주 했다.

"지 혼자 큰 줄 알지. 그래 너 잘났다."

그 말이 더 화가 났다. "그럼 내가 혼자 컸지. 엄마가 나한테 해준 게 뭐가 있다고"

엄마한테 원하는 사랑이 100이었다면 엄마는 70을 채워주었다. 아빠한테는 50의 사랑을 원했고, 딱 50을 채워주었다. 아빠의 50보다 엄마의 70이 더 깊은 사랑임에도 엄마가 30을 주지 않았다고 하며 70의 사랑은 아무것도 아니었던 것처럼 엄마를 원망했다. 70을 당연히 여겼다.

나도 아이가 생겼다. 100만큼의 사랑을 원하는 아이에게 70을 주는 것도 쉽지 않다는 것을 알게 되었다. 엄마도 100을 주고 싶었지만 그럴 수 없었던 상황이었다는 것을 이제야 이해하게 되었다.

엄마 삶이 무너지는 억울하고 답답한 상황 속에서도 나와 동생들 일상이 무너지지 않았던 건 엄마가 흔들림 없는 사랑을 우리에게 주고 있었기 때문이라는 것도 이제는 안다. 70의 사랑은 엄마 자신을 버리면서까지 모든 것을 쏟아부은 사랑이었고 지금도 그렇게 우리를 위해 살고 있는 엄마라는 것을 안다.

이제는 엄마한테만 모든 탓을 돌리고 100의 사랑을 주지 않았다고 원망만 했던 나를 용서해주었으면 좋겠다. 그리고 그만큼 엄마만을 원하고 사랑했던 나의 마음도 전하고 싶다.

생명을 피워내는 오아시스를 닮은 엄마

나는 1980년 1월 6일 마산 A 산부인과에서 태어났다. 친할머니는 첫 손주가 계집애라 실망하셨다. 부산 외삼촌 댁에서 지내시던 외할머니는 딸 산후조리를 위해 마산으로 오셨다. 방 두 개, 부엌 하나 딸린 전셋집에 친할머니, 외할머니, 엄마, 아빠, 그리고 갓난아기까지 모두에게 불편한 동거가 시작됐다. 엄마는 산후조리하는 내내 불안했다. 친할머니는 사돈이 함께 있음에도 불구하고 며느리에게 아침 밥상을 차리게 하셨다. 외할머니는 출산 후 몸조리를 하는 동안 딸을 위해 방 청소, 집안일을 도와주셨다. 외할머니는 사돈과 함께 있는 공간이 불편했는지 마산에 오신지 일주일 만에 다시 부산으로 가셨다.

그 후, 생후 8개월이 된 나에게 일생일대의 위기가 찾아왔다. 햇살이 좋은 주말 오후였다. 아빠는 잘 익은 홍시 껍질을 벗겨 내고 밥숟가락으로 홍시를 떠서 나에게 먹였다. 나는 자그마한 입을 한 껏 벌려 달콤한 홍시를 넙죽넙죽 잘도 받아먹었다고 한다. 갑자기 홍시를 먹다 말고 아기가 자지러지게 울기 시작했다. 열이 펄펄 나고 숨이 꼴딱 넘어가도록 울어 젖혔다. 그때까지 말랑말랑한 홍시 씨가 나의 목에 걸린 것을 아무도 알지 못했다.

아기 울음소리가 동네방네 떠나갈 듯 울려 퍼졌다. 이웃 사람들이 삼삼오오 우리 집으로 모여들었다. 옆집 아주머니가 아기의 손발을 바늘로 따기 시작했다. 한참 지나도 좋아지는 기색이 보이지 않자 엄마 아빠는 더는 지체할 수 없다는 생각에 나를 안고 창녕에 계신 할아버지 댁으로 가길 결정했다. 창녕으로 가는 도중 버스 기사분이 우는 아기가 안쓰러워 본인 집으로 데려가 민간요법으로 치료했지만 소용이 없었다. 간신히 창녕에 도착해 힘없이 울기만 하는 손녀를 보자마자 할머니 할아버지는 바닥에 주저앉아 오열하셨다. 시골에 계시는 어르신들은 아기 상태를 보고 살 가망이 없다며 서로 수군대기 시작했다. 그때였다. 할아버지가 어디론가 사라지셨다. 잠시 후 할아버지는 손에 뭔가를 들고 나타났다. 그것은 바로 '줄자'였다. 손녀 키를 재기 위해서였다.

주변에서 "손녀가 오늘을 못 넘기겠구먼."이란 말을 들었기 때문이다. 그제야 엄마와 아빠는 아차 싶어 나를 데리고 인근 병원으로 부리나케 달려가셨다. 그곳에서 의사 선생님은 갓난아기 이마에 링거를 꽂아주셨고 그제서야 나는 죽음의 문턱에서 벗어났다.

폭풍 같은 큰일이 일어난 후 엄마는 연년생으로 기다리던 남동생을 낳았다. 할머니가 "아들 손주" 노래를 부르시기도 했고 아빠가 집안 장남이셔서 부담이었던 큰 며느리로서 의무를 마침내 할 수 있었다. 이후 친할머니는 아들 손주를 보시고 엄마를 대하는 태도가 예전과 달라졌다.

나는 결혼하고 첫 딸을 낳았다. 엄마가 창원에 계셔서 산후조리는 창원에서 하기로 했다. 산후조리를 하는 동안 남편은 퇴근길에 잠깐 아기를 보고 칠원 집에서 잠을 잤다. 아침 먹고 젖 먹이고 점심 먹고 젖 먹이고 저녁 먹고 젖을 먹이는 생활이 반복되었다. 나는 아기가 자야 잠을 잘 수 있었다. 시어머님은 산모가 젖이 잘 나와야 한다며 미역국이며 우족을 끓여 친정으로 가져다주셨다. 매일 국을 먹었지만 젖은 충분히 나오지 않았다. 결국, 유축기로 젖을 짜내야 했다. 나오지 않는 젖을 짜내려니 결국 젖이 헐고 피가 맺혔다. 한쪽 젖은 약을 바르고 나머지 쪽으로 아기에게 물려야 했다. 시부모님은 첫 손주가 보고 싶은 마음에 점심 장사를 마치시곤 한 달 동안 매일 친정을 방문하였다.

어느 날 친정엄마는 나에게 조용히 말씀하셨다.
"영숙아, 그냥 엄마가 너희 칠원 집으로 가서 산후조리를 해줄게."

친정에서 한 달간 몸을 풀고 짐을 꾸려 함안 칠원으로 왔다. 엄마는 한 달 동안 나와 아기를 돌봐주시고 매끼 정성스러운 식사를 차려주었다. 낮엔 천사처럼 잠을 잘 자던 딸은 밤만 되면 울기 시작했다. 젖을 물려도 소용이 없었다. 아파트 한 동이 아기 우는소리로 채워지는 듯 느껴졌다. 30분이 지나도 아기는 울음을 그칠 생각이 없었다. 아기가 왜 우는지 알지 못한 채 친정엄마와 나는 발을 동동 굴렀다. 신생아가 알아들을 수만 있다면 낮과 밤을 가르쳐 주고 싶을 만큼 답답했다. 잠깐 잠을 자는 듯하다가도 아기는 새벽에 잠을 잘 자지 않았다. 엄마는 한 사람이라도 자야 한다며 손녀를 업고 아파트 문을 나섰다. 아파트를 몇 바퀴씩 돌고서야 겨우 아기를 재우고 들어오시는 엄마에게 감사함과 미안함에 눈물이 났다. 아이를 키우는 일은 인내심과 정성, 사랑, 희생 없이는 이룰 수 없다는 것을 친정엄마를 통해 알게 되었다. 나는 젖이 모자라 아이에게 분유를 함께 먹였다. 젖병 소독을 하고 아기 옷을 손빨래하며 매일 목욕시키는 것은 여간 힘든 일이 아니었다. 엄마가 된 행복은 잠깐이었다. 행복 뒤에 숨겨진 수고와 정성은 오직 엄마만이 감내해야 하는 일이었다. 엄마의 자리가 가진 무게를 비로소 체감하게 된 시간이었다.

함안에 오신 지 한 달이 지나자 엄마는 어렵게 말을 꺼내셨다.

"영숙아, 엄마가 이제는 아빠 챙기러 창원으로 가야겠다."

엄마 덕분에 편안하고 건강한 산후조리를 할 수 있었고, 다시 한

번 '엄마'라는 두 글자는 하늘이 내려준 선물임을 깨닫게 되었다. 그때 엄마가 업어 재운 첫 손녀는 지금 칠원 중학교 2학년이 되었다. 나도 딸에게 그런 엄마가 되어주고 싶다.

함안은 2022년 행복 교육지구로 지정되어 칠원에도 마을 학교가 생겼다. 나는 마을 교사가 되어 현재 함안에 있는 학교에서 수업을 하고 있다. 어느 날 칠원 중학교 주영숙 교장 선생님께서 전화를 주셨다.

"나현이 어머님, 함안교육지원청에서 우리 지역 학부모님들을 위한 평생교육 학습공동체 공간을 칠원 중학교에서 마련하고자 합니다. 학부모님을 위해 어떤 프로그램을 하면 좋을지 의견을 주시면 좋을 것 같습니다."

나는 독서모임을 하면 좋겠다는 제안을 했고 교장 선생님은 흔쾌히 수락하시며 학교 도서관을 이용하게 해주셨다. 사실 대부분의 학부모들은 직장 생활하며 아이들 키우느라 취미 생활을 누릴 공간과 시간이 없었는데 이런 기회를 주셔서 감사했다. 우리는 오은영의 '화해' 책을 읽고 토론하며 자신만의 아픔, 가족 이야기를 나눴다. 토론 후에는 공예 강사를 섭외해 양초 만들기, 다육식물 심기, 꽃꽂이 등 활동을 하며 교제의 시간을 가졌다. 원예 시간에는 물을 가득 머금은 오아시스에 국화, 장미, 소나무, 허브 등 다양한 꽃을 장식해 작품을 완성했다. 며칠 후 활동에서 만든 꽃들이 활짝 피었다.

그 꽃들이 활짝 필수 있었던 것은 자신이 머금은 물을 아낌없이 내어준 오아시스 덕분이다. 이제 생각해 보니 엄마는 오아시스를 닮았다. 자식을 건강하게 키워 내기 위해 엄마의 삶을 나에게 오롯이 다 내어주셨다. 힘든 일이 있을 때나 속상한 일이 있을 때 늘 내 곁엔 엄마가 계셨다. 지금도 엄마는 마흔이 넘은 딸 걱정뿐이다. 추운 날은 '감기 조심해라', 더운 날은 '더위 먹지 마라', 태풍이 부는 날은 '집 밖으로 절대 나가지 마라!'며 늘 안부를 묻는다.

오늘은 내가 먼저 엄마에게 전화를 걸었다.
"엄마!, 이쁜 딸 영숙이예요. 추운 날씨에 잘 지내고 계시죠? 나현이와 세원이 데리고 이번 주말에 찾아뵐게요!"

❤ 전
태
련

나도 모르게 닮아갑니다

70년대 초 서울에서 4남매의 막내로 태어난 저는 아빠가 녹용을 달여와 숟가락으로 떠 먹여주셨다고 하십니다. 그 덕에 7살까지 감기로 병원에 간 적이 없었다고 하셨는데 사실 엄마는 잦은 두통이 있었음에도 어지간해서는 병원에 잘 안 가시는 분이셨습니다. 어린 시절 사진을 보면 두 언니는 단발머리나 커트 머리로 잘라주었지만 저는 긴 머리에 예쁜 원피스를 입은 모습의 사진들이 많습니다. 요즘도 제가 원피스를 입은 모습을 보면 오빠가 한마디 합니다.

"너는 어렸을 때 엄마가 너만 공주 옷을 입혀서 오십이 돼서도 그렇게 입고 다니니?"

살다 보니 어릴 때 순간의 경험이나 자극이 인생을 사는 동안 많은 영향이 있다는 것을 느낍니다.

초등학교 1학년 무렵 피아노 학원에 다녔습니다. 다른 것과 피아노 중 어떤 것을 하고 싶은지 물으셔서 피아노를 배우겠다고 했습니다. 그런데 엄마는 왜 그리 먼 곳의 학원을 선택하셨는지 모르겠습니다. 학원에 가는 길은 찻길을 건너고 언덕을 올라 30분 정도 걸어가야 했던 곳이었습니다. 가는 길은 마치 물먹은 솜을 지고 강을 건너는 것처럼 힘들었습니다. 피아노학원 선생님의 부모님이 국숫집을 하는지 국수를 걸어 말리는 곳을 헤집고 지나가야 학원으로 들어갈 수 있었습니다. 갈 때마다 마당에 걸려있는 국수 사이로 들어갔습니다. 안쪽은 가정집이었는데 방마다 피아노가 있었습니다.

선생님의 부모님이 "저쪽 방 안으로 들어가 앉아 있어." 손으로 가리키는 방으로 들어가서 기다렸습니다. 따뜻한 온돌방에 앉아서 나른해지는 순간. 선생님이 들어오셔서 왜 여기 있냐고 쏘아붙이셨습니다. 날카롭게 말씀하시니 순간 당황해서 할머니가 알려준 방으로 들어온 것이라고 대답을 못 하고 겁먹었습니다. 피아노를 잘 못 치면 자로 손등을 맞기도 했습니다. 그때는 학교나 학원에서의 체벌이 당연했지만 소심했던 저는 그것이 너무 무섭고 싫었습니다.

"학원이 너무 멀고 선생님이 싫어. 다른 학원 다니고 싶어."라고 말씀드려 봤지만, 엄마는 반응이 없으셨습니다. 피아노를 배우겠다고 선택한 것이 후회스럽기도 했습니다. 학원에 가기 싫어서 빠지고 가지 않은 날도 있었습니다. 들킨 날에는 엄마에게 많이 맞기도 했습니다. 심하게 맞고 멍이 들기도 했지만, 학원 선생님을 마주

치는 것은 더 싫었습니다. 3학년쯤 돼서야 집에서 가까운 다른 학원으로 옮겼습니다. 새로운 학원의 선생님은 친절하게 지도해주셔서 빠지지 않고 잘 다녔습니다. 그곳에서 진도도 잘 나가서 비로소 바이엘을 마치고 체르니로 넘어가며 즐겁게 배웠습니다. 그때 배운 피아노는 기억이 잘 안 나지만 몇몇 부분을 아직 기억합니다. 하지만 살던 동네가 아닌 다른 지역으로 이사를 하게 되었고 집안 형편이 어려워져서 피아노를 팔게 되었습니다. 전 피아노를 더 이상 배울 수 없게 되고 피아노를 사달라고 조르기도 했지만 소용없었습니다.

아빠는 토목 현장소장 일을 하셔서 평생 지방에서 일하셨습니다. 그래서 방학이 되면 엄마와 함께 숙제 등 공부할 것을 싸 들고 아빠가 계신 곳으로 갔습니다. 놀러 가는 기분이었던 것도 잠시 버스 안에서 구구단을 외웠습니다. 다른 승객도 있는 곳에서 구구단을 외우지 못한다고 혼나고 다시 외우고를 반복하여 시키셨습니다. 울먹이며 외우니 버스 안내양이 말린 적도 있었습니다. 엄마는 교육열이 강하셨습니다. 저학년이었는데도 불구하고 우리는 9시, 10시까지 공부해야 했습니다. 늦은 시간까지 버티지 못하고 졸기라도 하면 끌려 나가서 혼이 났습니다. 왜 그렇게 어린아이들에게 무리하게 공부시키셨는지 이해할 수 없었습니다. 두 살 터울의 오빠와 저는 번갈아 가며 쪽잠을 몰래 자자고 하고 서로 망봐주기를 하기도 했지만, 같이 잠들어 버려서 혼난 적도 여러 번 있었습니다.

엄마가 되어 생각하니 혼자 4남매를 키우다 보니 잘 키워야 한다는 책임감이 강해서 그리 하셨던 것 같습니다. 하지만 너무 혼나서 오히려 공부에 흥미를 잃어버리고 기죽고 눈치 보는 성격이 되었습니다.

그래서 아이를 낳고 키우면서 될 수 있으면 혼내지 않으려 노력합니다. 아이를 다그치는 내 모습에서 엄마의 모습이 느껴질 때는 후회하며 그러지 말아야지 노력도 많이 했습니다. 막내라 사랑받은 기억이 많지만, 자식 잘 키우려는 엄마의 욕심에 심하게 혼난 경험이 주눅 들고 더 소심해진 성격이 되어 성인이 되어서도 대인관계에도 눈치를 많이 보는 편입니다. 그래서 아이는 다르게 키우기 위해 대화도 많이 시도하고 공감대 형성을 하며 자유롭게 클 수 있도록 노력했습니다.

엄마는 정말 알뜰하셨습니다. 알뜰을 넘어서 궁상맞아 보이기도 했습니다. 싱크대에는 비닐 팩을 씻어 말리느라 걸려있는 모습을 자주 보았습니다. 아주 어렸을 때는 언니들이 입었던 옷을 물려 입었습니다. 심지어는 오빠의 내복까지 물려 입었는데 그게 너무 싫었습니다. 입기 싫다고 하는 것을 아빠가 듣고 남자아이 옷은 물려 입히지 말라고 말씀하신 후에는 더 이상 오빠의 옷을 입지 않게 되었던 적도 있었습니다. 너무 아끼다 보니 음식들도 잘 버리지 않으셨습니다. 냉동실에는 정체 모를 검정 봉투들에 쌓여 오래된 식재료들이 잔뜩 들어있어 열어보기가 싫었습니다. 오래된 재료로 만든 음식들은 아무도 먹지 않으니 엄마가 드시다 탈이 나시기도 하셨습니다. 그럴 때는 먹지 말라고 말씀드렸지만, 자식들이 안 먹고 남긴 음식들을 버리는 것을 아까워하셨습니다.

90년대 초 스무 살쯤 워커에 미니스커트나 핫팬츠가 유행이었습니다. 저 역시 워커를 신고 다녔고 유행이 지나자 시들해져서 안 신게 된 워커를 쉰이 넘으신 엄마가 신었습니다. 입다가 질린 옷을 상자에 담아 버리면 그 상자를 열어 그 옷을 다시 입고 다니셨습니다. 그런 엄마가 궁상맞아 보여서 이해할 수가 없었습니다.

가정주부가 되어 살림하게 되니 유통기한이 얼마 안 된 것 정도는 소비기한을 찾아 버리지 않고 먹게 되었습니다. 물건을 살 때도 한 번에 사지 않고 여러 군데 비교해서 사야 직성이 풀립니다. 때로는 그 과정이 피곤하기도 하지만 고르지 않고 그냥 한군데서 사면 왠지 비싸게 산 것 같습니다. 입던 옷이나 쓰던 물건은 그냥 버리는 것이 아까워 중고 거래를 합니다. 은연중에 배우게 된다고 엄마의 모습을 떠올립니다. 문득 그런 제 모습이 궁상맞게 느껴지면서도 지퍼 백 등 일회용품을 한번 쓰고 버리는 것이 아까워 재사용하게 됩니다. 예전에 가족들이 잘 안 먹고 남긴 음식을 드시던 엄마를 말리고 몰래 음식물을 버렸던 나처럼 이제는 남편이 냉장고 정리를 하고 쌓아놓았던 물건들을 정리해 주며 살고 있습니다.

그토록 싫었던 엄마의 모습까지 닮아가는 내 모습을 돌아보면 나도 어쩔 수 없는 엄마의 딸인 것을 알아 갑니다. 그렇게라도 엄마의 흔적을 간직하고 싶은 것인지도 모르겠습니다. 좋은 점도 안 좋은 점도, 지금은 그저 그리운 엄마니까요.

♥ 정
혜
연

검은 대나무숲의 공포

"수박 서리를 해본 적이 있나요?"

11살 때쯤 큰아버지 댁 수박밭을 지나다가 다 자란 수박을 따서 동네 친구들과 나눠 먹은 적이 있다. 그 사건으로 나는 집 뒷마당에 끌려가서 삽자루로 다리에 피멍이 들도록 맞아 상처가 너무 아프고 속상했던 기억이 난다. '우리 큰아빠 것이니까 괜찮아.'라고 생각하고 수박 서리를 했던 거였다. 어리다고 치부하기에는 이미 앞선 사건들이 있었기에 엄마는 화를 많이 내신 것 같다. 겉으로 생긴 상처야 시간과 약이 치료해 주지만 마음에 남은 상처는 쉽사리 가시지 않았다. '그저 우리 큰아빠가 키운 수박 하나 먹었을 뿐인데.'라는 생각이 들었다. 엄마는 그날 밤, 불 꺼진 우리 방에 들어와 자는 나의 다리 상처에 약을 발라주었다. 나는 자는 척을 하고 있었지만, 엄마의 흐느끼는 소리가 선명하게 들렸다.

새살이 돋기까지 시간과 약이 필요한데 다시 사건이 일어났다. 우리 집은 인부들이 매일 일을 하러 오기에 엄마의 찬장이나 장롱 속에는 인부들의 일당을 주기 위한 현금이 여기저기 들어있었다. 동생들과 놀다가 배가 고프면 돈통에서 몇백 원을 훔쳐 먹을 것을 사 먹었다. 물론 죄책감이 조금 들긴 했지만, 많은 동전 중 한두 개 사라지는 것은 분명 모를 거로 생각했다. 그 이후로도 몇 번 더 간식을 사 먹기 위해 같은 행동을 했다. 엄마 대신 동생들을 돌보던 나는 동생들과 걸어서 가게에 가면 맛있는 간식을 먹을 수 있다는 기대감에 행복했다. 무엇보다 배가 고픈 오후 시간이 빨리 지나갔다. 간식으로 허기를 채운 후 엄마가 밤늦게 돌아오셔서 저녁을 차려주시기에 그때까지 버틸 수 있었다. 하루는 엄마가 부엌으로 나를 불렀다. 찬장 문을 열더니 동전이 들은 작은 컵을 보여주며 엄하게 말씀하셨다.

"혹시 엄마 돈통에 손댔어?"

나는 주억거리며 답을 하지 못했다. 속으로는 '엄마 것이고 배고픈데 쓰면 안 되나?'라는 생각이 들었지만, 엄마가 화를 내 시기에 아무 말도 할 수 없었다. 속사포 같은 잔소리와 허벅지를 꼬집으시며 나의 잘못된 행동도 꼬집으셨다. 그 순간은 너무 아프기에 한시라도 빨리 모면하고 싶었고, 엄마의 돈통에는 손대지 말아야겠다고 생각했다. 그 뒤로 사건은 일단락되었다.

"이모, 안녕하세요?"

얼굴은 잘 모르는 사촌 이모가 우리 집 일을 도와주시러 오셨고, 짐을 우리 집에 두고 가셨다. 동생들과 나는 함께 놀다 배가 고파져서 과자를 사 먹고 싶었다. 방에 있던 이모 가방이 눈에 들어왔고 이모 가방을 열었다. 지갑에서 백 원짜리 몇 개를 꺼내어 동생들과 한참을 걸어 점방에 가서 새우깡을 사 먹었다. 동생들과 신나게 먹고 들어와 놀고 있는데 엄마가 들어오셔서 인부들 돈을 나눠주고 급하게 이모와 사람들을 보냈다. 엄마는 씻지도 않은 채로 나를 불렀다. 이모 지갑에서 꺼낸 돈이 문제가 되었음을 직감적으로 알았다. 당황한 나는 아무 말을 하지 못했고 반복된 내 행동으로 엄마는 화가 많이 나셨다.

"엄마가 남의 물건에 손대면 안 된다고 했잖아. 창피해 죽겠어. 엄마 것도 모자라 남의 물건까지 가져가고 어떻게 할 거야? 바늘 도둑이 소도둑 되는 거 몰라?"

엄마는 잔뜩 일그러진 얼굴로 회초리를 드셨다. 맞은 곳도 아팠지만, 마음이 더 아팠다. '나는 왜 그러는 걸까?' 자책하고 있었고 나의 행동이 잘못되었다는 것을 알면서도 왜 반복하는지 이해하기 힘들어 나 자신이 미웠다.

그 일이 있고 난 뒤로 얼마 지나지 않아 엄마가 나를 불러 외출할 것이니 준비하라고 하셨다. 엄마와 낮에 하는 외출은 흔치 않은 일이기에 신이 났다. 한 번도 간 적 없는 곳으로 버스를 타고 가다 큰 사거리 비포장도로에 멈췄다. 엄마를 따라 내리니 옆쪽에 조금 떨어져 있는 검정 슬레이트 지붕 집이 나왔다. 문 앞에는 긴 대나무 끝에 알록달록 한복 끈이 매달려 흩날리고 있었다. 무속인의 집이었다. 전문적으로 하는 곳은 아닌지 그 흔한 신당도 보이지 않았다.

뒤쪽으로 대나무 숲이 보였고 숲 속은 을씨년스러울 정도로 컴컴했다. 대나무 잎이 오라고 손짓하는 거 같아 무서웠다. 그때까지만 해도 엄마가 나를 여기로 데려온 이유가 궁금했다. 그 집에는 나말고도 3명 정도의 아주머니가 먼저 와 방에 있거나 마루에 걸터앉아 이야기를 나누고 있었다. 엄마와 나는 마루 끝 다른 문으로 들어갔다. 중간 벽을 없앴는지 아주 기다란 방이었다. 앞에 아주머니의 이야기가 끝날 때까지 방 뒤쪽 커튼 같은 가름막 뒤에 앉아있었다. 두리번거리며 방을 둘러보고 있는데 이야기가 끝났는지 평범해 보이는 한 아주머니가 엄마와 내가 있는 곳으로 커튼을 걷으며 들어왔다. 손에는 대나무 손잡이에 빨강, 노란빛의 한복 천이 길게 묶인 막대가 있었다. 그 아주머니는 흔한 한복 하나 입지 않았다. 엄마는 아무런 말을 하지 않았지만, 그분은 왜 우리가 왔는지 알고 있단 듯이 내 앞에 서더니 한복 끈을 내 어깨와 머리에 내리치기 시작했다. 마치 내리치는 순서가 있는 것처럼 반복적인 패턴이었다. 그러다 속도가 빨라지니 무서웠다. 왜 여기 와서 이런 사람을 만나야 하는 것인지 의문이 들어 눈을 질끈 감았다. 몇 번 반복된 의식이 끝나고 엄마와 나는 그 방을 나와 잠시 마당에서 기다렸다. 엄마는 아주머니와 짧은 대화를 나누고서야 그 집을 나섰다.

집으로 돌아오는 내내 아무 말도 하지 않았다. 아무 말도 하지 않은 것인지 기억이 나지 않는 것인지 어렴풋하지만 돌아오는 길에야 왜 그곳에 갔는지 알 것 같았다. 그날 나는 적잖은 충격을 받았다. 귀신이 쓰였다고 생각하신 건지 내가 부끄럽다고 생각하신 것인지 모르겠지만 나는 내 자신이 '미운 오리 새끼'가 된 것처럼 느껴졌다. 자존감은 바닥을 쳤다. 귀신에 쓰였다가 극적으로 구출되어서가 아니라 엄마가 나를 위해 하신 일이 얼마나 간절한지는 느껴졌지만, 한편으론 '나는 나쁜 아이구나.'라는 생각에 수치심이 극에 달했다.

나의 이런 과거를 아는 사람은 드물다. 그날 이후로 나는 남의 것을 훔치지 않았고 정직이라는 도덕적 가치를 중요하게 생각하였다. 딸아이 이름을 짓는데 착한 심성을 가진 아이로 자라는 것을 바라 '착할 선'이 들어간 이름을 지었다. 내가 정직이라는 가치를 왜 중요하게 생각하는지 나를 이해할 수 있는 대목이다. 가끔 꿈속에서 이 장소를 마주한다. 아직도 생생한 시골 비포장도로 옆 비밀스러운 검정 지붕 집이 떠오를 때면 쓰리고 아프다.

'우리 아이가 달라졌어요' 방송 프로그램이 유명하던 시절 엄마는 재방송을 보고 있는 내 옆에 앉으며 엄마가 잘못 키워서 그런 거라며 출연자의 잘못된 육아 방법에 대해 말씀하셨다.

"엄마도 너희 키울 때 무지했어. 혼내고 때리고 너무 몰랐어. 생각하면 마음이 쓰리고 아프다."

걱정스러워 주변 몇몇 분께 고민을 나누다가 남의 집 아이도 한 번씩은 거치고 지나가는 일임을 후에 알았다고 하셨다. 엄마가 어릴 적 철없던 나의 행동을 이해해 주지 못한 것이 미안하다고 말씀하셨다. 과거에 나의 상처가 지금은 엄마의 상처로 남았다고 말씀하신다.

상처는 돌고 돈다. 상처를 준 사람도 아프고 받은 사람도 아프다. 상처는 아프고 나을 때까지 시간이 걸리지만, 엄마의 기억 속 상처가 낫기를 바란다. 나를 키워주신 세월이 내 상처를 낫게 만들었고 엄마가 대나무 숲속 검정슬레이트 지붕 집으로 나를 데려갔던 마음이 사랑이었음을 이제는 안다. 상처받은 자의 가장 큰 치료법은 사랑이다. 자식을 걱정하는 마음이 더 큰 사랑임을 알기에 '검은 대나무 숲의 공포'는 점점 희미해져 간다. 세월이 흘러 새살이 돋고 희미해져 가는 상처 위에 흔적은 남았지만, 내 마음 근육엔 새살이 돋고 굳은살이 박여 성숙한 백조가 되었다.

최
서
연

엄마의 빗자루

엄마의 손에는 항상 빗자루가 들려있었다. 청소할 때보다 언니들과 나를 때릴 때가 많았다. 어렸을 때는 언니들이 맞는 것을 보고 자랐고, 고등학교 이후로는 나도 단골이 됐다. 남의 집 딸들처럼 여성스럽거나, 엄마에게 따뜻한 말 한마디 하지 않는다고 우리에게 신세 한탄을 한 적도 있었다. 그건 엄마의 빗자루 때문이다. 내가 자란 시대에 맞고 자란 것이 우리만은 아니었을 것이다. 유독 딸 다섯 명이 무뚝뚝함이 흘러넘치는 이유는 빗자루가 한몫했다. 엄마는 소리를 질렀고 본인의 화를 견디다 못해 빗자루로 때렸다. 가끔 머리카락도 뜯겼다. 내가 주워온 자식이라는 착각마저 들 정도로 맞았다. 아프니까, 더 맞기 싫어서 나는 마지못해 잘못을 빌었다. 그러면 엄마는 자신이 원하는 것을 이뤄낸 승리자처럼 알았으면 됐다면서 빗자루를 내려놨다.

왜 딸들이 그런 행동을 했는지 물어볼 여유도, 이해하려는 시도도 엄마에게는 사치였다. 나도 안다. 먹고살아야 했기 때문이다. 매끼를 먹을 것이 없어 한숨을 쉬었고, 딸 중 누구 하나라도 학교에 낼 돈이 필요하면 엄마는 동네에 빌리러 다녔다. 생존과 직결된 만큼 엄마도 속상하고 화가 났을 것이다. 아무리 발버둥 쳐도 벗어날 수 없는 늪에서 엄마는 허우적거렸다. 남편은 숨겨놓은 돈을 몰래 빼가서 술이나 마시고, 딸 다섯은 엄마의 등골을 빼먹었다. 그러다가 아빠가 뇌출혈로 쓰러져 사흘 만에 돌아가셨다. 내가 초등학교 4학년 때 일이다.

"너 그따위로 하면 아빠 없는 자식이란 소리 듣는다."

"엄마, 욕먹는 꼴 보고 싶냐?"

아빠가 살아있을 때는 둘이 싸우는 날이 많았고, 돌아가신 후에는 우리에게 화살이 돌아왔다. 딸 다섯 명은 본인이 살아야 할 이유가 됐기에, '아빠 없는 자식'이라는 말은 엄마가 절대 들어서는 안 될 단어였다.

명절 때 곧 환갑인 첫째 언니가 팔순이 넘은 엄마에게 물었다. 그때 왜 그렇게 우리를 때렸는지 궁금하다고 했다. 엄마는 기억이 나지 않는다고, 자신도 왜 그랬는지 모르겠다고 했다. 그러면서 우리에게 미안하다고 말했다. 놀랐다. 나는 엄마에게 미안하다는 말을 들어본 기억이 없다. 남편은 자신의 마음대로 안 되니, 딸이라도 본인의 통제 하에 놓고 싶어서 엄마는 빗자루를 들었다. 자기 혼자의 힘으로는 부족하니까 헤라클레스의 방망이처럼, 포세이돈의 삼지창처럼 도구가 필요했다. 본인의 힘을 과시해서 자식을 묶어두려고 했다.

그동안 출간했던 책에는 매번 엄마 이야기가 등장한다. 글을 쓰면서 엄마에게 받았던 상처를 드러냈다. 아픈 부위를 찾아서 글로 치유하기 시작했지만, 지금, 이 순간에도 화장지로 눈물을 닦고 있다. 나는 엄마의 뒷모습을 보고 자랐다. 그녀가 날 바라볼 때는 빗자루가 함께 했다. 한 번쯤은 빗자루를 내려놓고 따뜻한 두 손으로, 투박한 그 손으로 나를 안아주기를 원했다.

"엄마가 많이 힘들어. 오늘 가게 장사도 잘 안 됐어. 외상값도 밀렸어. 내일까지 학비를 내야 하는데, 빌려준다는 사람도 없네. 그래서 화가 났나 봐. 미안해. 너를 미워해서가 아니야. 넌 소중한 내 딸이야. 엄마가 서툴러서 미안해. 우리 어떻게든 잘 해결해 보자."

딸에게도 자신의 감정을 보여줬다면, 엄마가 바라던 '따뜻한 딸'이 한 명쯤은 있지 않았을까? 물론 딸 다섯은 매달 엄마에게 용돈을 보내고 음식도 사드린다. 계절에 맞춰 여행도 다닌다. 그래도 엄마는 마음 한쪽이 허전하다. 그 '따뜻함'을 충전하고 싶은 것이리라.

우리가 어렸을 때 엄마에게 원했던 그것.

　이제 엄마의 손에는 지팡이가 들려있다. 지팡이를 짚고도 열 발 짝 이상을 걷지 못해 쉬어야 하는 노인이 돼버렸다. 빗자루를 들고 펄펄 뛰며 우리를 때리고도 힘이 넘쳐서 동네까지 소리가 다 들리 도록 무섭게 울었던 엄마는 진짜 할머니가 됐다. 가족 여행을 가서 도 엄마는 같이 걷지 못하고 입구에 앉아 우리를 기다리고 있다. 멀 리서 엄마를 보고 있자니 어렸을 적 생각이 났다. 그토록 한 번만 나를 봐주기 바랐던 엄마를 애타게 찾듯, 엄마는 딸들이 오기만을 바라보고 있었다. 우리는 엄마에게 잘하자며, 엄마가 돌아가시면 후회하지 말고 효녀가 되기로 약속했다. 서로 너만 잘하면 된다며 언니들과 농담 비슷하게 하면서, 엄마에게 달려갔다.

　딸들의 결론은 엄마에게 효도하자는 것이지만, 여행지의 아름다 운 다짐은 현실에서 무용지물이다. 자꾸 어렸을 적 기억이 각인처 럼 떠올라서 엄마에게 똑같이 화를 내버린다. 대화를 하려고 해도 엄마는 모른다, 돈 아깝다 등의 대답만 하니 복장이 터진다. 그래서 과거의 엄마도 우리를 보면 화부터 냈나 싶다.

　내 기억은 광주의 신안동 외풍이 심했던 주택의 큰 방으로 이동 한다. 전남여고 교복을 입고 고개를 푹 숙이고 있는 서 있는 나. 앉

아서 빗자루를 들고 내 종아리를 후려치면서 째려보는 엄마. 그녀
는 나를 때렸다기보다 세상에 분노를 쏟아내고 있었다.

엄마에게 묻고 싶다.
엄마. 그때도 날 사랑해서 그런 거지? 사랑한다는 말 한마디만
해주지 그랬어.

고양이 오줌과 명태 머리

"엄마 싫어 싫어. 할머니 싫다니까."

저는 몸부림을 쳐야만 했습니다. 아무리 몸부림을 쳐봐도 엄마
와 할머니 손에 벗어날 수 없었습니다. 할머니의 두 팔은 저의 머리
를 잡고 있었습니다. 엄마의 다리는 저의 몸을 눌러 움직일 수 없었
습니다. 엄마의 손에는 숟가락이 있었는데요. 그 숟가락에는 정체
모를 액체가 담겨 있었습니다. 두 분이 저를 누르는 사이 힘이 점점
빠지기 시작했어요. 그 틈을 이용해 엄마는 제 귀에 차가운 액체를
넣었습니다. 차가움이 느껴지는 순간 "앗, 차가워. 엄마 살려 줘! 살
려 줘!" 엉엉 소리치며 울었습니다. 왼쪽 귓속에 들어오는 그 차가
운 느낌이 지금도 생생하게 느껴집니다. 할머니와 엄마는 정체 모
를 액체를 왜 제 귀에 넣어야 했을까요?

세 살 때 아버지는 병으로 돌아가셨어요. 세 딸과 임신 중인 엄

마를 남겨 놓고 일찍 세상을 떠난 아버지 대신에 엄마는 생계를 책임져야 했습니다. 집 앞은 온통 벌판이었습니다. 가족의 생계를 위해서 엄마는 농사 품앗이를 하셨습니다. 작은 논농사와 밭농사를 지으며 겨우 먹고 살 정도였습니다.

할아버지도 아버지가 어렸을 때 돌아가셨습니다. 홀로 된 시어머니까지 모셔야 했던 엄마는 쉴 여유도 없이 일하셨어요. 품앗이로 벌어들인 돈은 아주 적었습니다. 시간이 갈수록 집안 형편은 어려워졌습니다. 동네 주위에는 병원도 하나도 없었어요. 아프면 유일하게 치료할 수 있는 도구는 침이었습니다. 그 와중에 어렸을 때부터 왼쪽 귀에 심한 중이염을 앓았습니다. 항상 귀에서 누런 고름이 나왔어요. 염증이 있다 보니 귀에서 심한 냄새가 났습니다. 계속 흘러나오는 고름을 왼쪽 소매로 눈치를 보며 아무도 모르게 닦아내야만 했습니다. 누군가 볼까 봐 조마조마한 마음은 너무나도 슬펐습니다. 시간이 지날수록 점점 청력은 떨어지기 시작했어요. 난청이 시작되면서 작은 소리를 잘 듣지 못했습니다. 귀에서 풍기는 냄새와 잘 못 알아듣는다는 불안감이 항상 있었습니다.

이러한 저의 모습을 본 엄마와 할머니는 민간요법으로 치료하기 시작하셨습니다, 두 분만의 치료 방법이 두 가지가 있었어요. 정체 모를 그 액체는 바로 고양이 오줌과 명태 머리를 뜨겁게 달인 것이었습니다.

어느 날 저녁, 곤히 잠자고 있던 저를 할머니는 두 다리를 잡았습니다. 그 틈을 놓칠세라 엄마는 저의 귀에 차가운 고양이 오줌을 넣었어요. 수저에 있던 고양이 오줌이 귓속으로 들어올 때면 북극에 홀로 서 있는 느낌이었습니다. 점점 귓속 깊은 곳까지 액체가 들어갔어요. 차가운 느낌이 정말 싫었습니다.

몸부림치며 한참을 울다 지쳐 잠이 들었습니다. 어디선가 우는 소리가 들려왔습니다. 그 울음소리는 다름 아닌 엄마였습니다. 나지막한 엄마의 울음소리마저 제겐 원망이 되었습니다.

'왜 엄마는 고양이 오줌을 넣고 우는 걸까? 자식한테 어떻게 그럴 수 있지? 진짜 엄마라면 고양이 오줌을 넣을 수 있을까?' 엄마가 한없이 미웠습니다. 그런데 또 다른 시련이 저를 기다리고 있었습니다. 중이염을 치료하는 또 하나의 민간요법이 있었는데, 그건 바로 말린 명태 머리였습니다.

"덕분아." 길가에서 동생과 소꿉놀이를 하고 있었는데 엄마는 저를 크게 불렀습니다. 왠지 불안한 생각이 스쳐 지나갔어요. 저는 도망치기 시작하였습니다. 또 잡아다가 귀에 무엇을 넣을지 두려웠습니다. 한참 달려가다 뒤를 돌아보니 엄마는 보이지 않았습니다. 마음이 놓였습니다. 두리번거리며 집으로 돌아갔는데 엄마가 뒤에 숨어계셨습니다. 저를 보자마자 방 안으로 끌고 들어가셨어요.

아주 작은 항아리가 놓여 있었습니다. 항아리 위에는 수건이 덮여 있었어요. 수건 사이로 수증기가 올라왔습니다. 할머니는 저의 두 다리를 잡으셨고 엄마는 팔을 잡으셨습니다. 머리를 항아리에 닿게 하셨는데요. 왼쪽 귀가 수건 위에 눕히도록 하셨습니다. 모락 모락 올라오는 수증기가 기다리고 있었습니다. "앗, 뜨거워. 엄마 싫어." 몸부림치며 울었습니다. 두 분의 강압에 약 10분 동안 누워 움직일 수 없었습니다. 귓속에 뜨거운 수증기가 들어올수록 울음소리는 더 커져만 갔습니다. 수건 사이로 보이는 명태 머리는 공포 그 자체였습니다.

심한 중이염을 앓은 저를 병원에 왜 데려가지 않았을까요? 할머니와 엄마의 잘못된 민간요법 때문에 점점 청력을 잃어갔습니다. 잘 알아듣지 못해 사오정이 되어 친구들의 웃음거리가 되었습니다. 중년이 되어도 잘 알아듣지 못할 때가 많습니다. 머리를 감다 차가운 물이 나오면 깜짝 놀랍니다. 차가운 느낌이 제 머리를 타고 들어옵니다. 지금도 생생한 고양이 오줌의 그 느낌이 싫습니다. 제 삶에 있어 가장 큰 상처였던 그 시간이 참으로 속상합니다. 고양이 오줌과 명태 머리의 치료법이 아니었다면 저는 어떤 모습이 되었을까요?

엄마의 민간요법이 평생의 상처가 되었습니다. 잠재의식에 깊이 새겨진 엄마의 숟가락과 액체는 삶의 패턴을 바꾸었습니다. 두 분의 마음을 이해하면서도 아픈 건 뭘까요? 하지만 이제는 무의식 속에 새겨진 상처를 떨쳐버리고 싶습니다. 미움과 원망보다 엄마의 마음을 이해하고 싶습니다. 어쩌면 그 민간요법이 두 분에게도 상처가 되었다는 걸 이 글을 쓰면서 알게 되었습니다. 평생 홀로 네 자매를 양육해야 했던 엄마를 생각하면 눈물이 나옵니다.

잘못된 방법으로 치료하신 엄마 탓을 하며 살아왔던 저를 들여다봅니다. 아픈 자식을 돕기 위해 하나의 방법을 선택하신 엄마의 사랑. 자식을 잘 키우시고자 노력하셨던 그 마음. 나름대로 최고의 방법을 선택하신 엄마와 자식 사이에 어떤 단어가 필요할까요? 이 세상에 내가 존재하는 것만으로도 이미 충분했습니다. 비록 잘못된 방법으로 치료하신 엄마였지만 그건 잘못이 아니었습니다. 이젠 고양이 오줌과 명태 머리가 담긴 작은 항아리는 상처가 아니었습니다. 상처를 준 엄마를 용서하겠다고 결심을 내렸는데 엄마와 자식 사이에 용서의 말은 필요하지 않다는 걸 깨닫게 되었어요. 고양이 오줌과 명태 머리는 엄마의 사랑이었습니다. 최고의 선택이었습니다.

고맙습니다. 사랑합니다. 덕분입니다. 행복합니다.

최
정
선

엄마가 끓여준 미역국이 너무 먹고 싶었다

엄마와 연락이 닿고 아빠는 여름방학이면 동해 바다로 휴가를 가자고 했다. 엄마와 연락을 하고 지내는 걸 알고 있음에도 휴가 가자는 말만 하셨다. 그렇게 중학교 3년의 여름방학은 2박 3일 동안 엄마와 지낼 수 있었다. 엄마와 단둘이 이야기하며 얼굴을 마주하고 싶었다. 하고 싶은 이야기도 마음껏 털어놓고 싶었다. 하지만 아빠와 남동생이 함께 다녔기 때문에 매번 아쉬웠다. 엄마와의 추억은 몇 가지가 없다. 엄마의 아파트에서 반나절 정도 머무를 때 어린 시절 사진을 보았던 기억, 엄마의 물건들을 둘러보거나 내 옷을 사주셨던 것이 전부였다.

엄마와 빨리 같이 살고 싶은 소망이 있었다. 그래서 실업계 고등학교를 선택했다. 방학 때만 잠깐 엄마를 보고 헤어지는 순간이 싫었다. 엄마와 함께 살면 더 좋을 거란 기대감이 컸다. 고등학생이 되어 공부를 최선을 다해 열심히 했다. 1학년 때 남들보다 자격 취득도 더 많이 해서 담임선생님께 칭찬을 받았다. 엄마에게 자랑하며 칭찬도 받고 싶었다. 오직 엄마와 나, 단둘이서만 만나고 싶었다. 그러다 기회가 생겼다. 학교 개교기념일이 내 생일이었다. 들뜬 마음으로 학교를 가는 것처럼 교복을 입었다. 강릉으로 가는 첫차를 타고 출발했다.

엄마가 내 생일을 기억하고 미역국을 끓여주실 거라 기대했다. 짧은 시간이지만 단둘이 밥도 먹고 함께 지낼 생각에 들떠 혼자 피식 웃음이 났다. 강릉 터미널로 마중 나온 엄마는 나를 데리고 속초에 가는 버스를 탔다. 단둘이 엄마 집으로 갈 줄 알았다. 하지만 그날 처음 삼촌들을 뵈었다. 두 분의 삼촌이 계신 식당으로 데리고 가서 함께 점심을 먹었다. 인사를 하고 물어보는 몇 가지 질문에 답을 할 뿐 어색했고 다정한 대화를 나누는 분위기는 아니었다. 점심을 먹고 엄마가 사는 동해 집으로 왔다. 그런데 엄마는 나의 기대와 달리 아무런 말도 선물도 없었다. 내 생일을 모르셨던 걸까?

엄마와 헤어지고 다시 대전으로 돌아가야 했다. 오후 5시쯤 대전으로 출발하는 강릉 터미널로 출발했다. 머리로는 엄마한테 오늘 내 생일인 걸 말하고 싶은데 말이 나오지 않았다. 터미널에 도착해 간식을 사 주시며 어색한 포옹을 하고 엄마와 헤어졌다. 결국 내 생일도, 미역국도 말하지 못했다. 그날이 엄마와 마지막 만남이었다. 나는 엄마를 만나러 가기 전에 이야기했어야 했다. 후회가 되었다.

"엄마! 나 생일인데 엄마가 끓여준 미역국 먹고 싶어. 끓여줄 거지?"

이른 새벽에 전화 한 통이 걸려왔다. 갑자기 아빠는 나를 흔들어 깨웠다. 엄마가 쓰러져 병원에 계신다는 말에 깜짝 놀랐다. 처음으로 아빠는 엄마의 존재에 대해 말했다. 아빠에게 원망의 말을 퍼부었다. 진작에 엄마한테 '미안하다' 말하고 데리고 왔으면 이런 일이 일어나지 않았을 텐데 아빠에게 원망의 말을 쏟아냈다. 엄마가 아빠 보면 더 안 좋아질 테니 홀로 가겠다고 말하며 준비했다. 아침 7시 강릉으로 가는 첫 차를 탔다. 수많은 생각이 스쳐 지나갔다.

'나를 알아는 보시겠지? 설마 지금 당장 돌아가시겠어?'

울다 잠들다를 반복하며 불안한 마음으로 도착했다.

병원 문을 열고 들어서는데 기가 막혔다. 눈도 뜨지 못하고 산소호흡기를 꼽고 있는 엄마. 엄마는 누워만 있었다. 그 자리에 주저앉았다. 외삼촌과 외숙모는 괜찮다고 말을 하는데 내 눈에는 괜찮아 보이지 않았다. 뭔가 불길했다. 엄마를 보고 눈물을 쏟을 거라 상상했지만 눈물은 전혀 나오지 않았다. 속이 답답하고 숨이 막혔다. 앞으로 어떤 기대도, 희망도 없어지는 상황을 받아들이기 힘들었다.

그렇게 3일 동안 외삼촌 집과 병원을 오가며 엄마를 봤다. 아무런 변화가 없었다. 병원에서 가망이 없음을 이야기했다. 외삼촌은 호흡기를 빼면 엄마가 돌아가시니까 마지막 인사를 하고 오라는 말을 했다. 돌아가신다는 건 하늘이 무너지는 말이었다. 아직 엄마를 많이 부르지도 못했고, 함께 지내지도 못했는데 이별 인사를 하라니. 아직 엄마와 하고 싶은 게 얼마나 많이 있는데. 미역국 안 끓여 줘도 좋으니까 그냥 살아만 달라고 말하고 싶었다. 헤어짐의 인사는 정말 하고 싶지 않았다. 남들은 엄마랑 같이 사는데 왜 간절히 기도해도 함께 살 수 없을까 원망이 되었다. 엄마랑 오랫동안 시간을 보내고 싶은 나의 간절한 소망은 사라져 버렸다.

몇 해 전까지만 해도 생일에 누군가가 끓여주는 미역국이 먹고 싶었다. 결혼하고 신혼 때 남편에게 한 가지 부탁을 했다. 다른 선물은 필요 없고 직접 끓여준 미역국이 먹고 싶다 말했다. 음식 솜씨가 없는 남편은 반찬가게에서 미역국을 사다 몰래 냄비에 넣었다. 직접 끓인 것처럼 흉내를 내었다. 생일에 미역국을 끓여주지 않으면 짜증과 화를 낸 적이 있다. 지금 생각해 보니 나의 생일과 미역국은 엄마를 향한 그리움이었다. 이제는 생일에 직접 미역국을 끓여 먹거나 외식할 때도 있다. 엄마에 대한 그리움이 연해지고 가벼워진 모양이다.

나도 이젠 엄마가 되었다. 지금 떨어져 지내는 큰딸도 엄마인 나와 살고 싶다는 말을 종종 했다. 하지만 큰딸은 생일이 되어도 미역국에 대해 말하지 않는다. 엄마가 직접 끓여준 미역국을 먹고 싶다고 말하지 않은 이유가 뭘까. 큰딸도 예전에 나처럼 말하지 못하고 있는 건 아닌가 싶다. 내년 생일에는 집으로 초대해야겠다. 소고기를 듬뿍 넣어 미역국과 좋아하는 반찬을 준비해서 생일상을 차려줘야겠다. 어려서부터 어른이 되어서도 엄마가 너무 그리웠다. 때로는 엄마가 없어 모든 일이 안 된다는 절망적인 생각도 했었다. 나도 이젠 큰딸에게 엄마의 존재이다. 엄마의 빈자리를 딸에게만큼은 느끼게 하고 싶지 않다. 엄마에 대한 그리움을 대물림하고 싶지 않다. 비록 함께 살지 않지만, 따뜻한 엄마의 목소리를 자주 들려주어야겠다. 내가 딸을 사랑하는 마음이 곧 엄마의 마음이었다는 걸 조금씩 알아 간다. 엄마에게 가장 듣고 싶었던 말을 이젠 딸에게 많이 표현해야겠다. 딸을 향한 사랑과 고마움의 마음을 담아 말해주련다.

　"엄마의 딸로 태어나줘서 고마워, 널 언제나 사랑해."

　나도 엄마다. 딸이 원하는 것을 엄마가 들어주고 따스한 눈빛을 마주하며 꼭 안아주겠다.
　그리웠던 따뜻한 엄마의 품을. 이젠 나의 딸에게.

PART 04
아주 조금, 당신의 삶을
이해할 수 있게 되었습니다

김
성
신

아쉬운 시간에 대한 이해 더하기

태어나서 얼마 뒤 중이염을 심하게 앓은 뒤로 엄마도 나도 몸에
관한 한은 자신이 없었고 튼튼하지 못함에 늘 전전긍긍했다. 생각
해 보면 그러니까 더 열심히 운동하고 더 열심히 챙겨 먹었어야 했
다. 그러나 입까지 짧은 나는 대책이 없었다. 몸이 약해서 항상 조
심해야 한다는 생각과 엄마의 걱정이 항상 함께했다. 그래서일까.
나는 엄마가 싫어하고 반대하는 일은 하지 않았다. 불만이 있거나
관심이 있어도 하지 않았다. 이것이 나중에는 사춘기를 지나고 자
아가 강해지는 시기가 되자 힘들어졌다. 그래도 현명하고 나를 누
구보다 사랑하는 엄마의 의견이 더 옳을 것이라는 생각으로 착한
딸로 지냈다. 그래서인지 특별히 나의 생활이 힘들거나 하진 않
았다.

우리집은 삼 남매 모두 유아 세례를 받고, 주일이면 성당에 갔다.

미사를 드리고 주일학교에서 친구들과 놀다 집으로 돌아왔다. 물론 엄마, 아빠도 독실한 가톨릭 신자셨다. 그런데 문제는 여기서 생겨난다. 아빠가 성당 활동을 하시며 총회장을 역임하시게 되었다. 이어 엄마도 봉사활동을 하시며 반장부터 시작해서 각 단체장, 총구역장, 부회장까지 활동 범위가 넓어졌다. 엄마의 봉사활동이 늘어나면서 집에 안 계신 시간이 많아졌다. 한참 삼 형제가 모두 예민하던 사춘기에 학교가 끝나고 집에 오면 엄마가 안 계신 때가 많았다. 어떤 부모들은 아이들이 스스로 자신을 챙길 수 있을 정도면 엄마나 보육자가 없어도 괜찮다고 생각한다. 하지만 내 생각은 다르다. 끼니를 혼자 챙겨 먹을 수 있다고 다 큰 건 아니기 때문이다.

남매 셋이 사춘기를 지나던 그때 엄마가 집에 안 계시던 순간들이 지금도 생각하면 아쉬움이 남는다. 왜 그렇게 봉사활동에 매진했냐고 묻자 엄마는 이렇게 답하셨다. 시골에서 올라와 결혼하고 아이들 낳고 살면서 아빠를 통해 신앙을 갖게 되었고 성당에 나가게 되었다. 봉사활동을 시작하자 점점 중요한 일을 하게 되고 나중엔 너무 일이 커져버렸다고. 그래서 너희들은 내가 그저 기도하고 봉사하면 잘 지내리라 생각했다고. 나는 지금도 성당에서 오르간 반주 봉사를 하고 있다. 봉사활동은 좋은 것이다. 그러나 그 어떤 것이든 과유불급. 과하면 탈이 나게 마련이다. 이런 엄마의 활동이 우리에겐 힘든 순간들이 생겨버리는 결과를 가져왔다.

그런 나도 엄마가 되었다. 음악을 배울 기회가 생겨 나이 마흔에 대학원을 다니게 되었다. 대학원 공부를 하며 본의 아니게 아이들에게 소홀하게 되었다. 최대한 오전에 학교 수업을 듣고 오후에는 돌아와 저녁 식사를 차려주었다. 나는 대학원 공부와 육아를 병행하며 아이들에게 신경을 쓴다고 생각했다. 하지만 주변 학부모들의 시선은 달랐다. 아이들만 두고 공부하러 다닌다며 뒤에서 수군대기 시작했다. 속상하기도 하고 화가 났다. 대학원은 일반 대학처럼 매일 학교에 가지 않아도 되어서 시작했는데 생각과 달랐다. 공부를 시작해 보니 열심히 하고 싶었고 뒤처지기 싫었다. 그래도 아이 둘의 엄마는 절대적 시간 대비 함께 공부하는 어린 친구들과는 비교가 되지 않았고 겨우 수료로 끝났다. 그래도 우리 아들들은 제법 착하고 챙기기 수월했다. 한참 세월이 흘러 큰애는 대학을 입학하고 막내는 고등학교에 들어갔다. 그 시기쯤 나는 도서관 관장으로 취직을 했다. 오후 2시 출근해서 7시에 집에 오는 일이라 집안일과 병행하며 잘할 수 있으리라 생각했다. 일하면서 아이들의 마음을 세세히 챙기기에 역부족인 부분이 있었다. 다행히 첫째가 심성이 착하고 동생을 잘 챙기는 아이여서 둘 사이에 갈등은 없었다. 그것만으로도 너무도 감사했다. 하지만 직장을 다니며 집안일과 아이들까지 잘 챙기기는 쉬운 일이 아니었다. 직장을 나가며 돈을 벌고 사람들과 대화도 하며 책도 읽고 처음에는 신이 나고 보람도 있었다. 그러나 코로나 이후 도서관에 사람의 발길이 끊기고 재정상의 문제로 인해 권고사직을 당했다. 현재 집에 있으면서 보니 오히려 아이가 원하는 엄마를 알게 되고 속마음을 나누게 되었다. 그러면서 엄마에 대해 깊게 생각하는 시간을 가지며 이해하게 되었다.

엄마도 세 아이를 키우느라 취직은 꿈도 꾸지 못하셨다. 아버지가 가져오는 빠듯한 월급을 아끼며 살아가셨다고 했다. 엄마는 우리 삼 남매가 자신을 스스로 챙길 수 있는 나이가 되었다고 생각하셨고 봉사활동을 시작하셨다. 엄마 또한 맡겨진 일에 최선을 다하고 싶었고 보람을 느끼셨다고 말씀하셨다. 나도 결혼을 하고 자식을 낳아 기르며 내가 할 수 있는 일을 하게 되었다. 하지만 직장에 다니며 아이들을 보살피는 일을 병행하니 둘 다 완벽하게 해낼 수 있는 일은 아니었다.

살아보니 나도 내 행동에 아쉬움이 있는 것처럼 엄마도 그 당시 그렇게까지 봉사활동에 매진했던 엄마의 행동들을 후회하신다고 했다. 심지어 봉사활동을 하지 못하게 되어 아쉬워하는 내게 그렇게 애쓸 필요 없다고 하시며 아이들 잘 돌보고 가정에 충실하라고 또 한 번 얘기하시는데 놀란 일도 있다.

사람은 모두 불완전한 동물이다. 그래서 후회를 하고 깨닫고 다시 결심하고 이 사이클을 반복한다. 이제 86세의 늙으신 엄마를 전부는 아니지만 조금은 알 것도 같다. 자식에 대한 사랑만큼은 누구

못지않으셨다는 걸 알기에. 그래서인지 나는 아이들에게 친구 같은 엄마로 얘기도 많이 하고 함께 하는 순간들에 최선을 다하고 최대한 함께 하려고 노력한다. 아이들도 엄마와 함께 있는 것을 가장 편안하게 생각하고 고민이 있으면 엄마에게 털어놓는다. 엄마로서 내가 있을 자리에 그 시간 그 자리에 있어 주는 것이 얼마나 중요한지를 누구보다 잘 알기 때문이다.

어린 시절 엄마의 빈자리에 아쉬움이 있었다면 그것은 살아가면서 나에게 교훈이 되었다. 그리고 한편으로는 나 또한 아이들에게 빈자리를 준 시간이 생긴 것을 보면서 닮아 있는 모습에 놀라기도 했다. 요즘 엄마는 매일같이 전화하고 진심으로 기뻐하신다. 제발 전화하시고 싶으시면 다른 생각 하지 마시고 전화하시라고 말씀드린다. 딸 바쁠까 봐, 자식들 있는 딸이라 더 전화하는 것도 조심스러워하는 엄마. 그래서 오늘도 먼저 전화하고 수다를 시작한다. 엄마의 즐거워하는 목소리가 전화를 타고 내 마음에도 그 진심이 느껴진다. 오늘도 울 엄마 즐겁고 건강해서 다행이다. 어린 시절의 내가 가진 아쉬움은 엄마의 적적하신 지금의 빈자리를 열심히 채워드림으로 서로를 이해하고 사랑하는 관계로 이어나가면 어떨까 싶다.

요즘 들어 하루가 다르게 심약해지시는 엄마를 위해 내가 더 몸과 마음이 단단해져야 함을 느낀다. 이제는 엄마와의 상담은 힘들어질 것 같다. 아버지가 돌아가시고 100일이 지나니 혼자되신 것이 실감이 나신다고 하시며 우울함에 힘들어하신다. 나도 몸이 아프니 엄마의 걱정하는 마음이 목소리에 전해진다. 나이가 들어가면서 점점 더 어려운 모녀 관계. 오늘도 엄마를 기도 중에 기억하며 얼른 건강해지시길 빌어본다.

어머니를 충분히 이해합니다

수화기 너머 믿을 수 없는 이야기가 들린다.

"유진아, 뭐라고?"

말을 잘못 알아들은 듯 다시 물어본다. 여전히 같은 말이 들려온다. "어머니께서 아버지를 부엌칼로 가슴을 찔러서 아버님이 응급실에 실려 갔어" 어머니께서 그 행동을 하였을 때 나는 그 현장에 있지 않았다. 아니, 한국이 아닌 미국에 있었다. 그런데도 마치 어제 일처럼 그 장면이 내 눈앞에 생생히 지나간다.

상황을 자세히 말해 주지 않았는데도 빔프로젝터로 하얀 벽에 녹화된 영상이 보이듯이 생생히 보여주는 듯하다. 결혼 전까지 25년을 그 속에서 살아봤기 때문이다. 중고등학교 일기장에 적혀 있는 너무 많은 글이 생생하게 증언하듯이 나는 어머니께서 그 행동을 하신 마음을 이미 십 대 초반부터 가졌었다. 줄기차게 그 마음이, '아버님을 부엌칼로 찔러서 이 지긋지긋한 공포영화를 내 손으로 끝내자'라는 기록으로 십 대 시절 일기장에 남아 있다. 그렇기에 나는 그 이야기를 듣는데, '어떻게 그런 일이' '말도 안 돼'라는 생각이 들기보다는 어머니의 마음이 그대로 이해가 된다.

'미안하다고 말하기가 그렇게 어려웠나요'라는 책 속의 주인공처럼 어머니의 마음이 꼭 그대로 내 마음이었다. 이훈구 심리학 교수가 잠든 어머니 머리 위로 망치를 내리치고, 몇 시간 후 자고 있던 아버지도 망치로 내려치고 사형을 선고받은 명문사립대 대학생의 사건을 기록한 책이다. 그 사건이 일어나고 상담한 내용, 21권에 달하는 그의 일기 그리고 그의 주변인들과의 상담한 내용을 바탕으로 책이 쓰였다. 예상하듯이 책 제목은 살인을 저지른 명문사립대학생의 부모님, 특히 그의 어머니에게 하는 말이다, '미안하다고 말하기가 그렇게 어려웠나요?'. 알코올 중독자 가정의 자녀들, 성인 아이들이 역기능 가정을 이룰 가능성은 보통 사람보다 3배가 높다. 결혼을 어렵게 결정하고 난 이후였기에, 이 책 속의 주인공이 내 아들이 될 수도 있다는 생각에 무서운 마음으로 읽은 책이다.

책 속의 주인공은 고위직 직업 군인이었던 아버님과 신학교 대학원을 나온 전도사였던 어머니를 둔 경제적으로 안정된 가정의 아들이다. 자녀 교육과 가정에 관심 없는 무뚝뚝한 아버지와 히스테리로 틈나는 대로 아들을 혼내고 두들겨 패고, 잘못할 때마다 '쓰레기' 취급하면서 언어폭력과 인격 모독하는 어머니. 그의 부모님은 건강한 부모님은 아니지만, 내가 기대했던 정신병자들은 아니었다. 살인을 당하고 토막을 내서 쓰레기봉투에 버려질 정도의 '악인'들은 아니다. 오히려 내가 겪어온 시간보다 그의 환경이 심지어 낮은 환경처럼 보이기까지 하다. 마치 내가 암 말기 3기라면, 그 책 속의 주인공은 암 2기 정도로 보인다. 그런데, 나를 무섭게 만든 것은 오랜 시간 반복되어 온 정신적인 학대가 실제로 사람을 '살인'까지 하게 했다는 사실이다. 알코올 중독자 가정에서 자란 성인 아이인 나도 스트레스에 눌려 있을 때, 작은 일에 쉽게 화를 내는 경우가 많다. 스트레스에 매우 약한 나는 주인공 어머니 모습 속에 내 모습이 겹친다. 무서운 마음이 든다. 이훈구 교수가 살인을 저지른 동생의 친형과 면담하며 처음 사건이 일어난 것을 전달하는 자리에서 의외의 대답을 듣는다. '나는 동생을 이해합니다.' '나는 동생을 원망하지 않습니다.'

여동생의 전화를 받는데, 내가 그 형과 동일한 마음이다. "나는 어머니를 충분히 이해해 나는 십여 년 만에 그러고 싶었는데 50년을 넘게 함께 사시면서 정말 잘 참으셨네" 라고 이야기했다. 몇 달 후에 가혹한 가죽 혁대와 주먹으로 끊임없이 이어지는 폭력과 육두문자의 쌍욕을 쏟아내는 언어폭력 속에서 잠시 또 정신줄을 놓고 다시 부엌칼로 허벅지를 찔렀다는 전화를 받는다. 아버님은 응급실에 이어서 알코올 정신병원에 다시 입원하셨다.

땀이 줄줄 흐른다. 숨이 가빠오고, 상의가 온통 젖은 지금 세상 행복하다. 마음껏 라켓을 휘두르며 공이 내가 원하는 곳으로 날아갈 때의 성취감과 못 받을 것 같은 공을 따라가서 받았을 때 몸에서 아드레날린 호르몬이 과다 분비된다. 행복할 때 나오는 세로토닌도 분비된다. 행복하고 기분이 좋다.

경기에 이기면 더 희열이 있지만, 원 없이 뛰고 최선을 다한 경기는, 지고도 묘한 보람과 성취감이 있다. 테니스 운동 효과이다. 첫 정규직장을 34살에 방사선종양학과에 의학 물리학자 교수로 임용이 되었다. 그전까지 대학원생, 계약직, 학원강사, 의무복무 장교 등이 결혼 후 나의 직업들이다. 첫 직장을 잡고는 밤낮으로 때로는 주말까지 일하던 시간이 이어진다. 그러면 일을 열심히 하는 것이고 잘하는 것인 줄 알았다. 나보다 더 규모가 큰 수십억 미국 국가 암 연구 과제를 수행하는 방사선 종양학과 과장 의사 선생님은 일주일에 몇 번 저녁 7시30분이 되면 운동복에 큰 테니스 가방을 들고, 세상 두쪽이 나도 운동하러 간다. 그때는 '역시 과에서 가장 높은 자리에 있으니 아무리 급한 일이 있어도 운동하러 갈 수 있구나'라고 생각을 했었다. 그러나 나중에 테니스를 치다가 교환교수로 오신 서울대 의대 L 교수님과 2년간 같은 테니스클럽에서 테니스를 치면서 알게 되었다. "보건복지부의 50억이 넘는 국가 폐암 연구과제를 준비하고 수행하는 동안 몇 주가 아니라 몇 달을 쪽잠을 자면서 일해도, 오후 5시만 되면 무조건 자리에서 일어나요. 옷을 갈아입고 병원 내에 있는 테니스장으로 가서 1시간 테니스를 하고 샤워하고 저녁 먹고 다시 와서 일해요' L 교수님의 이야기를 듣는 데 문요한 정신과 의사의 책, '오티움'이 나의 머릿속으로 급히 소환된다. 문요한 정신과 의사는 라틴어 오티움을 '뜻대로 되지 않는 인생에서 나만의 기쁨을 생산해 내는 나만의 깊이 있는 여가 활동'으로 정의한다. L 교수에게는 테니스가 오티움인 것이다. 50억 국가연구과제의 책임자로 그 스트레스를 테니스로, 좀 더 정확히는 테니스공을 마구 후려치면서 테니스공에 풀지 않으면 그 스트레스와 화, 짜증이 누구에게 갈 것인가? 아마도, 함께 일하는 스텝들, 훈련받는 레지던트, 인턴들 그리고 환자에게 가지 않을까? 나도 테니스가 있는 날은 그날 하루가 아무리 임상과 연구가 고돼도 테니스 시간을 기다린다. 테니스를 치며 나만의 기쁨을 생산해 내니, 나에도 테니스가 오티움인 것이다.

"어머니, 아침 식사하셨어요?" "아프신 데는 없고요?" 테니스를 치고 집으로 돌아가는 시간이 전화로 어머니 목소리를 듣는 시간. 또한 내 목소리를 들려드리며 건강하게 잘 지내고 있음을 알려드리는 시간이다. '어머니에게 오티움은 무엇이었을까?' 대학을 가기 전 그리고 결혼해서도 나의 기억 속에 어머니께서 여가를 통해서 소소하고 작은 기쁨이라도 누리시는 모습이 기억이 잘 나질 않는다. 돌솥비빔밥 바닥에 눌어붙은 누룽지 밥을 박박 긁듯이 나의 기억을 긁고 긁어도 어머니의 오티움은 생각이 잘 나질 않는다. 어머니에게 오티움은 '세 자녀가 건강하게 잘 자라는 것이 아니었을까?' 소소하고 작아도 자기 일을 잘 해내면서 가끔 가져오는 상장들, 좋은 성적이 찍힌 성적표 등이 어머니에게 여가가 되는 것들은 아니지만 삶에 기쁨을 가져다주는 오티움이 아니었을까 생각해 본다. 그리고 그 세 자녀가 모두 결혼해서 자녀를 낳은 지금은 손주들 보는 것 그리고 손주 목소리를 듣는 것이 오티움이 아닐까 생각한다. 손주들이 그 어떤 기쁨보다 큰 기쁨이 되는, 어머니의 오티움이 아닐까 생각한다.

"어머니, 아무리 힘드셔도 절대 아버님을 부엌칼로 찔르는 행동하시면 안 돼요" 깜짝 놀라신다. "네가 그걸 어떻게 알았니?" "너무 걱정되어서 한숨도 며칠간 못 잤어요." "직장생활도 잘 못 했어요" 어머니께서 걱정하신다. 내가 알고 있고 내가 직장생활을 못할 만큼 힘들어하는 것을 아신 후, 어머니는 같은 행동을 하지 않으신다. 그러나, 나는 속으로만 '어머니, 그런데 저는 어머니를 충분히 이해합니다. 저도 백번도 더 그러고 싶었어요'라고 말씀드린다. 그리고는 어머니의 오티움이 되어 드리기 위해 나의 자녀들과 함께 전화기를 든다.

이
소
희

엄마와 나 그리고 내 딸

　난임이었다. 자연 임신은 어렵다는 진단을 받았다. 시술도 받았지만 잘 되지 않았다. 결혼 후 4년의 세월이 흘렀다. 우리 부부에게 아기천사가 오지 않을 수도 있다는 것을 받아들이기로 했다. 그렇게 모든 것을 포기했을 때 갑자기 이쁜 딸이 찾아왔다. 10가지 이상의 임신 후유증을 버티고 39주가 되었을 때 양수가 터졌다. 온몸이 부스러지는 듯한 고통을 견디고 30시간 만에 아기가 태어났다. 탯줄이 이어져 있는 채로 아이를 안았다. 표현이 안 될 정도의 행복함과 환희가 날 사로잡았다. 목숨을 다 주어도 아깝지 않다는 말을 실감했다. 아이를 낳은 다음 날 엄마가 병원으로 아이를 보러 왔다. 엄마는 조그마한 아이를 안고 싱긋 웃으며 말했다.

　"세상을 다 얻은 것 같지? 내가 그랬어. 너 낳았을 때."

머리가 멍해졌다. '엄마도 그랬다고? 그만큼 날 사랑했다고?' 엄마가 나를 사랑한다는 것을 머리로는 알고 있었지만 내가 딸아이로부터 느끼는 그 황홀한 감정을 나를 낳았을 때 똑같이 느꼈다는 것을 마음으로 알게 되니 뭔가 이상했다. 이해하지 못한 채 눈으로만 읽어 내려가던 책을 가슴으로 이해한 느낌이었다. 하지만 아직은 전부 이해되지 않았던 책이었고 이해하고 싶지도 않았던 책이었기 때문에 '그런가 보다.' 하고 넘어갔다.

조리원에서 2주간의 시간을 보내고 집으로 돌아온 날, 엄마가 함께해 주었다. 여동생의 산후조리를 도와주었던 엄마는 능숙하게 아기를 봐주면서 음식도 만들어주었다. 물리더라도 계속 먹어야 한다며 미역국을 잔뜩 끓여 놓고 저녁 늦게 친정으로 돌아갔다. 이후 산후 조리사님의 2주간의 도움으로 하루하루를 버텼다. 그래도 매일밤 1~2시간마다 깨서 수유하느라 녹초가 되어 갔다. 결국 감기에 걸렸고 링거 주사까지 맞게 되는 상황이 왔다. 그 이야기를 들은 엄마는 일이 끝나자마자 늦은 저녁에 달려왔다. 오자마자 나와 내 딸을 챙겨주었다. 수유하느라 잠을 잘 못 잤던 나를 위해 엄마가 밤을 새워서 아이에게 분유를 먹이고 잠을 재웠다. 그렇게 밤을 새운 엄마는 다음날 내가 먹을 반찬을 만들어 놓고 또 도망치듯 가버렸다.

'좀 먹어. 잠 좀 자고. 네가 건강해야 애도 볼 수 있는 거야!'

걱정이 묻어 있는 잔소리가 메아리처럼 귓가를 맴돌았다. 나오지 말라며 현관문을 닫고 달려가는 엄마의 뒷모습이 보였다. 내가 아이만 바라보고 있을 때 엄마는 나만 바라보고 있었다. 눈물이 났다. '세상을 다 얻은 것 같다.'는 말이 나를 낳았던 그날만 그랬다는 게 아니라 현재도, 그 이후에도 계속 그랬다는 것을 알게 되었다. 이해하고 싶지 않았던 책을 이해하고 싶어 졌다.

온종일 아이를 돌보는 것에 전념한 지 1년 정도가 지났다. 어느 정도 익숙해지고 있다고 생각했지만, 아이에게 내 모든 것을 맞추어 생활한다는 것은 쉽지 않았다. 먹고 싶을 때 먹고, 자고 싶을 때 자고, 화장실에 가서 마음 편히 볼일을 보는, 인간으로서 기본적인 삶의 욕구를 채울 수 없는 것에 한계가 왔다. 점점 무기력 해졌다. 아이와 있으면서 멍하게 먼 산만 바라보는 시간이 많아졌다. 엄마와 전화 통화를 했다. 목소리가 이상했던 걸 느낀 엄마는 '힘들면 집으로 와. 내가 봐줄게!'라고 했다. 아무것도 하기 싫었다. 짐을 싸는 것조차 귀찮았다. 결국 엄마가 집으로 왔다. 좀비 같은 나를 보고 당장 가자고 하며 나와 손녀를 데리고 친정집으로 갔다. 아이를 돌보며 밥 먹는 걸 매번 걸렀던 내게 매끼 손수 차려주시는 엄마의 음식은 피폐한 마음에 치료제 역할을 해주었다. 그때 처음으로 이런 의문이 들었다.

'엄마는 이렇게 힘든 걸 어떻게 했어? 세 명을 어떻게 키웠어?'

엄마의 사랑을 원하는 아이들 셋을 모두 만족시키는 엄마가 있을 수 있을까? 한 아이의 마음도 다치지 않게 모두에게 동일한 사랑을 베푸는 엄마가 존재할까? 특히 과거의 엄마는 아이들에게 사랑을 베풀 심리적 여유가 없는 상황이었다. 가정의 경제를 책임지고 삶의 문제에 파묻혀 있으면서도 세 아이에게 동일하게 사랑을 준다는 것은 불가능한 상황이었다. 하지만 나는 그 사랑을 갈구했다. 안타깝게도 그 사랑이 내게 표현되기까지는 방해물이 너무 많았다. 그때의 엄마는 세 아이를 학교 보내고, 먹이고, 입히고, 재우는 것이 사랑 표현의 최선이었다. 하지만 내가 원하는 수준의 사랑이 아니었기에, 사랑이 느껴지지 않는다며 엄마를 미워했다.

자기 전 침대를 뒹굴던 딸아이가 갑자기 나를 빤히 쳐다보며 내 볼을 어루만지면서 '엄마 사랑해~.'라고 했던 적이 있다. 그때, 아이의 사랑이 너무 크게 느껴져서 아이보다 지금 내가 하는 일이 우선이었던 그 당시의 내 모습에 뜨끔하며 아이를 황홀하게 바라봤었다. 여느 엄마들처럼 내 목숨을 전부 내어놓을 수 있을 만큼 아이를 사랑하지만, 어쩌면 내가 아이를 사랑하는 것보다 아이가 나를 더 사랑하고 있는지도 모른다는 생각이 들었던 순간이었다. 내게는 에너지를 쏟아야 할 많은 것들 중 하나가 아이지만, 아직 만 3세밖에 되지 않은 딸아이는 엄마가 온 세상의 전부이다. 태어나자마자 나만 바라보며 살았고 앞으로 몇 년은 변함없을 듯하다.

나도 마찬가지였다. 엄마 마음이 아프면 나도 아팠고, 엄마를 힘들게 하는 사건들에 이를 갈았다. 내 전부인 것처럼 엄마를 사랑했다. 동생들이 태어나기 전, 엄마에게 받은 사랑이 너무 컸기 때문에 동생들이 태어나고 비워져 버린 사랑을 더 갈망했는지도 모른다. 근데 그 사랑이 그대로 돌아오지 않아서 거리를 두기 시작했다. 사랑하는 사람이 나를 그 정도로 사랑하지 않는다고 느껴져서 상대방을 미워하는 것을 택했다. 그 사람을 사랑하지 않았던 것처럼 미워해버리면 그 사람이 내게 어떤 상처를 줘도 상관이 없으니까. 너무 사랑했기 때문에 미워했다. 그래서 엄마를 사랑했던 나의 모습은 잊은 채 엄마를 미워한다고만 생각했다. 하지만 그 미움은 사랑에서 나왔음을 내 아이를 통해 알게 되었다. 그리고 엄마의 사랑의 깊이를 이제야 조금은 이해하게 되었다. 엄마가 생각하는 것보다 나는 엄마를 온 마음 다해 사랑했고 지금도 그 사랑은 변함이 없다. 엄마한테 꼭 말해주고 싶다.

"엄마가 날 얼마나 사랑하는지 알아. 근데 나도 엄마가 생각하는 것보다 훨씬 많이 엄마를 사랑했고, 지금도 사랑해."

그리고 엄마를 꼬옥 안아주고 싶다.

이
영
숙

오늘도 배움의 길을 걷고 계시는 엄마

내가 결혼하기 2년 전의 일이다. 엄마는 대학 진학을 위해 검정고시를 준비했다. 영어 문법 문제가 나오면 "영숙아, 이건 어떻게 풀어야 하니? 영어 단어 발음 좀 알려줘! 수학은 풀면 답이 나오는데 과학은 외우는 게 너무 많네. 쉰 넘어서 공부하려니 머리에 들어오지 않는구나." 공부의 어려움을 호소하는 엄마를 보니 잔소리꾼 엄마도 학생다워 보였다. 설거지할 때도 엄마는 영어 단어를 외우셨다. 공책엔 영어단어가 빼곡히 적혀 있었다. 수학 공식을 풀이한 흔적도 보였다. 그렇게 하루 3시간씩 매일 공부하는 엄마는 검정고시에 당당히 합격했다.

"영숙아, 엄마 검정고시 합격했어!" 엄마의 목소리에 기쁨과 성취의 힘이 느껴졌다.

"엄마! 검정고시 합격을 축하드립니다."

엄마는 어린 시절 3남 3녀 중 막내로 태어났다. 고등학교에 가지 못한 엄마는 공부에 갈증이 있는 채로 결혼했다. 결혼과 동시에 아이를 낳고 우리를 기르느라 공부할 여건이 되지 않았다. 우리가 성인이 되자 엄마는 그 시절 마치지 못한 공부를 하기로 결심했다.

"너희들 시집 장가 다 보냈으니 엄마는 자식 키우는 의무를 다했다고 생각해. 이제 엄마도 대학생이 되고 싶어."

검정고시 합격 후 서울 사이버대학 사회복지학과에 입학했다. 엄마의 용기에 놀랐다. 온라인으로 학과 공부를 하며 집안 살림과 공무원 아버지 뒷바라지까지 함께 하셨다. 대학생이 되어 새로운 공부를 시작한 엄마는 제2의 인생이 펼쳐진 듯 활기가 넘쳤다. 진정한 배움의 즐거움에 빠진 엄마는 학과 활동도 적극적으로 했다.

"영숙아, 엄마 서울에 가야 해! 오늘 사회복지학과 동기 모임이 있거든!"

엄마가 MT도 가며 즐거운 대학 생활을 누렸던 그 해 2007년 11월 나는 좋은 짝을 만나 결혼을 했다. 다음 해 2008년 10월에는 첫 손녀가 태어났다. 엄마는 나의 산후조리를 위해 함안에 오셔서 특명을 주셨다.

"나는 나현이를 볼 테니 너는 엄마의 리포트 작성하는 것을 도와줘. 내가 컴퓨터 타자 속도가 느려서 말이야."

나는 손녀를 돌보는 엄마를 위해 리포트 작성을 도와드렸고 그 결과 엄마는 손녀와 A+라는 높은 점수를 동시에 얻었다. 엄마는 4년간의 사회복지학과 공부를 마치고 빛나는 졸업장을 받았다. 친정

집에는 가장 잘 보이는 곳에 엄마의 학사모 사진이 걸려있다. 학사모는 배움의 끈기와 노력의 결과물이자 엄마의 자랑스러운 훈장이다. 그동안 고생하신 엄마에게 감사드린다.

나는 두 아이를 학교로 보내고 칠원 초등학교 내에 있는 인득 도서관에서 북마미활동을 하고 있다. 학교 아이들에게 주 1회 그림책을 읽어주는 봉사활동이다. 책을 다 읽어주고 교실을 나오려고 하면 아이들은 쪼르르 달려와 "선생님, 그림책 읽어주러 또 언제 오시나요?"라고 묻는다. 그때마다 나도 모르게 흐뭇한 미소를 짓게 된다. 그림책을 읽어줄 때 아이들의 호기심 가득 찬 눈망울엔 빛이 난다. 작은 입술에서 뿜어 나오는 단어는 시가 된다. 아이들이 던지는 호기심 가득하고 엉뚱한 질문에 놀라기도 하고 반짝이는 아이디어도 얻는다.

'북마미 책 읽어주기'를 마치면 시부모님이 운영하시는 한솔 버섯농장 식당으로 향한다. 시어머님은 매일 일찍 일어나 점심 장사 준비를 하고 계신다. 항상 보는 얼굴이지만 시어머님은 "오늘 학교 가서 아이들 잘 만나고 왔니?"라고 물어봐 주신다.

"가게 일하면서 아이들을 위해 책 읽어주는 봉사도 하고 보기 좋구나. 나도 일주일에 한 번 사회복지관에서 문인화 그림을 그릴 때 마음이 편하고 기분이 좋단다."

시어머님은 가게 일을 도우며 봉사활동하는 나를 지지해주시고 응원해 주신다. 남편도 무뚝뚝하지만 마을 학교 교사로 활동하는 나를 위해 수업에 필요한 PPT 작업을 적극적으로 도와준다. 든든한 가족 지원군 덕분에 마음 편히 일할 수 있어서 감사할 따름이다.

가족들 저녁을 차려주고 온라인 독서 모임을 위해 컴퓨터를 켠다. 초등 5학년인 아들은 모르는 사람들과 책을 읽고 토론하는 엄마의 모습이 신기한 듯 컴퓨터 앞까지 쫓아와 질문한다.

"엄마는 왜 매일 독서 모임을 해?, 엄마는 책 읽는 게 좋아?"

질문하는 아들의 모습에 덩달아 기분이 좋아진다.

"세원아, 엄마는 책을 읽으면 새로운 세계를 발견하는 즐거움을 느낀단다. 세원이는 뭘 할 때 재미있어?"

"음. 난 게임을 하는 게 좋아! 엄마도 나랑 게임을 하면 좋겠어!"

"그래, 좋은 생각이다. 세원이가 엄마랑 같이 책을 읽으면 엄마도 같이 게임을 할게. 엄마의 제안 어때?"

"생각해 볼게요."

게임을 좋아하는 아들은 엄마가 왜 밤마다 책을 읽는지 이해하지 못하지만 아들에게 책 읽는 엄마의 모습을 보여 줄 수 있어 기쁘다.

친정엄마는 오늘도 배움의 길을 향해 달려가신다. 평생학습 교육원에서 《사자소학》, 《논어》, 《맹자》, 《고문진보》등 한자 공부를 하고 계신다. 최근에는 한자 관련 시험에서 좋은 성적을 내셨다. 친정집 책상에는 엄마가 쓴 글씨로 가득한 노트가 있다. 그중에서도 많이 보이는 것은 한문공책이다. 나이가 들어 눈이 침침해진 엄마는 안경을 끼지 않으면 글을 읽을 수 없지만 엄마는 하루도 빠지지 않고 꾸준히 공부를 하신다.

들녘은 어느새 초록의 벼가 무르익어 황금물결로 일렁이는 가을이 왔다. 벼의 낟알이 영글어 가듯 일흔의 엄마는 배움의 열정을 즐긴다. 엄마는 오늘도 한자를 쓰고 뜻을 익힌다. 대학 졸업장도 받고 편하게 쉬시며 취미 활동하시면 될 텐데도 꾸준히 공부 중이다. 엄마의 삶에는 대충과 포기란 없다. 한번 시작한 일은 끝까지 해내고야 만다. 그뿐만 아니라 엄마는 1분 1초를 허투루 쓰지 않는다. 새벽 일찍 밭에 나가 풀을 뽑고 채소를 기르는 일에도 정성을 다한다. 시간을 소중히 여기며 열심히 본인의 삶을 가꾸신다. 엄마가 살아온 삶의 길을 따라가고 싶지만 나는 엄마처럼 일찍 일어나는 것도 끈기 있게 끝까지 해내는 것이 쉽지 않다. 알람 10개를 맞춰놓으면 겨우 일어날 정도다. 그래서 나만의 속도대로 내 삶을 가꿔가는 중이다.

밤하늘에 밝게 떠오른 둥근달이 온 동네를 비춘다. 엄마는 1925년 서울의 한양 서원에서 조선 시대 인물들에 얽힌 일화를 모은 책

《대동기문》을 공부하기 위해 오늘도 가로등 불빛을 지나 교육원으로 발걸음을 향한다. 엄마는 달빛 속을 홀로 걸으며 무슨 생각을 하실까. 뒤늦게 찾아온 배움에 행복을 느끼고 계실까. 내가 책 속에서 나의 길을 찾았듯이 엄마도 배움 속에서 엄마의 길을 찾으신 것 같다.

엄마는 요즘 가장 밝고 빛나는 인생 시간을 보내고 계신다. 밤늦게까지 공부하는 엄마를 위해 편안한 신발을 선물해야겠다. 어두운 곳에서도 빛을 내는 야광 신발이면 더 좋을 것 같다.

늘 공부하는 모습을 보이던 엄마를 보고 배웁니다

"그래 엄마는 고등학교 밖에 못 나와서 무식해서 그렇다." 엄마
와 언니들이 다툴 때 언니들의 말에 밀리면 엄마가 한탄하듯 내뱉
은 말씀이셨습니다. 무엇 때문에 의견충돌이 있었는지 생각은 안
나지만 논쟁 끝에는 그런 말씀을 하곤 하셨습니다. "엄마 나이에 고
등학교 나왔으면 많이 공부한 건데 왜 그런 말을 자꾸 해?" 저는 엄
마의 그 말이 싫어서 받아치며 대든 적도 있었습니다. 6남매의 만
딸이신 엄마는 공부를 많이 못 했다는 자격지심이 있었습니다. "너
희 큰 이모처럼 고집을 부려서라도 대학교에 갈 걸 그랬다." 교대를
졸업하고 초등학교 교사를 하신 큰 이모 이야기를 하곤 하셨습니
다. 41년생이신 연세에 고등 교육까지 받으신 것이 부족하지 않은
데 엄마 마음엔 아쉬움이 크셨나 봅니다.

엄마는 항상 책을 손에서 놓은 적이 없으셨습니다. 버스나 지하
철을 탈 때나 여행 갈 때도 책을 보셨고 저에게도 꼭 책을 가지고

다니라고 하셨습니다. 그래서 저도 읽지 않더라도 책을 가지고 다니기 위해 가방을 큰 것을 들고 다니는 게 습관이 되었습니다. 제 가방 속에는 노트와 다이어리, 책, 필기도구가 있어 항상 무겁습니다. 어릴 때 밤늦게까지 잠 안 재우며 공부를 강요하신 것이 엄마의 결핍을 자식들에게 풀었던 것이 아닌가 싶습니다.

독서 외에도 늘 무언가를 하시는 모습을 보며 자랐습니다. 학교에서 돌아오면 붓글씨를 쓰시거나 뜨개질하시는 모습을 보았습니다. 뜨개질로 속내의까지 떠주셨는데 털실의 따가움이 너무 싫었습니다. 반면 엄마의 손재주가 자랑스러웠습니다. 초등학교 다닐 때 담임선생님에게도 니트를 떠서 선물하시면 으쓱해지기도 했었습니다.

엄마의 자기 계발은 연세가 드셨어도 멈추지 않았습니다. TV를 보셔도 역사프로그램을 보시거나 이어령 교수, 도올 김용옥 선생의 강의는 빼놓지 않았습니다. 엄마의 노트에는 받아 적은 내용이 뒤죽박죽 적혀있었습니다. 환갑이 다 되셨을 때도 구청에서 시니어들을 위해 컴퓨터 교육을 하는 곳에도 다니셨습니다. 아빠는 집에서도 연습해야 실력이 늘 수 있다며 엄마를 위해 컴퓨터를 사주셨습니다. 어릴 때는 공부를 많이 못 했다고 한탄하시던 엄마의 모습이 너무도 싫었지만, 결혼하고 아이를 낳아 기르다 보니 엄마의 그런 모습을 닮아 가는지 자기 계발이 중독이 된 듯 늘 배움을 합니다.

아이가 사춘기를 보낼 때 아이를 잘 키우기 위해 신문을 읽고 책을 보거나 인터넷을 검색해서 정서적인 부분부터 교육을 잘할 수 있는 방법을 찾아 공부하였습니다. 엄마가 항상 공부하시고 책을 가까이하셨던 모습을 자연스럽게 따라 배운 것처럼 제 아이도 늘 공부하고 배워가는 자세를 갖기를 바라는 마음입니다.

스물넷의 나이에 결혼한다고 했을 때 엄마는 걱정을 많이 하시며 이렇게 말씀하셨습니다.

"공부 좀 더 하고 천천히 결혼하지 왜 이렇게 빨리하려고 하니" 공부는 결혼해서도 언제든 할 수 있다고 생각했지만 결혼하고 아이를 낳으니 제 인생은 없었습니다. 더군다나 IMF 외환위기로 인해 아이 아빠의 잦은 실직에 제가 생활비와 아이 교육비를 벌기 위해 일해야 하니 책을 볼 시간조차 없었습니다.

엄마가 빵이나 떡을 만들어 주시고 재봉틀을 돌려 커튼을 만들고 손뜨개로 소파 커버를 만들어 집을 꾸미신 것처럼 저도 스위트홈으로 가꾸어가며 가족들과 행복해지고 싶었습니다. 하지만 아이 아빠와의 불화가 커지고 생계를 위해 일을 하다 보니 체력과 마음이 힘들어져 마음과는 달리 집안일은 방치되고 제 마음처럼 잘할 수 없게 되었습니다.

아빠가 안정되게 가정을 이끌어주셨기에 엄마가 살림과 육아에 전념하여 자기 계발을 하시며 사셨던 엄마의 인생이 부러웠습니다. 그런 마음이 혼자 아이를 키우면서 원하는 삶이 아닌 생계를 위해 일을 할 때는 너무 힘들기만 했었습니다. "엄마는 하고 싶은 것도 못 하며 너에게 해주려고 하는데 왜 열심히 안 하니?"라며 혼내며 엄마가 제게 공부를 강요하셨던 것처럼 내 아이에게 공부를 강요하기도 했습니다.

고등학교 밖에 못 나왔다고 한탄하는 것이 싫었고 사람 많은 차 안에서도 책을 보게 하고, 공부를 시키던 것이 부담스러웠지만 엄마가 되어 살아 보니 엄마의 모습이 동경의 대상이 되기도 하고 저도 모르게 그 모습을 닮아 갑니다. 아이의 사춘기 때에는 비록 반쪽짜리 부모였지만 올바른 가치관과 성격을 형성해주기 위해 자료를 찾아보고 공부하며 정서적인 부분을 부족하지 않게 충족시켜주고자 노력을 많이 했습니다. 대학입시를 앞두고 입시전문가 못지않게 입시 현황과 입시요강 등을 대학별로 취합해 적어 놓고 목표설정을 하고 고등학교 교사인 큰언니의 조언대로 플랜을 짜서 수시 1차, 수시 2차, 전문대 순으로 계획을 세우고 목표를 설정했습니다. '엄마의 정보력'으로 대학을 보낸다는 말처럼 아이에게는 집중 흐트러지지 않게 해 주기 위해 아이의 적성에 맞추어 하고자 하는 것을 조금이라도 편하게 가게 해주기 위해 저의 온 에너지를 다 쏟아부었습니다. 그 결과 사교육을 할 수 없는 형편이었던 상황에도 아들은 내신과 실기전형으로 두 군데의 대학교에 수시 1차에 최종 합격하게 되었습니다. 합격자 명단에 아이의 이름을 확인한 순간 뛸 듯이 기뻤고 내가 할 일은 다 했다는 안도감으로 너무나 뿌듯했습니다.

아이를 대학교에 입학시킨 후 이제는 '내 인생을 찾자' 그동안 생각만 하던 것들을 하나씩 하게 되었습니다. 체력이 떨어지면 영양제를 먹고 건강식품을 만들어 먹으며 일과 배움을 병행했습니다. 제일 먼저 빵과 쿠키, 케이크 등 만드는 것을 배우고 떡 만드는 것을 배워 홈 공방을 시작하고 아빠의 팔순 생신 때 떡 케이크를 만들어 드렸습니다.

공방 운영을 하면서도 국가에서 지원해주는 내일 배움 카드를 적극적으로 이용해서 여러 가지를 배웠습니다. 케이크 과정을 끝낸 후 플로리스트 과정도 배웠습니다. 학원이 멀어 새벽에 일어나 주 2회씩 학원에 다닐 때는 '이걸로 취업할 것도 아닌데 왜 이렇게 힘들게 다니나!' 생각하면서도 꽃을 하는 것이 좋아 끝까지 과정을 마치고 수료했습니다. 몇 년이 지나 코로나로 인해 운영하던 베이킹 공방은 손님이 줄어들었습니다. 때마침 건강에도 이상 신호가 와서 한동안 쉬면서 예전에 배웠던 꽃을 다시 배우고 국가 자격증인 화훼 장식기능사를 취득해서 꽃을 주문받아 판매하며 강사가 되기 위해 준비하고 있습니다. 뭐든 배워두면 쓸 때가 있다는 말이 실감이 나는 경험을 하고 있습니다.

블로그와 유튜브 크리에이터를 하고 싶어 사진 촬영과 편집과정도 공부하며 유튜브를 통해 최서연 작가를 알게 되었습니다. 독서 모임에 참여하며 책을 더 많이 읽게 되고 어릴 때 막연한 꿈이었던 책 쓰기를 참여하고 있습니다. 배움과 자기 계발에 목말랐던 것처럼 봇물 터지듯 계속 무언가를 찾아서 하게 됩니다. 때때로 체력이 떨어지고 '누가 시키는 것도 아닌데 왜 이렇게 힘들게 살까?' 생각이 들지만, 현재의 모습이 만족스럽지 않습니다. 더 잘하고 싶고 성공하고 싶은 생각이 간절합니다. 제 이름을 걸고 독서 모임을 모집하고 유튜브 크리에이터가 되어 수익화하며 1인 기업을 하는 모습을 꿈꿔봅니다.

예전과는 다르게 여러 분야로 직업을 가질 수 있는 시대입니다. 엄마의 80년대, 90년대에는 지금처럼 가정주부들이 직업을 갖거나 할 수 있는 일들이 많지 않았을 때라 엄마의 공부와 자기 계발에 대한 열정이 크셨던 것 같습니다. 그런 마음에 자식들이 잘하길 바라는 마음에 다그치셨을 테지요.

엄마가 늘 책을 가까이하시고 배움을 하셨던 모습을 보고 자란 저는 아이가 보고 배우길 바라는 마음에 좋은 본보기가 되기 위해 더 열심히 사는 모습으로 남고 싶습니다.

정
혜
연

나를 업던 엄마의 등, 이젠 내가 감싸 안을게

우리 외할머니의 손은 아주 투박하셨다. 엄마도 할머니처럼 투박한 손을 가지셨다. 할머니와 엄마의 손을 보면 나의 투박한 손이 누구로부터 유전되었는지 단박에 알 수 있다. 여름방학이 되어 할머니 집으로 놀러 가면 모락모락 흰쌀밥을 한가득 담아주던 손이 기억난다. 요양원에서 마지막으로 할머니를 뵌 날 할머니와 엄마, 나 셋이서 찍은 손 사진을 가끔 본다. 그저 손 모양이 닮아서가 아니라 할머니와 엄마의 삶, 나의 삶이 겹치면서 여자의 일생을 느낄 수 있어 그날의 기억이 오래 남는다. 투박한 손에는 많은 이야기가 담겨 있지만, 오래전부터 이야기를 들을 수 없다. 할머니의 기억에서 우리가 희미해져 갔고 엄마를 보면 마음 아파하고 걱정하던 할머니의 모습은 온데간데없다. 모녀가 손이 닮아서일까? 자식을 키우기 위해 수고스러운 날을 보내신 두 분의 인생도 닮았다. 외할머니와 엄마의 삶을 보며 내 삶을 들여다보게 된다.

할머니가 치매 진단받은 후 조금씩 기억이 떨어지시는지 남편과 어린 딸아이를 데리고 할머니 병실에 들어가니 나를 보고 결혼은 언제 할 것인지 물어보셨다. 동생을 옆에 두고도 알아보지 못하여 동생에게 눈을 찡긋하며 얼른 와 보라고 신호를 보냈다.

"애가 은혜잖아. 은혜 알아보겠어? 은혜 아들도 있어."

"아, 그런 다냐? 하하하"

환하게 웃어 주신 할머니. 엄마는 어떤 생각을 하셨을지 궁금했다. 조금씩 기억을 잃어간다는 것은 내가 산 인생과 가족과의 기억이 사라져 간다는 것이다. 기억의 한 토막을 가지고 큰손녀를 기억해 주던 외할머니가 더 많이 생각난다. 엄마도 문득문득 떠오르시는지 가끔 할머니 이야기를 하곤 하신다. 언젠가 내 휴대전화기 파일에서 찾은 할머니 영상을 보여드렸더니 영상을 많이 못 찍어둔 것을 후회하시며 보고 싶은 아쉬움을 영상으로 달래셨다.

외할머니가 치매를 진단받은 이후로 삼촌, 이모들은 외할머니, 외할아버지를 각자의 집에서 3개월씩 돌아가며 모시기로 하였다. 자식으로서 도리를 하기 위해서였다. 여섯 남매의 집을 한두 바퀴 돌고 나니 바쁜 삼촌과 엄마, 이모들의 일상이 오히려 좋지 않은 영향이 있었고 자식들의 생활에도 부담이 된다고 하였다. 어른들은 두 분을 요양원에 보내 편하게 지내시게 하는 편이 좋을 것으로 판단하셨고 그렇게 근처 요양원에 가시게 되었다. 요양원에 들어가신 이후로 두 분 다 부쩍 핼쑥해지셨고, 침대에서 떨어져 대퇴부 골절 수술을 두 번이나 받기도 하였다. 무엇보다 가족과 떨어져 지내서 인지 기억이 더욱 희미해져 갔다. 엄마는 요양원에 계신 외할머니, 외할아버지를 자주 찾아뵈었고 다녀오시면 부모님을 곁에 모실 수 없음에 눈물지으셨다.

"자식이 되어서 아픈 부모를 집에 모시지 못한다는 게 죄스럽다. 일을 안 할 수도 없고 어쩐 다냐?"

수화기 너머로 한숨 소리가 들렸다. 조금은 엄마의 마음을 이해할 수 있었다. '엄마가 하신 고민을 곧 내가 하게 되겠지.' 나도 한숨이 나왔다.

십여 년 전, 엄마의 허리에 문제가 생겼다. 큰 병원에 모셔서 상태를 살펴보기로 하였다. 퇴행성 디스크가 네 군데, 협착증까지 생겨 인공 디스크를 삽입해야 해서 큰 수술이 될 거라는 말을 오빠가 해 주었다. 농장 일에 논농사, 하우스수박, 노지수박, 담배, 고추, 감자, 양파, 깨, 오디 농사까지 1년 절기에 맞게 밭을 갈고 심으시며 큰 농사를 해내신 것만 보아도 이미 엄마의 몸 상태를 짐작할 수 있었다. 농한기에 수술을 해야 해서 쌀쌀한 겨울 저녁 서울의 척추 전문 병원에 입원한 엄마를 보러 갔다. 병원 이름이 새겨진 환자복을 입은 채 침대에 앉아 밝게 맞아 주던 엄마의 모습에 가슴 깊은 곳이 저렸다. 무섭고 걱정이 되었을 텐데 딸의 출근을 걱정하시며 어서

가라는 엄마. 수술이 무섭지만 씩씩한 척 염려 말라는 당당함에 눈물이 찼다. 연차 한 번 제대로 쓸 수 없던 곳에 근무하였던지라 엄마의 큰 수술에 큰딸인 나는 하루도 곁을 지켜드릴 수 없었다. 오후 일을 마치고 막히는 퇴근길을 뚫고 엄마의 병실을 찾았다. 대수술을 받고 혈색 없이 꼼짝도 못 하고 누워만 계셨다. 몸을 가누기도 눈을 뜨는 것조차 힘들어 보였다. 그때 하루도 엄마 병간호를 해드리지 못한 게 아직도 마음에 짐으로 남는다. 자식 된 도리를 하지 못하는 직장을 다니는 나 자신이 초라하게 느껴졌다.

코로나가 터지고 아이가 큰 이후로 부모님을 뵈러 가는 횟수가 줄고 머무는 시간도 짧아졌다. 부모님을 뵈러 갈 때마다 모습이 조금씩 변해 있다. 변해가는 모습을 보자니 속상하고 마음이 쓰인다. 지친 몸이 힘들어서, 생활이 바빠서 자주 찾아가지 못한 것이 가슴에 바위를 얹은 것만 같다. 부모님과 함께 지낼 수 있는 시간이 얼마큼인지 모르기에 불안함은 크고 무겁다. 아픈 부모님을 모실 수 있는 마음가짐과 경제력을 갖추어야겠다고 다짐해 본다. 엄마가 자식들 가까이 오면 서로가 좋겠다 싶어 이사를 오라고 말해 보지만, 오래 뿌리를 내리고 산 곳이어서 쉽사리 옮기려 하지 않으신다.

엄마는 자기 삶과 가족을 사랑하고 가꾸어 나갈 줄 안다. 사위와 딸, 며느리가 좋아하는 음식을 기억하시고 집에 가면 한 상 가득 음식을 준비하신다. 엄마의 밥상은 배고픔을 달래기도 하지만 사랑과 추억을 먹는 것 같다. 힘드실 텐데도 우리가 갈 때마다 오고 싶게 만들어야 자주 온다며 자식을 아껴주시는 엄마에게 자식 사랑을 또 배운다.

　중학교 중퇴인 엄마는 배우고 싶은 갈망으로 재작년 중학교에 입학하였다. 엄마는 '남일 중학교'에서 최고령의 '중딩3학년 할머니 소녀'가 되었다. 졸업 후 고등학교에 진학하고 싶다고 말씀하시지만, 모두가 반대한다. '주경야독'하며 힘들게 공부하시다 졸음운전으로 엄마가 운전하는 차가 반대 차선으로 넘어갔고 큰 사고가 날 뻔하였다. 이른 이 훌쩍 넘은 나이에 원거리 운전을 해야 하기에 걱정이 되어 말리지만 배움의 끈을 놓을 수 없다고 하신다. 나이에 구애받지 않고 하고 싶은 일을 도전하는 엄마를 보며 또 한 수 배운다. 학교에서 영어, 국어, 사회, 수학을 배우는데 공부가 재미있다며 자다가도 일어나 공부를 하신다. 새벽녘 엄마의 공부방에 불이 켜지면 영어 단어나 수학 공식을 외우느라 중얼거리는 소리가 들린다. 얼마 전 학교 대표로 전주에 상을 받으러 가실 만큼 열심히 하신다. 가끔 공부하는 거 힘들지 않으시냐고 물으면 밝게 웃으며 말씀하신다.
　"내가 나이가 제일 많은데 국어, 영어는 1등이야. 수학은 너무 어렵더라. 사는데, 수학은 안 필요하니까. 안 하고 내 나이 칠십이니

70점만 넘으려고."

반짝이는 눈에 힘주어 말씀하신다. 나는 안다. 마음에 꽉 들어찬 공부가 얼마나 신나는지. 나 또한 아이를 낳은 이후 엄마의 응원과 도움으로 시작한 공부를 게을리한 적이 없고 밤을 새워 공부해도 행복할 만큼 열심히 살아보았기에 엄마의 마음을 이해한다. 내가 엄마를 닮았다는 것을 또 한 번 느낀다.

"너는 어찌 꼭 엄마 사는 것처럼 일독에 빠져서 사냐?"

당신도 바쁘게 살아오셨으면서 아린 마음을 이렇게 표현하신다. 내 자식을 걱정하는 것처럼 여전히 나를 걱정하신다. 하루하루를 정성스럽게 자식들을 위해 살아내신 엄마의 투박한 손 덕분으로 우리는 행복하다. 그러니 이제 우리 걱정은 안 하셨으면 좋겠다. 책임감이라는 무거운 짐을 지고 해내시려고 애쓰신 엄마를 보자니 상처에 소금을 부은 것만 같다.

어린 시절 당신의 등을 내어주시며 고생으로 키워주셨으니 이제는 엄마의 어깨를 안아드리고 싶다. 엄마가 할머니를 그리워하신 것처럼 나도 엄마 생각이 나면 언제든 볼 수 있게 엄마의 영상과 사진을 많이 찍어둬야겠다. 류머티즘 관절염으로 마디가 볼록해진 손을 잡고 도란도란 이야기 나누고 엄마의 책상에 필요한 문구를 채워주러 친정집에 내려가야겠다.

♥ 최
서
연

그땐 그랬지

"너도 너 같은 딸년 낳아서 키워봐라. 그때는 엄마 마음 알 것이
다."

내가 어쨌기에 엄마는 또 저주 같은 말을 퍼붓는 걸까. 엄마가
묻는 말에 늦게 대답하거나, 들리지도 않는 모기 목소리로 웅얼거
리기는 했다. 일 초라도 더 자느라 새벽부터 차려놓은 밥상을 거들
떠보지도 않고 학교에 간 적도 많다. 대학교 1학년 때 통금시간이
있었다. 술 먹느라 새벽에 들어간 적도 있다. 처음 접해본 것이 많
았다. 걷기만 했던 잔디밭에 동그랗게 앉아 평일 오후에 막걸리를
마셨다. 안주는 새우깡 하나였지만 낭만이라 생각했다. 동아리 선
배가 오면 학교 후문 술집에서 포장해온 두부김치를 먹었고, 선배
의 입에서 나오는 말을 교수님 수업보다 집중해서 들었다.

엄마의 울타리를 벗어나고 싶었다. 이건 안 되고, 저건 저래서 하

지 말라는 잔소리가 듣기 싫었다. 대학교에 다니면서 고삐 풀린 망아지처럼 자꾸 세상 밖으로 뛰쳐나갔다. 하루가 짧았다. 집에 들어가는 시간이 가까워질수록 반사적으로 놀고 싶은 마음이 커졌다. 맥줏집에 둘러앉아 세상은 어떻고, 누가 사귄다더라 등 시답지 않은 주제로 맥주를 홀짝였다. 휴대폰을 갖게 되면서 엄마의 감시는 심해졌다. 밤 9시가 통금시간이면 8시부터 전화를 했다. 출발했냐, 버스 탔냐, 어디쯤 오고 있냐, 왜 안 오냐, 엄마 죽는 꼴 보고 싶냐, 뭔 봉변을 당하려고 이 시간까지 밖에 있냐, 정신이 있는 년이냐, 오기만 해 봐라 등 끝없는 통화 후 나는 급기야 전화를 받지 않기도 했다. 집에 가면 답답했다.

내가 초등학교 때 이사 간 전남대 정문 앞 주택은 화장실이 밖에 있었다. 그 집에서 대학교 때까지 살았다. 화장실이 밖에 있는 것도 싫었다. 외풍도 셌다. 겨울에는 외투를 입어야만 책상에 앉을 수 있었고 얼굴도 시렸다. 장갑을 끼고 책을 본 적도 있다. 보일러가 있어도 엄마는 냉기가 없어지면 바로 꺼버렸다. 집은 추웠다. 내 마음도 얼어갔다. 물리적으로 따뜻하지도 않고, 심리적으로 포근하지도 않았던 거기에서 나의 어린 시절이 끝나버렸다. 억울해서 결혼하면 엄마처럼 키우지 않을 것이라고 혼잣말을 뱉어보기도 했다.

엄마의 걱정과 달리 무탈하게 대학교를 졸업하고 간호사로 취직

했다. 그때부터는 직장 핑계를 댈 수 있어서 늦게 다니는 것도 예전보다는 자유로웠다. 3교대를 할 때 가장 힘든 시간은 '데이'라고 불리는 새벽 근무다. 한 달에 일곱 번 이상을 새벽 6시에 택시를 타고 출근을 했다. 엄마는 5시부터 일어나 밥을 했고, 나를 흔들어 깨웠다. 늦잠을 자는 날이면 화장하는 내 옆에 와서, 입에 밥을 넣어줬다.

"나 화장하잖아. 입맛도 없는데, 왜 자꾸 먹으라고 해?"

"가서 일할라믄 힘이 있어야제. 출근하면 뭐 먹지도 못하면서 밥 한 숟가락이라도 먹여야 엄마 맘이 편하다. 한 숟가락만 더 먹자."

새벽에 출근하는 게 벼슬도 아니면서, 엄마에게 갑질을 했다. 내가 옷을 입을 때면 엄마는 먼저 밖으로 나가서 택시를 잡았다. 혹시나 위험한 일이 생길까 봐, 종이에 택시 번호를 적고서야 엄마는 집으로 돌아갔다. 데이 근무가 끝나면 오후 4시 정도다. 친한 병동 간호사와 근무할 때면 광주에 하나밖에 없던 빕스에 갔다. 새우를 까먹으며 오전에 있었던 일로 수다를 떨기 바빴다. 연어를 몇 접시나 가져다 먹으면서 배부른지도 모르고, 누구의 흉을 보느라 시간을 보냈다. 자랄 때 꿈도 못 꿔봤던 패밀리 레스토랑에 내 돈을 주고 오다니! 내가 번 돈으로 외식도 하니까 어른이란 이런 건가 싶기도 했다. 하루를 뿌듯하게 보낸 마음으로 배부르게 집에 도착하니 엄마가 밥을 차려놨다. 아뿔싸. 저녁밥을 먹고 간다고 이야기를 안 했다. 나는 엄마에게 미안함보다 짜증이 앞섰다. 엄마와 나만 사는 성냥갑처럼 조그만 집도 싫었고, 나만 바라보는 엄마의 시선과 행동에서도 갇혀 사는 기분이었다.

악감정이 쌓이고 쌓여 더 이상 물러설 곳이 없었다. 간호사 5년 차 때 퇴사하고 도망치듯 서울로 독립했다. 역삼역 원룸은 광주의 내 방보다 반이나 작았다. 주방, 화장실도 공용이었다. 침대 하나, 책상 하나가 전부인 그곳에서 사당, 낙성대를 거쳐 지금의 신림으로 넘어왔다.

혼자 살면서 알게 됐다. 엄마가 왜 치약을 뒤에서부터 짜서 쓰라고 했는지, 전기 콘센트를 왜 그렇게 뽑으라고 했는지 말이다. 숨 쉬는 것 빼고 모두 돈이 들었다. 샴푸, 치약, 쌀, 화장지, 화장품까지 왜 꼭 돈이 없을 때, 그것도 한꺼번에 떨어지는지 알 수가 없었다. 그래서 엄마가 아껴 쓰라고 했구나. 내 한 몸 건사하기도 힘든데 엄마는 그 세월을 버텨왔던 거다.

아직 엄마 나이의 반만 살아서, 앞으로 더 경험할 일이 많다. 미혼이기에 출산은 언제 할지도 모르겠다. 엄마의 말대로 언젠가 '나 같은 딸'을 낳아서 키워볼 날이 까마득하다. 나는 '엄마처럼' 안 살겠다고 했는데, 아무래도 엄마의 발자국을 따라가지 않을까 싶다. 나이를 먹을수록 엄마의 행동이 퍼즐 맞추듯 흐릿하게 이해된다. 다만 바라건대, 그 시간이 너무 늦지 않기를……

따뜻한 밥 한 끼와 엄마표 김치

　나지막이 "엄마."라고 불러봅니다. 목이 메어 옵니다. 어느새 엄마는 80대 후반이 되었습니다. 이도 빠지고 당신의 몸을 보행기에 맡기며 걸으셔야 했습니다. 36세에 과부가 되어 50년을 홀로 살아오셨던 울 엄마. 악착같이 생계를 유지하며 묵묵히 걸어오셨던 삶의 발자취를 들여다봅니다. 한 번 더 나지막이 불러봅니다.

　"엄마."

　곱디고운 엄마는 22살 때 아버지와 결혼하셨습니다. 엄마의 결혼생활은 큰 아픔이었습니다. 아들 두 명, 딸 한 명, 남편을 일찍 떠나보내야 했습니다. 참으로 기구한 엄마의 인생이었지요. '사별'이라는 상처 속에서 64년을 살아오셨습니다. 삶의 모든 무게를 혼자 감당해야 했던 엄마의 인생이 이제야 조금 눈에 보입니다. 얼마나 많이 외로웠을까요? 얼마나 수많은 밤을 눈물로 지새웠을까요?

저는 연년생 삼 남매를 키웠습니다. 남편과 함께 양육하는데도 어려움이 있었어요. 안정된 회사 생활을 하는 남편 덕분에 걱정 없이 의식주를 해결했습니다. 자녀 문제가 있다면 함께 의논할 남편이 있었습니다. 세상 바람막이에 되어주는 남편 존재 덕분에 편안한 삶을 살아올 수 있었습니다. 어느덧 저도 50대 중반을 향해 가고 있습니다. 나이를 먹을수록 동행할 수 있는 배우자의 소중함을 더 많이 느끼고 있습니다. 그런데 엄마는 몸이 아파도, 돈이 없어도, 어려움이 와도 혼자 해결해야만 했습니다. 옆집에 큰엄마가 살고 계셨는데 큰엄마는 큰아버지가 벌어다 준 돈으로 8남매를 키우셨습니다. 엄마와 동갑내기인 큰엄마를 보며 얼마나 부러웠을까요? 저 또한 큰집 사촌 언니가 부러웠어요. 같은 여자로 살아가면서 비교하는 마음이 힘드셨던 엄마의 눈물들이 마음속으로 느껴집니다. 몸이 부서지도록 생계를 유지해야 했던 엄마의 아픔이 조금씩 이해가 됩니다. 의지할 남편도 없이 딸만 바라보고 버티어 오셨던 엄마의 사랑은 지금도 진행 중입니다.

"덕분아, 언제 올래? 김 서방도 함께 오냐?"

전화기 너머에 딸을 기다리는 엄마의 목소리가 들려옵니다. 우리가 언제 도착하는지 시간을 알려주면 밤새 기다리시는 엄마입니다. 무작정 기다리시는 엄마를 위해 시간을 알려주지 않고 가도, 정자나무까지 나와 무작정 기다리고 계십니다. 허리와 다리가 불편해

보행기를 밀며 터벅터벅 걸으시는 엄마를 보면 속상합니다. 그런 엄마의 얼굴을 보면 짜증부터 냅니다.

"엄마, 왜 나와 기다려? 언제 올지도 모르면서." 투덜거리듯 엄마에게 잔소리합니다. 딸의 잔소리를 들으시면서도 엄마는 마냥 행복하십니다. 엄마의 손을 잡고 집에 들어가면 자식을 챙기시는 바쁨이 시작됩니다. 사위가 좋아하는 갈치와 꽃게, 딸이 좋아하는 고추조림이 올라와 있는 밥상. 사드렸던 과일이며 생선은 드시지 않고 자식 먹일 욕심에 내놓습니다. 당신은 먹지 않고 자식만 먹이려는 엄마의 그 마음이 불편하기만 합니다. 따뜻한 밥 한 끼 맛있게 먹이고 싶은 마음이 애잔하기만 합니다.

"아이고, 막둥이가 김치를 안 가지고 갔어."

엄마의 울음소리가 들립니다. 급하게 돌아갔던 막내딸에게 줄 김치가 냉장고에 있는 걸 보고 속상하셨나 봅니다. 당신의 몸이 아픔에도 불구하고 오로지 딸들에게 줄 김치 때문에 살아가는 옥순이 여사. 딸만 사랑하는 바보가 되어버렸어요. 이젠 손자, 손녀 몫까지 챙기시는 과잉된 사랑이 뭉클하기만 합니다. 네 명의 딸에게 모든 음식을 주려는 욕심으로 봄부터 가을까지 밭농사를 지으십니다. 참깨와 들깨를 지어 직접 기름을 짜십니다. 한 병에 담긴 참기름과 들기름 안에 희생이 담겨 있었습니다.

어느덧 세월이 흘러 저의 삼 남매도 성인이 되었어요. 큰딸은 대기업에 취직하고 아들과 막내딸은 대학 생활로 독립을 했습니다. 평일에는 개인의 삶을 충실히 살기 위해 각자 흩어지고 주말이 되면 집에 돌아옵니다. 저도 모르게 삼 남매가 기다려집니다. 1주에서 2주 간격으로 집에 오면 무엇을 먹일까 고민하게 되었어요. 조금이라도 좋은 음식을 먹이고픈 마음이 갈수록 커집니다. 오랜만에 다섯 식구가 모여 식사를 할 때면 즐거움과 행복감이 두 배로 커집니다. 평일엔 조용하던 집안이 삼 남매가 오면 시끌벅적 행복 소리가 가득 채워집니다. 그동안 나누지 못했던 대화를 나누며 웃음이 끊이질 않습니다. 따뜻한 밥 한 끼 같이 먹는다고 '식구'라 부르는데, 그 의미가 갈수록 깊이 깨달아집니다. 가족은 함께 있을 때 더 든든함이 느껴지네요. 성인이 된 삼 남매를 키워보니 이제야 엄마의 마음이 이해됩니다. 소소한 따뜻한 밥 한 끼 먹는 시간, 뭐라도 더 주고 싶은 마음이 울 엄마 모습이었습니다.

따뜻한 밥 한 끼가 주는 의미가 뭘까요? 자식에게 좋은 것을 더 주고 싶은 엄마의 마음이었습니다. 아무런 조건 없이 함께 하는 것만으로도 행복이었습니다. 엄마표 김치는 희생과 사랑의 표현이었습니다. 세월이 흐르는 만큼 엄마의 사랑은 더욱 깊어집니다. 오늘도 자식에 대한 그리움이 담긴 김치를 식탁에 꺼내 놓습니다. 밥 한 숟가락에 올려진 김치를 맛있게 먹는 삼 남매의 얼굴은 마냥 행복해 보입니다. 사랑의 감정이 쏟아지는 저를 발견합니다. 제가 아이들에게 그러하듯, 연로하신 엄마는 따뜻한 밥 한 끼 먹이고픈 나를 오늘도 기다리시겠지요. 엄마에게 나지막이 말해봅니다.

"엄마, 사랑해요. 엄마가 차려준 밥 먹으러 빨리 갈게요. 울 엄마."

고맙습니다. 사랑합니다. 덕분입니다. 행복합니다.

엄마와 내 삶은 닮아 있었다

엄마와 아파트에서 단둘이 있을 때 이야기했다. 젊은 나이에 이혼하고 당신도 힘든 삶을 살았다고 말했다. 엄마는 재혼하여 1남 1녀를 두었다. 재혼하고 잘 살았다면 새엄마가 돌아가신 뒤 연락하기 어려웠을 거라 했다. 엄마가 돌아가신 뒤 아빠는 엄마의 삶에 대해 들려주셨다. 재혼한 엄마는 너무 많이 고생했다고 이야기를 하셨다. 아빠는 엄마에게 좀 잘해줬어야 했다며 후회스럽게 말했다. 엄마의 삶은 남편에게 사랑을 받지 못했다. 남편의 존재는 기댐보다 어렵고 힘들었던 관계였다.

엄마가 재혼해서 낳은 동생들을 직접 만난 적은 없다. 그저 사진으로 아기 때 모습을 보았는데 엄마를 많이 닮아 있었다. 나는 엄마보다 아빠를 닮았다. 크면서 하는 행동은 엄마를 닮았다는 말을 아빠는 얼핏 하셨다. 엄마와 함께 지낸 시간이 적어서 취향과 성격을 잘 모른다. 다만 엄마 집에 화장대와 옷들이 깨끗하게 정리되었던 기억이 난다. 나도 정리 정돈을 잘하는 데 그건 엄마를 닮아서일까?

고등학교 2학년 학기 초에 엄마가 돌아가시고 학업을 포기했다. 엄마와 함께 살기 위해 열심히 공부했고 취업도 빨리하고 싶었는데 그럴 이유가 없어졌다. 속초 외가댁에서 장례를 치르고 대전 집으로 돌아왔을 때 조용히 짐을 싸서 집을 나왔다. 남들이 한다는 가출을 했다. 무작정 다니던 교회로 갔다. 집으로 돌아가지 않겠다고 고집부리는 나를 하는 수없이 목사님과 사모님은 교회의 작은방에서 지내도록 해주셨다. 마음 추스를 때까지만 지내도록 당부했다. 학교 수업 시간에는 책상 위에 책은 세워두고 엎으려 잠만 잤다. 내 상황을 아셨던 담임선생님께서 한동안 지켜만 보셨다. 그러다 한 날, 걱정스럽게 교무실로 불렀다.

"마음은 좀 어떠니? 앞으로 진로는 어떻게 할 계획이야?"

집을 나오고 꽤 시간이 지났다. 아빠에게 가끔 안부 전화만 드릴 뿐 집으로 돌아가기 싫었다. 등굣길 버스 안에서 담임선생님이 물은 질문이 머리에 맴돌았다. 이대로 계속 지내면 안 되겠다는 생각에 대학에 가야겠다는 결심을 했다. 대학교 진학 후 진로를 결정하기로 마음먹었다. 정신을 차리고 집으로 들어갔다. 아빠에게 대학 진학을 당당하게 말하고 공부할 테니 독서실을 등록해 달라고 요구

했다. 그때부터 학업에 전념했고 좋은 결과로 원하는 대학교에 진학했다.

남들이 이야기하는 대학교 졸업장과 안정된 직장이면 좋은 사람을 만나서 잘 살 거라 여겼다. 엄마가 돌아가시고 마음을 추스른 뒤에 이전보다 더 열심히 살았다. 주변에서 너무 열심히 하는 게 아닌가 싶을 정도로 스스로 다그치며 살았다. 원하는 목표는 거의 이루었다. 그리고 결혼을 하면 내 삶이 달라지고 좋아질 거라 기대했다. 사랑하는 사람과 연애하고 결혼하기보다 조건이 맞는 사람을 만나 결혼하면 힘들지 않을 거라 여겼다. 그래서 어느 정도 안정된 직장과 경제적 여유를 갖춘 사람을 원했다. 결혼 후 좋은 일만 기대하고 조건에 맞는 결혼을 선택했다.

신혼때는 시어머님이 자주 오시고 며칠씩 머무르셨고 주말마다 시댁에 다녀오는 정도였다. 이 정도는 행복한 결혼을 위해 해야 한다고 스스로 이야기하며 괜찮다고 위로했다. 하지만 아이를 낳고 시간이 지날수록 행복하기보다 지치기 시작했다. 단란한 가정에서 외식도 하고 여행도 가고 싶었는데 뭐든 함께 해야 하는 대가족 생활이었다. 원했던 결혼생활은 시간이 지날수록 아니었다. 시댁 식구들과 함께 하는 것이 숨이 차고 버겁기 시작했다. 힘든 순간 둘째 딸을 임신하고 출산했다. 산부인과에서 제왕절개 후 마취에서 깨면서 가슴과 머릿속을 스쳐 지나가는 따뜻한 말 한마디에 오열을 했다.

"우리 딸, 애썼다."

환상처럼 들려온 이 말에 다시 잘 살아야겠다는 마음을 먹었다. 하지만 반복되는 생활에 지쳐만 갔다. 어디까지 해야 잘 사는 건지 알 수 없었다. 다툼이 시작되었고 이해해 주지 못하는 사람과 대화가 되지 않았다. 그러다 크게 부부 싸움을 한 날, 말다툼하다 몸싸움까지 하게 되었다. 피하다가 차인 발에 내 등을 맞았다. 갈비뼈가 부러진 느낌이라 시어머님께 연락을 드렸다. 오셔서는 무슨 일이냐며 이야기를 듣다가 한마디 했다.

"엄마 없이 큰 자식은 뭐가 달라도 다르니까 잘 알아보고 결혼하라 했건만."

이 말을 듣고 아무 말 없이 병원으로 가는 길에 생각했다. 가슴이 답답해지면서 억울한 마음이 들기 시작했다. 꺼억꺼억 눈물이 마구 흘러내렸다.

'엄마 없이 크면 엄마가 키운 사람과 뭐가 다른거지?'

'엄마 없이 커서 내가 뭘 잘못한 거야?'

'엄마 없이 커서',라는 말을 안 들으려고 누구보다 열심히 살았다. 그런데 믿었던 시어머니가 그 말을 했다. 듣는 순간 원망과 분노가 치밀었다.

나는 엄마가 어떤 삶을 살았는지 잘 안다. 알기 때문에 결혼생활은 아프지 않고 행복하게 살고 싶은 마음이 컸다. 결혼 후 엄마처럼 이혼하지 않으려고 배우자도 조건에 맞게 골라 선택했다. 하지만 엄마가 없어 결혼생활이 문제가 된다는 말을 들었다. 정말 듣기 싫은 말이었다. 엄마처럼 이혼한 삶을 살지 않으려 더 많이 노력했다. 조금 더 잘하면 엄마 없이 자라서란 말은 안 듣겠지 싶어 안간힘을 썼다. 그러면 그럴수록 더 힘들고 지쳐만 갔다. 잘 해야하는 기대는 한계가 없어서 할수록 숨이 막혔다. 나도 모르게 가슴이 빠르게 뛰기 시작했다. 밤에 잠도 못 자고 살은 점점 빠져갔다. '잘해야지'가 결국 병을 부른 것이다.

살기 위해 내려놓는 것이 필요했다. 더 잘하고 싶었는데 시간이 지날수록 깊은 수렁으로 빠져들고 있었다. 다시 햇살을 바라볼 수 있도록 조금씩 힘을 내야 했다. 모든 것이 만신창이가 되어 결국 이혼을 선택했다. 엄마가 살기 위해 아이들을 두고 떠나는 일. 그 일을 결국 나도 반복하고 말았다. 엄마처럼 아이들을 두고 떠나는 일은 절대 하지 않겠다고 다짐하고 결심했는데 방법이 없었다.

한동안 상담을 다니며 혼자 있는 시간을 보냈다. 시간이 지나면서 조금씩 하늘을 바라보고 따뜻한 햇살을 바라보기 시작했다. 조금씩 회복이 되어갔다. 아이들과 연락을 할 수 있는 용기를 냈다.

시간을 맞추어 잠시 만날 수 있었다. 밥 한 끼 먹고 얼굴 보며 이야기할 수 있을 정도로 회복이 되었다. 아이들이 원하는 것은 엄마와 함께 사는 것이었다. 하지만 변함없는 대가족 울타리 안에 다시 들어가서 잘할 자신이 없었다. 시간이 지나 나는 재혼을 했다. 재혼 후 함께 살면서 더 잘하려고 아등바등하지 않는다. 서로의 모습을 존중하고 배려하며 살아간다. 그렇게 살면서 귀한 딸도 낳았다. 지금은 마음이 행복하고 값진 삶을 살고 있다.

'엄마'. 엄마도 잘 살고 싶었고, 더 잘 사려고 재혼도 선택했을 그 마음을 이해한다. 더 잘 살기 위해 애썼고 많이 힘들었을 엄마를 떠올리니 가슴이 먹먹해진다. 그냥 엄마의 모습 그대로도 충분히 아름답고 사랑스러웠는데. 너무 애쓰면서 힘들지는 않았을지. 따뜻한 위로와 사랑으로 안아주고 싶다. 있는 모습 그대로를 서로 사랑하고 이해하며 사는 것. 그 삶이 잘 사는 게 아닐까? 난 엄마와 닮아 있었다.

PART 05
내 엄마로 살아준 당신에게

♥ 김
성
신

미안하고 감사하고 사랑합니다

엄마는 나를 낳고서 내가 딸이어서 너무 좋았다고 하셨다. 첫째 아들을 낳고 둘째로 나를 낳으셨다. 엄마 아빠는 딸을 무척 기다리셨다. 내가 딸이라는 이유만으로 나는 엄마 아빠의 사랑을 듬뿍 받고 태어났다. 아빠는 내가 딸이라는 이유로 어떻게 아가를 만져야 할지 조심스러웠다고 하셨다. 가족의 사랑을 한 몸에 받고 태어났지만 나는 한 살부터 병치레를 심하게 했다. 아픈 딸 건강 걱정에 엄마는 지금도 용기 내서 뭐든 해보라고 하기보다는 늘 내가 원하는 일을 말리셨다. 어제도 엄마와 잠시 통화했는데 엄마는 온통 내 걱정뿐이다. 내가 어깨가 아프다고 하니 계속 아픈 어깨만 물어보신다. 엄마에게 이제 내 걱정은 안 하셔도 된다고 아무리 말해도 엄마의 세상엔 온통 내 걱정뿐이다. 우리 삼 남매는 아버지 여의고 쇠약해진 엄마가 늘 걱정이다. 오늘같이 비까지 오는 날이면 엄마 혼자 우울해하시지는 않을까 걱정이 된다. 나도 엄마 걱정에 매일 엄마에게 달려가고 싶어도 아이들과 남편 챙기느라 마음처럼 쉽지 않다. 엄마는 그저 나를 홀로 기다린다. 창밖에 비가 쏟아진다. 엄마는 지금쯤 무엇을 하고 계실까. 빗줄기 소리에 나도 모르게 핸드폰에서 엄마 번호를 찾고 있다.

"엄마, 왜 내가 하고 싶은 거 하도록 응원하고 밀어주지 않았어?" 라는 나의 질문에 엄마가 말했다.

"그때 우리 딸 마음을 잘 몰랐어. 늘 네 건강이 걱정되었다. 혹여나 몸이 상할까, 엄마가 참 겁이 많았어!"

나는 성인이 되고도 선택에 어려움을 종종 느꼈다. 20대 때 사실 돈이 드는 일에 결정이 필요한 경우가 생기면 쉽지 않았다. 엄마가 망설이고 걱정하는 모습을 내게 보여주셨기에 나는 용감하지 못했고 중대한 결정에 늘 주춤거렸다. 내게 그런 시절이 있어서인지 나는 내 아이들이 원하는 것은 다 해볼 수 있도록 노력했다. 아이들이 10대가 되어 자신들이 원하는 것을 말할 때면 나는 늘 아이들이 원하는 대로 해 주었다. 20대가 된 아이들에게 나는 말한다. "너희들이 원하는 걸 한 번 해봐, 뭐든 도전해 봐, 엄마가 팍팍 밀어줄게" 아이들이 스스로 하게끔 기회를 주는 엄마가 되고 싶었다. 내가 어린 시절 마음껏 누려보지 못한 것들을 우리 아이들은 마음껏 누리고 경험하는 자유를 느끼기 바랐다.

나는 엄마의 염려 속에서 용기를 내지 못했던 날들에 대한 아쉬움이 아직도 남아있다. 하지만 그 이야기를 이제는 엄마에게 꺼내지 않는다. 아버지 수발을 하시느라 이젠 정말 너무나 늙어버리셔서 무언가를 따지고 과거의 이야기를 하기에는 시간이 지나가 버리기도 했고 남은 시간 엄마와 즐거운 추억을 쌓으며 보내려 한다.

살아계시는 동안 나는 엄마를 위해 무엇을 할 수 있을까. 엄마와 어떤 시간을 보내야 아빠가 가시고 나서 후회되는 일들이 다시 일어나지 않을까. 엄마는 아빠와 달랐다. 아빠는 늘 어려운 존재였다. 직업이 선생님이어서 나에 대한 기대치가 항상 높으셨다. 나는 기대에 부응하지 못했고 대학을 갈 때부터는 너무나 확실하게 알아버려 항상 죄송하고 내 생각을 얘기하지 못했다. 하지만 어느 집이나 비슷할 수도 있겠지만 엄마에게는 그 무엇도 얘기하고 싶었다. 그런데 아주 깊은 마음속 얘기는 차마 꺼내지 못했다. 엄마가 충격받으실까, 실망하실까 하는 생각에 하지 못한 것도 많았다. 이제는 나도 인생의 절반을 살았다. 지난 세월을 돌이켜보니 내 상처들을 일일이 다 꺼내는 것이 옳은 일이 아니라는 생각이 들었다. 이런 이야기들은 한편에 묻어두는 것이 맞을 것 같다. 누구나 다하지 못한 얘기가 있지 않을까. 몸도 마음도 약해진 엄마를 이제는 내가 힘이 되어 드려야 한다. 그때 왜 그랬냐는 이야기는 접어두고 나 홀로 흘려보낸다.

사람은 언젠가 다 늙고 죽는다. 나도 이제 건강검진을 할 때마다 재검이 나온다. 86세의 엄마는 말해 무엇할까. 아버지가 돌아가신 이후로는 안부를 묻는 사람들에게 일일이 답하는 것도 괴로워서 대인기피증이 생길 정도라고 하신다. 같이 바람이라도 쐬러 가자고 몇 번을 얘기해도 지금은 싫다고 집안에만 계신 엄마가 걱정된다. 내가 엄마를 챙기고 걱정하는 때가 온 것이다.

어깨가 축 늘어져 힘없는 엄마지만 나는 늘 내가 엄마에게 의지하는 부분이 있다. 아직도 엄마는 내 고민 얘기를 끝까지 들어주신다. 지인들에게 이 부분을 얘기하면 다들 놀란다. 그 연세가 되면 두세 마디만 해도 당신 얘기만, 특히 어디 아프다며 아픈 얘기만 늘어놓는 통에 엄마랑은 대화를 길게 할 수가 없다고 한다. 우리 엄마는 그렇지 않다. 성서공부 봉사자를 하시며 사람들의 고민 상담을 많이 해주셔서인지 힘든 얘기를 들어주신다. 엄마의 지나온 세월의 경험으로 다양한 해결책을 제시해 주신다. 어느 날은 엄마에게 엄마처럼 한 시간씩 딸이랑 전화하는 사람이 별로 없다고 말씀드렸더니 엄마도 사람들에게 들어서 알고 있다고 하신다. 텔레비전을 보시는 엄마에게 재미있냐고 물었다. 엄마는 재미있어서도 보고 요즘 사람들은 어떤 생각을 하고 사나 들어보려고 본다고 하신다. 소위 요즘 말하는 꼰대가 되지 않기 위해 노력하는 엄마를 보며 자식들을 이해하시려고 노력하는 모습에 감사하다.

어린 시절 용기를 내지 못한 일들에 엄마에게 서운함이 있었던 것도 내가 엄마를 그만큼 사랑하고 의지했기 때문이 아니었을까. 나는 엄마가 참 좋았다. 엄마가 해주는 음식이 이 세상에서 제일 맛있었고 엄마가 학교에 오는 날이면 신이 났다. 엄마는 시골에서 올라와서 학교에 오실 때도 늘 옷차림부터 모든 것이 신경 쓰였다고 하셨지만 나는 울 엄마가 세련되고 예뻤고 그냥 자랑스럽고 좋았다. 그래서 더 엄마 말을 잘 듣고 따르려고 했는지도 모른다. 바꿔 말하면 그만큼 엄마는 어린 나에게 최선을 다하셨다는 얘기지 싶다. 이런 엄마에게 미안하다. 알뜰하게 사느라 고생하시고 마지막 아버지 수발드시면서도 큰딸에게는 와서 도와달라고 한 번을 안 하신 엄마. 결혼해서 아이들 챙기기도 힘든 너에게는 얘기하지 못했다고 하시는 엄마. 그럼에도 나쁜 딸, 서운한 딸이 아닌 그저 잘 살아 내주고 있는 딸에게 매일 고맙다고 하시는 엄마. 한 번쯤 서운하다는 말씀을 할 법도 한데 살면서 섭섭하다고 하신 적이 없다. 그래서 나는 엄마에게 미안하다.

미안하고 감사한 엄마에게 이제 남은 시간 하루라도 더 엄마 보고 전화해서 나 사는 얘기 기쁜 일 잘된 일 아무리 작은 일이라도 스스럼없이 자랑해야겠다. 엄마 앞에 무슨 눈치가 필요할까. 또 속상할 때는 잘 들어주시는 엄마에게 다 털어놓고 같이 흉도 보고 많이 웃어야겠다.

엄마. 내 엄마. 지금까지 끔찍이 아끼고 예뻐하며 키워주셔서 감사합니다. 엄마에게 한결같이 세상 이쁜 딸이어서 또한 감사합니다.

이제는 엄마 걱정 끼쳐드리지 않고 나 자신 잘 챙기고 운동도 열심히 해서 건강한 딸로 엄마 가고 싶은 곳 운전해서 함께 갈 수 있는 씩씩한 딸 되겠습니다. 엄마 오래오래 제 곁에 계셔 주세요. 우리 함께 웃으며 좋은 시간 많이 만들어요.

♥ 김유성

내 어머니로 내 삶에 계셨기에,
세상에 원망하지 않는 것을 배웁니다

8살 이전의 어머니와 그리고 가족과 함께한 기억이 없다. 어머니는 연년생으로 여동생이 태어난 후 둘을 모두 키울 수가 없어 나를 외할머니 댁에 맡기셨다고 한다. 젖 뗄 무렵에 생모와 헤어졌다. 8살이 되어서야 어머니와 가족 품으로 돌아온 나는 이유 모를 어머니의 사랑에 대한 목마름이 늘 있다. 그리고 안정감을 느끼는 데 어려움이 있다. 어머니에게 한 번도 물어보지 않았다. 그러나 내 마음에는 '왜 그때, 나를 외할머니 댁에 그토록 오래 맡겼나요?' '아무리 외가댁 식구들이 잘해주어도 젖을 뗄 무렵 아기에게는 상당한 기간 어머니의 사랑이 꼭 필요하다고 육아 전문가들이 한결같이 말하는데, 어머니 8살이 될 때까지 외가댁에 맡기는 것은 너무 심한 것 아니냐고요?'라고 어머니에게 묻고 싶은 마음이 있었다.

"아빠가 암이래" 한 살 어린 여동생이 어렵게 말을 꺼낸다. 웬만하면 미국에 사는 나에게까지 집에서 일어난 안 좋은 이야기는 하지 않는 속 깊은 여동생이다. 아버님의 목 디스크 수술도 약 2년인가 지나서 알았었다. 어머니가 뇌출혈로 쓰러지신 것도 수개월이 지난 다음에 알았다. 장남처럼 집안일을 다 챙기던 여동생이 이번에는 '너무 큰일이다' 싶었나 보다. "암이 직장에서 시작되었고, 말기 암이래." "그리고 그 암이 간으로 전이됐대"

나는 암 전문의 의사는 아니다. 하지만 의대에서 방사선으로 암을 치료하는 연구를 하는 의학 물리학자로 15년 이상 일하고 있다. 박사과정 및 훈련과정까지 하면 20년째 암 환자 치료 현장에서 암 치료와 연구를 해오고 있다. 그 사이 보아 온 많은 암 환자분들처럼, 동생의 이야기를 수화기 너머로 듣고 있는데, 아버님 삶에 노크하며 기다리고 있는 '죽음'이 보이는 듯하다. 무섭고 두려운 마음에 신 앞에 간다. 새벽기도 때 신이 아버님을 불쌍히 여겨 주시기를, 긍휼을 베푸시기를 기도한다. 먼지 묻은 성경을 펼친다. 그리고 신이 나와 소파에서 함께 이야기하듯이 그분의 이야기를 들으려 한다. 아버님은 직장의 많은 부분을 잘라내는 수술을 받으셨다. 간의 일부를 잘라내는 수술도 받으셨다. 항암 치료까지 받으셨다. 6년이 지난 지금까지도 건강하게 잘 지내신다.

그러나, 아버님의 암 진단 덕분에 나는 서먹서먹했던 신과의 관계를 회복하게 되었다. 그리고 가난한 마음에 사놓고 읽지 않던 책장의 책들도 읽어 나가기 시작했다. 지난 6년간 500여 권의 책을 읽게 된 듯하다. 이은대 작가는 '무언가를 이루려면 불편해야 합니다'라고 이야기한다. 나에게는 '삶의 불편함, 어려움, 그리고 결핍이 오히려 나의 한계를 넓히는 계기가 되고, 성장의 모멘텀이 됩니다'로 들린다. 이미 여러 번 형광펜을 치며, 눈물을 흘리며 읽어 낡아진 '지선아, 사랑해' 책이, 책장 많은 책 중 눈에 들어온다. 명문 사립대 여대생이던 그녀가 온몸에 생명을 위협하는 화상을 입어, 응급실로 이송 중 의사가 가족에게 하는 말을 듣게 된다. '죽을 가능성이 매우 많아요', '살아도 인간 구실 못해요'라는 냉소적인 소리를 듣는다. 온몸은 흉물스러운 화상을 입었어도 의식은 온전한 데, 마치 망가진 전자제품 고치는 사람처럼 영혼도 없는 소리에 마음에도 심각한 화상을 입는다. 치료 과정 내내 그녀는 '하나님, 제발 죽을 수 있게 해 주세요'라고 기도한다. 이제 그 책의 저자 이지선 작가는 한동대 교수님이 되셨다. '그 음주운전 사고가 없었어도, UCLA에서 박사학위를 하셨을까? 사회복지학을 전공하셨을까? 대한민국에 모든 화상으로 고통받는 환우와 화상으로 장애인이 되신 분들에게 지금 같은 선한 영향력을 줄 수 있었을까?' 스스로 물어본다. 나의 대답은 '아니다'이다.

　나 또한, 알코올 중독자 가정의 결핍과 목마름이 아니었다면, 굳이 미국까지 와서 유학하는 모험을 하지 않았을지 모른다. 그 당시에는 사기업과 공기업 공개채용에 나이 제한이 있었다. 선택해야 했다. 유학을 결정한다. 1년을 유학에 필요한 영어점수(GRE와 토플)를 얻기 위해 공부에만 매진한다. 생활비를 벌지 못하니, 유학준비 동안만 2,000만 원을 까먹었음을 깨닫는다. 어머니께서 전역하면서 가족이 월세방이라도 마련하라고 주신 4,000만 원 중 2,000만 원이 남았다. 유학 와서 알았다. 자녀가 둘 딸린 가장이 2,000만 원으로 유학을 온다는 것이 얼마나 위험한 일인지. 그 돈은 학비 내고 극빈자처럼 생활해도 한 학기 버티기 빠듯한 돈이었다는 것을 말이다.

유학점수를 다 받고, 원서접수를 하고 있던 때에, 하늘이 도와서, 이공계 국가 장학금이 생겼다. 김대중 정부 시절, 과학고를 졸업하고, 공대를 졸업한 이공계 영재들이 모두 의대와 의학전문대학원으로 쏠리는 것이 사회적인 문제가 되었다. 국가장학금을 등에 업고 입학했기에 교수들 눈에는 내가 '국가 수재'로 보이는 듯하다. 나는 땀이 뻘뻘 나도록 집중하며 2 - 3시간짜리 수업을 듣는다. 그러나, 책을 보면서 공부하다 보면 내가 수업을 전혀 못 알아듣고 있음에 매일매일 좌절하고 있다. 그 대학원생들은 B 학점 이하가 나오면 학사 규칙상 학업을 계속할 수 없다. 첫 학기 중간고사 때이다. 핵의학 과목이 C가 나왔다. 등에서 식은땀이 난다. 나만 믿고 있는 아내와 5살, 3살 두 철부지 자녀에게 도저히 한국으로 쫓겨날 수도 있는 상황을 이야기할 용기가 나지 않는다. 교수를 찾아가서 상담받고는 내가 할 수 있는 한 최선을 다한다. 매일 11시까지 내가 할 수 있는 부분을 다 하고 나는 매일 자정에 있는 철야 기도회에 가서 내가 할 수 없는 부분을 신께 맡긴다. 가난한 마음으로 신을 의지 하면서, 도망가지 않고 최선을 다하는 것을 신이 긍휼히 여긴 듯하다. 방사선으로 암을 치료하는 분야에서 미국과 유럽에서 가장 좋은 학회지에 각각 논문이 실린다. 유럽 학회지의 경우, 학회지 표지에 나의 논문이 선정된다. 위스콘신대학에서도 학위과정 중에 이와 같은 일은 매우 이례적이라고, 지도교수님이 흥분해서 축하해 준다. 석사과정 2년 그리고 그 후 2년 만에 박사학위를 받게 된다. 유학 생활 첫 학기 때, 'C'를 받았던 그 시간이 '어려움'이라는 포장지에 싸서 신이 나에게 선물한 축복임을 깨닫게 된다.

내가 일하는 직장, 방사선 종양학과에 암 전문의 중 한 분이 2년 전에 유방암에 걸렸다. 암 전문의로 13년을 일 한 분이다. 암 환자를 하루 종일 만나고 치료하는 것이 직업인 이분이, 본인에게 찾아온 유방암에 눈물을 보이면서 운다. 수술과 항암 치료 그리고 방사선치료까지 잘 마치고 몇 개월 만에 병원 현장으로 복귀했다. 그런데 달라진 것이 있다. 암 환자들을 대하는 그녀의 태도이다. 자신의 '유방암'이 그녀를 암 환자 육체의 고통뿐 아니라 마음의 고통까지 이해하고 품을 수 있는 '참' 의사가 되게 한 듯했다.

'왜 신이 아버님에게 암을 선물했는지' 그리고 '그 암이 언제 다시 찾아와 아버님의 생명을 달라고 할지' 나는 알지 못한다. 그러나 그 속에도 숨겨진 선물이 있음을 본다. 그처럼, 어머니께서 8살이 되도록 나를 외가댁에 맡기고 찾지 않으신 그 일이 나에게 무엇을 선물할지 여전히 나는 알지 못한다. 그러나 나는 배우고 있다.

나의 선택 혹은 잘못과 상관없이 신이 내 삶에 건네는 것들을 '원망'이 아닌 '있는 그대로 받아들일 때' 그때 비로소 고통처럼 보이는 포장지를 뜯을 수 있음을 말이다. 그래서 어머니께서 내 삶에 '나의 어머니'로 계시는 그것만으로 나는 지금 감사하다. 나에게 삶이 무엇을 선물하든지 원망하지 않으려 한다.

이
소
희

엄마의 열매

엄마가 되면 엄마처럼 해야 하는 줄 알았다. 하던 모든 것을 내려놓고 엄마로만 살아야 하는 줄 알고 엄마를 따라 했다. 박사과정 공부도, 하고 있던 일도 그만두고, 2년 정도 아이에게 모든 것을 쏟으며 가사노동에 충실하게 살았다. 결국 산후 우울증이 왔다. 엄마가 살아온 삶처럼 아이와 가정에 충실하게 살아가는 것은 결코 쉬운 게 아니었다. 밥상을 차리고, 먹이고, 치우는 데 2시간 정도 소요되며, 그걸 하루에 세 번 해야 한다. 수시로 청소해도 티가 나지 않고, 말이 통하지 않는 아이와 하루 종일 놀아주는 것도 쉽지 않다. 잠은 졸리면 자는 게 아니었다. 잠투정하는 아이를 업고 안고 달래며 재우는 것만 1시간 이상이 걸린다. 그렇게 재워도 자주 깨는 아이를 토닥이다 밤을 지새운다. 아이의 뒤척임에 2시간 이상을 편히 자본적이 없다. 처음 만나는 사람이 내게 이름을 물어보는 일은 점차 사라진다. 그 대신 나는 00이 엄마로 불린다. 이렇게 이름 석 자를 잊고 ○○의 엄마로 살아가는 무명의 삶을 받아들이는 것은 쉽지 않은 일이었다. 잠도 못 자고, 밥도 못 먹고, 하루 종일 열심히 아이를 돌보지만 내게 돌아오는 건 '당연함'이었다. 엄마니까 당연하게 해야 하는 것들이다. 한 아이를 양육하고 집안을 돌보는 무형의 가치를 인정받는 것은 쉽지 않았다.

엄마는 6살, 2살, 1살의 아이를 키워냈다. 매일 아침 6시에 일어나 우리가 먹든 안 먹든 따뜻한 밥상을 차려 주셨다. 아침에 밥 먹는 게 너무나 귀찮았지만, 엄마의 잔소리에 억지로라도 먹고 집을 나서야 했다. 집에 오면 언제나 간식과 저녁을 손수 차려 주셨다. 학교 시험 기간에는 매일 학교까지 데려다주며 알뜰살뜰 챙겨주었던 엄마였다. 집은 늘 깨끗하게 정돈되어 있었고, 지저분한 옷장, 책상, 운동화 모든 것이 엄마의 손길이 닿으면 새것이 되었다. 나에게도, 아빠, 동생들에게도 이 모든 것은 당연했다. 고맙다고 한 적은 없었다. 당연한 엄마의 역할이라고 생각했다. 엄마가 된 나 또한 그렇게 하려고 했다. 하지만 하루도 그렇게 한 적이 없었다. 하고 싶어도 할 수 없었다는 게 솔직한 말이다. 엄마의 부지런함, 헌신은 따라갈 수가 없었다. 그렇게 하려다가 결국 탈이 났다.

아이가 태어난지 6개월이 지났을 때부터 2년 정도는 코로나로 그 어느 곳도 나갈 수 없는 상태가 되었다. 집에만 틀어박혀 있다가 잠깐 집 앞 카페라도 나가려고 하면 "애가 마스크도 못 쓰는데 나가도 돼요?"라며 철없는 엄마 취급을 받았다. 아이를 위해 '희생' 하지 못하는 엄마로 낙인찍히는 느낌이 들었다. 어린아이를 위해 잠 못 자는 것, 제대로 끼니를 챙기지 못하는 것, 화장실도 제대로 못 가는 것쯤은 엄마라면 당연히 희생해야 하는 것들이었다. 다들 하는 그런 일들로 힘들어하는 내가 이기적인 것은 아닌가 자책을 하기도 했다. 양육의 첫 번째 책임은 엄마에게 있기 때문에 아빠는 뒷전이 될 수 있어도 엄마는 어쩔 수 없이 감당해야만 하는 일로 사회에서는 비치기도 한다. 아내에게 일이 생겨 남편이 주중에 휴가를 내어 아이를 돌보면, 남편은 아이와 애 엄마를 위해 희생하는 아빠라는 찬사를 받지만 아내는 그 상황을 미안해하며 아이와 남편에게 안절부절못하는 엄마가 된다. 그런 엄마로 살아가야 한다고 생각하니 숨이 막혔다. 꿈꿔왔던 나의 미래를 묻어 둔 채 가정을 중심으로 살아가는 희생의 삶을 사는 건 아무나 할 수 있는 게 아니었다.

엄마는 가족을 위해 철저히 '희생'했다. 아빠는 일하고 오셨다는 이유로 엄마가 집의 모든 것을 도맡아 했다. 아빠는 집에서 신문을 보고, TV를 볼 때, 엄마는 부지런히 우리들을 돌봤다. 6살, 2살, 1살의 아이를 키우며 아들 같은 아빠도 챙겼다. 시댁 행사가 있을 때 엄마는 어린 우리들을 돌볼 틈조차 없이 일했다. 도착하자마자 부엌에 들어가 집에 갈 때 겨우 밖으로 나왔다. 아빠가 막내라는 이유로 엄마는 시키는 모든 것들을 쉴 틈 없이 해야 했다. 이런 모든 것들은 희생이라는 명목으로 당연시되었다. 가정의 경제를 책임지던 아빠가 무너졌을 땐 가정을 위해 노력하다가 어쩔 수 없이 벌어진 일이라며 그동안의 수고에 박수를 보내고 안타까운 마음을 보이는 것이 당연시되었고 엄마는 무너진 남편을 원망하기보다 아빠가 벌여놓은 일들의 뒤치다꺼리를 하며 아이들까지 챙겨야했다. 그리고 이 모든 것은 자연스러운 엄마의 역할일 뿐이었다.

엄마도 엄마라는 이름이 아닌 엄마 본인으로 살고 싶지는 않았을까? 그림을 잘 그리던 엄마는 그림을 배워서 디자이너가 되고 싶다고 했다. 끼도 많고 손재주가 뛰어난 엄마는 뭘 해도 잘했을 거라는 확신이 있다. 남성이 일하고 여성은 집안일을 해야 하는 시대에 태어나 엄마의 기량을 발휘하지 못하고 엄마라는 역할에 가려서 본인으로 살아가지 못한 엄마는 '희생'의 삶을 살아냈다. 희생이 당연해질 때 느껴졌을 억울함을 묻어 둔 채 엄마로서 최선을 다했던 엄마. 엄마에게 그 모든 것들을 당연히 여기며 더 너그럽게 우리를 돌봐주지 않았다고 불평을 쏟아 놓았던 시간을 반성한다.

지금의 나는 하루하루의 삶을 엄마의 희생 덕분에 멋지게 살아가고 있다고 감히 말할 수 있다. 20대가 되어 어린 시절 겪었던 마음의 상처를 치유하고 싶어 다른 사람들의 육체적 아픔을 치유하는 간호사라는 직업을 선택하게 되었다. 내 상처 너머에 있는 엄마의 아픔을 알게 되면서 엄마를 이해하고 싶어 심리상담 공부를 시작했다. 엄마를 이해하고 싶어서 시작한 공부는 오히려 나의 내면을 이해하도록 도왔고, 내 상처를 먼저 치유할 수 있었다. 점차 다른 사람들의 마음과 치유에 관심을 가지게 되면서 지금은 상담심리사가 되어 아픔을 가진 사람들에게 희망의 빛을 전하는 일을 하고 있다. 우리 가족과 엄마의 아픔을 위해 기도하며 하나님을 깊이 있게 만나게 되었고, 내 삶의 기반이 되는 하나님에 대한 믿음은 나날을 감사로 살게 하는 힘이 되기도 한다. 아픔이라 생각했던 고난을 통해 삶은 더욱 풍요로워졌고, 인생을 즐겁게 살아가는 방법을 알게 되었다. 이 모든 것은 엄마의 희생과 사랑 덕분이라는 것을 이제는 안다.

참고 희생하며 살아온 삶이 엄마에게 억울함과 한으로 남아 있었다면 이제는 그 억울함과 한을 알아주는 자식들 속에서 마음껏 위로받고 격려받는 삶을 사셨으면 한다. 나무는 각자의 열매로 어떤 나무인지를 알 수 있다고 했다. 엄마 삶의 열매들인 나와 동생들이 사회와 가정에서 자신의 역할을 충실히 하며 엄마가 보여준 희생과 수고를 바탕으로 최선을 다해 살아가고 있다. 초등학생 때 엄마가 했던 말을 기억한다.

"소희야, 너의 이름은 밝을 소, 불빛 희. 밝은 불빛이야. 온 세상을 밝게 비추는 사람이 될 거야."

앞으로도 나는 심리상담사로서 엄마에게 배운 성실함, 꾸준함, 한결같은 사랑, 순수함, 선함, 아름다운 미소를 온 세상에 전하며 살아갈 것이다. 그리고 엄마가 맺은 열매들의 풍요로움 속에서 엄마의 선하고 너그러운 마음을 마음껏 드러내며 삶을 즐거이 살아가실 수 있도록 힘이 되어 드리고 싶다.

나는 엄마가 일궈낸 가장 가치 있는 열매니까.

♥ 이
영
숙

행복의 날개를 달고 우주표 카스텔라 속으로 퐁당

결혼과 동시에 함안에서 산 지 16년 차가 된 나는 함안 댁이다. 함안군에 위치한 칠원은 연고도 없는 낯선 곳이었다. 결혼 후 시댁 근처에서 살며 시어머니 식당 일을 도와야 했다. 하루 종일 집 밖에도 나가지 못하고 남편 퇴근만을 기다렸다. 그렇게 8년이란 시간이 흘렀고 그사이 친구를 사귈 여유가 없었다. 첫아이인 나현이가 초등학교에 입학했다. 초보 학부모라 모든 것이 새롭고 낯설었다. 학부모 참여 수업에서 뜻밖의 인연을 만났다. 바로 같은 학년 학부모인 영희 언니와 현정 언니였다. 우리는 일주일에 한 번씩 만나 커피를 마시며 서로의 속내를 이야기하는 가까운 사이가 되었다. 8년이 지난 지금도 서로를 알뜰히 챙기며 지내고 있다.

현정 언니는 칠원 지역 '우리 한의원'에서 일한다. 첫째 딸 나현이가 비염과 축농증으로 1년 내내 코를 풀며 학교에 다녔다. 우리

한의원에서 꾸준한 침 치료와 한약을 먹으며 축농증이 치료되었다. 나현이가 침 맞는 걸 두려워했지만 친절한 원장님과 현정 언니 덕분에 딸은 침 맞는 두려움을 이겨냈다.

영희 언니는 매주 금요일이면 진주에 있는 시댁에 간다. 오늘도 진주에서 오는 길에 양손 가득 진주 대왕 카스텔라를 들고 우리 집 근처에 왔다. "영숙 씨, 혹시 진주 대왕 카스텔라 먹어 봤어요?, 우리 아이들은 요즘 간식으로 진주 '대왕 카스텔라'만 먹어요. 나현이랑 세원이도 좋아할 거예요. 한번 먹어봐요." 맛있는 것이 있으면 늘 아이들과 나를 챙겨 주는 따뜻한 언니다. 나는 그런 영희 언니가 좋다. 언니가 건네준 카스텔라는 촉촉하면서 폭신폭신한 쿠션 느낌이 난다. 남편은 저녁을 먹자마자 달콤한 후식이 생각났었다며 카스텔라를 보자 해맑게 웃었다. 가족과 도란도란 앉아 카스텔라를 먹으니 옛 추억이 떠올랐다.

지금은 언제 어디서나 먹을 수 있는 인기 만점 국민 간식이 된 카스텔라지만 40년 전만 해도 카스텔라는 고급 간식에 속했다. 그 시절 우리 집 부엌 한쪽엔 우주 비행 물체처럼 생긴 희한한 기계가 자리 잡고 있었다. 우주선 모양의 비행 물체는 지금 가정에서 사용하는 오븐 기능이 있는 제빵기계다. 금성 회사에서 갓 출시된 우주표 카스텔라 기계. 우주선 모양의 기계에 엄마의 특별 요리법이 더

해지면 따끈따끈하고 달콤한 카스텔라가 완성된다. 엄마는 우리에게 손수 간식을 만들어 주셨다. 넓은 볼에 달걀 4개를 탁 깨고 설탕, 밀가루를 계량해서 넣은 후 거품이 나도록 휘젓는다. 우주표 기계에는 원형의 틀이 있다. 틀에 반죽을 붓고 스위치를 눌러 한두 시간 기다린다. 기다리는 동안 카스텔라가 부풀어 오르는 모습이 유리 사이로 보인다. 잠시 후 동네에는 달콤한 카스텔라 굽는 냄새가 진동한다. 이웃집 철수, 앞집 민지, 옆집 동민이, 뒷집 할머니, 동국이 아저씨 동네 사는 이웃 주민들은 갓 구운 카스텔라를 맛보기 위해 골목 평상으로 삼삼오오 모여든다.

우주표 기계에서 갓 익혀진 카스텔라엔 모락모락 연기가 피어오른다. 따스함은 물론 겉은 진갈색 속은 병아리같이 샛노랗다. 한 입 베어 물면 입안은 꿀을 머금은 듯 달콤함이 퍼지고 겉은 바삭, 속은 촉촉한 풍미를 느낄 수 있다. 카스텔라는 그 시절 나의 추억의 음식이다. 엄마에게 야단을 맞을 때도 남동생이 나를 괴롭힐 때도 우주표 카스텔라가 간식으로 나오면 나의 마음은 평온해졌다.

동네 주민 모두가 엄마가 등장하길 애타게 기다린다.

"와! 드디어 카스텔라 나온다." 동네 꼬마 아이들은 환호성을 지르며 손뼉을 친다. 뒷집 할머니도 카스텔라 한 입에 "앗 따! 참말로 고거 맛나다!"라며 행복해하신다. 동네 주민들과 카스텔라 한 조각에 정을 나누는 시간이다.

나는 특별히 '엄마표 카스텔라'를 '우주표 카스텔라'라 즐겨 부른다. 우주표 카스텔라는 엄마가 우리에게 줄 수 있는 최고의 사랑이다. 요즘 아이들은 편의점이나 마트는 물론 언제 어디서나 카스텔라를 먹을 수 있다. 40년 전만 해도 빵집은 생일이나 뜻깊은 날에 가는 특별한 장소였다.

최근 MZ 세대 사이에서 유명한 빵집을 찾아다니는 것이 유행하고 있다. 이들은 SNS 상에서 자신이 방문한 빵집 사진을 공유하며 "빵지 순례"라고 말한다. 제주도 '대왕 카스텔라', '초코 카스텔라', '치즈 카스텔라'도 MZ 세대들에게 인기가 있다. 몇 년 전만 해도 유명 지역을 들릴 때면 대왕 카스텔라가 등장한다. 지금은 '대왕 카스텔라'가 체인점이 되면서 전국적으로 맛이 비슷해졌다. 그럼에도 불구하고 내가 가장 좋아하는 카스텔라는 어린 시절 엄마가 만들어 준 우주표 카스텔라가 으뜸이다.

일요일이다. 눈뜨자마자 빵 생각이 간절하다. 주말 아침엔 주로 아이들과 토스트를 만들어 먹는다. 집 근처 파리바게뜨로 발걸음을 옮긴다. 진열대에 단팥빵, 크림빵, 꽈배기, 베이글, 도넛, 크루아상 등 갓 구운 빵 냄새가 나의 코를 자극한다. 다양한 빵들 속에서 내 눈에뛴 건 카스텔라다. 갑자기 엄마가 만들어 주신 우주표 카스텔라가 눈앞에 아른거린다. 우주표 카스텔라로 잠시 추억에 헤매는 동안 토스트 사는 걸 잊었다. 전화벨이 울린다. 전화를 받자마자 아이들이 아우성이다.

"엄마! 우리 토스트 언제 먹어? 배고파요!" 아이들과 통화를 마치고 얼른 식빵을 사 빵집을 나선다.

그때 다시 전화벨이 울렸다. 이번에는 친정엄마다.

"영숙아!, 나현이, 세원이는 잘 지내니?" 안부를 묻는 엄마의 밝은 목소리에 우주표 카스텔라가 뇌리를 스치며 엄마에게 속사포처럼 쏟아대기 시작한다.

"엄마! 지금 우주표 기계 구할 수 없어?, 엄마가 옛날에 만들어준 카스텔라 너무 먹고 싶어!"

"영숙아, 지금 우주표 기계가 어디 있니? 요즘 신세대 주부들은 오븐으로 맛있는 빵을 많이 만들어 먹더라. 그땐 먹을 게 지금처럼 흔하지 않았으니 카스텔라가 맛있었지! 지금은 돈만 있으면 맛있는 게 넘치는 세상이잖아, 엄마도 그땐 주머니 사정이 여의찮으니 모든 걸 다 사 먹을 수 없었어. 그래서 집에서 너희들에게 간식을 만들어 먹였어! 넉넉하진 않았어도 동네 주민들과 나눠 먹던 그 시절이 행복했어.

우리 가족은 칠원 장미 아파트에 살고 있다. 하지만 같은 아파트에 사는 이웃 주민들과 거의 만나지 않는다. 일 년에 한 번 열리는 주민 회의 때 빼고는 서로 얼굴을 마주칠 일이 별로 없다. 더군다나 이웃집과 만나 이야기를 나눌 생각도 하지 못한다. 층간 소음으로 위층과 얼굴을 붉히지 않으면 그나마 다행이다. 아랫집 윗집이 소통하며 살아가는 것은 옛날이야기가 된 지 오래다.

지난여름 장맛비가 쏟아졌던 그 해 아랫집에서 물난리가 났다. 아랫집 주인은 천장에 물이 샌다며 우리 집으로 올라오셨다. 거실 베란다 화장실 등 구석구석을 살피시며 물이 어디서 새는지 확인하셨다. 아랫집에서 온 이웃 아주머니는 얼굴을 붉으락푸르락 붉힌 채 괜스레 우리 집만 서너 번 살피시곤 가셨다. 그 이후로 엘리베이터에서 마주칠 때면 인사를 잘 받아주지 않으셨다. 그 옛날 동네 평상에서 카스텔라 하나에 웃음꽃이 피는 일상의 행복이 그리웠다.

장미 아파트에 이사 온 순간이 생각났다. 이사 떡을 드리기 위해 한층 한층 계단을 오르며 이웃집 벨을 여러 번 눌렀다. 몇 집은 반갑게 맞이해 줬지만 나머지 집들은 문이 닫힌 채 열리지 않았다. 이사 떡은 현관 문고리에 걸어둔 채 발길을 돌렸다. 그날 이후로 10년이란 시간이 흘렀다. 지금은 이웃과 반갑게 인사를 나누고 안부를 묻는다. 앞집 할머니께서는 직접 농사를 지으신 파프리카를 우리 집 문고리에 종종 걸어두신다. 할머니가 주신 파프리카로 맛있는 샐러드를 만들어 먹었다. 예전에 카스텔라로 나눈 이웃의 정을 생각하며 다음 날 앞집 할머니 댁에 케이크를 전해드렸다.

창밖엔 비가 추적추적 내린다. 기온이 뚝 떨어져 제법 쌀쌀한 날씨다. 오늘처럼 비가 내리는 날엔 커피를 부르는 우주표 카스텔라가 입속으로 살며시 들어오면 좋겠다. 달콤한 카스텔라 한 조각에 이웃과의 정을 느끼고 두 조각에 엄마의 포근한 품이 그리워지는 오늘이다.

엄마! 저는 잘 지내고 있어요. 보고 계시죠?

엄마와 함께했던 시절을 되돌아 생각해 봅니다. 젤 처음 기억나는 건 잠에서 깨니 넓은 집에 소파가 있고 여러 명의 어른들이 마룻바닥으로 된 거실에 커다란 그릇장 안 물건정리를 하는 것이었습니다. 넓은 마당에 목련 나무가 있는 기와집으로 이사를 한 날입니다. 5살 때부터 10살까지 그 집에서 살았습니다. 제 어린 시절의 추억은 대부분 제기동 한약 상가 부근의 그 집에서 있었던 일들입니다.

언니들과 오빠가 모두 학교 간 시간에 좋아하는 꽃게를 요리해서 따로 챙겨 주기도 했습니다. 어릴 때 정말 삐쩍 말라서 별명이 '빼빼로'였습니다. 주변에서 약해 보인다는 말을 많이 듣는 저에게 따로 챙겨 먹이시곤 하셨습니다. 해마다 살찌는 약이라며 한약을 지어 주셨지요. 그 영향으로 양약보다 한약을 더 좋아하고 잘 먹습니다.

아이 낳기 전에도 출산 전후 한약을 해주시고 산후풍 후유증으로 고관절과 허리가 안 좋아졌을 때도 보약을 지어 제 건강을 챙겨 주셨습니다. 서른 살에 엄마가 돌아가신 후 더 이상 저를 위해 챙겨 주는 사람이 없으니 체력적으로 힘들어져서 혼자서 한약을 지어먹으며 스스로 챙겨야 했을 때는 엄마 생각이 많이 나서 눈물 흘린 적도 있었습니다.

제일 마르고 약했던 저는 엄마의 정성으로 세 딸 중에서 가장 키가 큽니다. 그런데도 엄마는 아쉬우신지 늘 걱정을 달고 사셨습니다. "어릴 때 더 잘 먹였으면 더 많이 컸을 텐데. 너를 늦게 낳아서 더 약한 것 같다."라고 말씀하시며 막내딸에게 듬뿍 사랑을 주셨지요. 몸에 좋다고 한방차 외에 정체 모를 재료로 음식을 해주시곤 하실 때는 정말 먹기 싫어서 몰래 버리기도 하고 숨겨놓았다가 들켜서 크게 혼나기도 했었지만, 이제는 엄마가 해주시던 음식들이 그립습니다.

저 역시 아이가 기침할 때 도라지 차, 꿀물을 타 주고 건강에 좋은 한방차 등을 만들어줍니다. 아이는 잘 먹지 않아 서운한 마음도 들지만 제가 거부했던 그때가 생각나서 그리워지며 '그때 엄마도 이렇게 서운하셨겠지!' 하는 마음이 들곤 합니다. '내 아들이니 날 닮았구나!' 속으로 되뇌며 언젠가는 나의 마음을 알게 되리라 믿습니다.

'사운드 오브 뮤직' '벤허' '쉬리' '장군의 아들' 등 엄마와 영화를 많이 보러 다녔습니다. 극장 안에서 '오징어, 땅콩' 소리가 나면 사 달라고 졸라 얻어낸 주전부리를 먹는 재미도 있었습니다.

쉬리를 볼 때는 2살 된 아들을 데리고 어두운 상영관에 들어갔습니다. 어두운 곳이라 무서워서 우는 아이를 번갈아 돌보며 영화를 보았던 기억이 납니다. 오빠와 저를 데리고 여의도에서 했던 무궁화전시회를 보러 가고 미술관 그림 전시회를 가기도 했습니다. 엄마는 자식들에게 문화적 경험을 많이 하게 해주셨습니다. 그런 경험들이 어린 저에게는 신선했고 다양한 경험을 하게 해 주신 엄마가 좋았습니다. 아빠도 "새로운 낯선 경험도 다양하게 해봐야 한다. 그래야 사회생활도 잘할 수 있는 거야"라고 말씀하셨습니다. 부모님의 교육관이 같으셔서 새로운 경험을 많이 하고 자랐습니다. 그 덕분으로 새로운 경험 하는 것을 좋아하게 되었고 많은 것을 봐야 세상을 보는 눈과 생각의 폭이 넓어진다고 생각합니다.

오늘은 남편과 함께 홍대에서 하는 미디어아트 전시회를 다녀왔습니다. 엄마와 백남준 작가의 전시회를 갔었던 때를 떠올렸습니다. 저는 연극이나 영화 뮤지컬 등 문화전시회 등을 보는 것을 좋아합니다.

20대 초반 PC 통신 시절 신문 광고를 보고 우체국에서 단말기를 대여해 왔습니다. 하이텔, 천리안의 연극 동호회나 영화 동호회에 가입해서 공연을 보러 다녔습니다. 4호선 혜화역에 내려 대학로의 넓은 거리를 걷다 보면 분장한 연극배우들이 오가는 모습이 친숙했습니다. 동호회 회원들의 일부가 연극배우나 영화 연출가들이어서 무료나 저렴하게 공연을 볼 수 있었고 대학로에서 연극배우들의 뒤풀이에 참석하기도 했었습니다. 그때 보았던 북어 대가리, 돼지와 오토바이, 결혼, 세일즈맨의 죽음 등 그 감동이 생생합니다. 뒤풀이 후 벽에 붙은 연극 포스터를 뜯어 와서 방안에 붙여놓고 그 감동의 여운을 오래 느끼는 것이 좋았습니다.

아이를 키우면서도 저의 문화사랑은 계속되어서 아이와 함께 명성황후, 영웅, 덕혜옹주, 노인과 바다 등 다양한 연극과 영화, 뮤지컬 등 함께 보며 공감대 형성을 하고 함께 시간을 가졌습니다.

아이가 어릴 때는 부모와 잘 통하지만, 중학교에 들어가고 사춘기를 보내며 친구들을 더 좋아하게 됩니다. 저는 싱글맘으로 부족한 엄마였고 사회복지사로 근무하기 위해 아동 보육시설에서 생활하며 아이에게 온전한 부모의 사랑을 주지 못했습니다. 그런 환경에 자칫 아이가 사춘기 때 삐뚤어질까 걱정을 많이 했습니다. 예방 차원으로 아이와 시간을 많이 보낼 방법으로 문화생활을 함께 하며 대화의 시간을 많이 가지려고 노력했습니다.

시설에서 6살 어릴 때부터 엄마의 사랑을 다른 아이들에게 나눠 줘야 했던 아이였기에 눈치를 많이 보며 말수가 줄어들었습니다. 부족한 부모를 만나 그리된 것 같아 아이에게 너무 미안했고 마음이 아팠습니다. 아동복지시설을 퇴직 후에는 온전히 아이에게 집중하며 정서적인 측면에서 사랑을 더 주기 위한 생활 했습니다. 그 영향으로 아이는 바르게 자라 연극영화과에 가게 되었고 지금은 진로를 연기전공에서 영상디자인으로 바꾸었지만 다른 아이들보다 적성을 일찍 찾아서 공부하고 있습니다. 엄마의 영향으로 아이를 키웠다고 생각합니다.

엄마가 내 엄마로 살았던 기간은 고작 30년뿐입니다. 결혼한 후 따로 지낸 5년, 기억나지 않는 5살 때까지를 빼면 20년입니다. 엄마와 함께했던 세월보다 엄마 없이 살아온 세월이 비슷한 50이란 나이에 엄마의 50살을 기억해 봅니다. 내가 고등학생이었을 때 엄마는 몸이 안 좋으셨는지 아침밥을 해주신 후 누워 계신 적이 많습니다. 어릴 때는 몸에 좋고 맛있는 음식도 잘 만들어주셨는데 그때의 엄마는 힘들어 보이고 도시락 반찬을 잘 못 해주셨습니다. 볶은 김치와 멸치볶음 등으로 직접 도시락을 싸고 김이나 참치통조림 등을 사서 친구들과 밥을 먹을 때 반찬이 시원찮으니 흘겨보는 친구들도 있었습니다. 그럴 때는 엄마에게 서운했지만, 내색하지 않았습니다. 힘들어하는 엄마 모습을 보면 투정을 부릴 수가 없었습니다.

단 한 번도 엄마가 없을 수도 있다고 생각해본 적이 없었습니다. 내 나이 서른에 엄마는 예순이셨습니다. 쓰러졌을 때도 다시 회복되어 오래 곁에 계셔주시고 아이 크는 것도 지켜봐 주시리라 생각했었습니다. 수술 후 회복되는 모습으로 아기 잘 키우라고 말씀하시던 것이 생생하게 남아있습니다. 당신이 그렇게 아프신 상황에도 자식을 먼저 생각하시던 것처럼 저 역시 희생적이고 자식에게 좋은 본보기를 보여주려는 노력하는 엄마가 되었습니다.

사랑으로 키운 막내딸이 힘들어하는 모습을 보고 가신 것이 한없이 죄송스럽고 마음이 아픕니다. 이제는 그 막내딸을 지지해주고 아껴주는 남편을 만났습니다. 엄마의 산소도 말없이 혼자 다녀오고 연세 많으신 아빠와의 병원 동행도 함께 가주는 고마운 남편입니다. 아이에게도 생부보다 더 잘 챙겨 줍니다. 여러모로 믿음직한 막 냇사위의 모습을 엄마가 보셨다면 얼마나 좋아하셨을까요. 아마도 엄마가 살아계셨다면 사위가 좋아하는 음식이나 한약 등을 해주시며 사위 사랑은 장모라는 것을 느끼게 해 주셨겠지요.

내 나이 쉰. 아직도 젊고 충분히 일을 할 수 있는 나이입니다. 늦은 나이까지 일할 생각을 하는데, 예순의 나이에 너무 빨리 엄마는 떠나셨습니다. 때로는 엄마라는 단어가 낯설게 느껴지고 엄마가 없다는 게 실감이 나지 않습니다. 보고 싶고, 부르고 싶고, 만지고 싶은 엄마, 서운함도 있고, 죄송함과 감사함이 많은 너무나도 그리운 엄마가 가슴이 사무치도록 보고 싶습니다. 그리고 엄마의 빈자리를 잘 채워주신 가시고기 같은 아빠께 더 잘해 드려야겠습니다.

♥ 엄마! 저는 잘 지내고 있어요. 보고 계시죠?

♥ 정
혜
연

엄마의 화단

'멘토' 경험과 지식을 바탕으로 다른 사람을 지도하고 조언해 주는 사람이라는 뜻이다. 살면서 좋은 멘토를 만나면 인생의 반은 성공했다고 할 수 있다. 나의 인생 멘토는 유연하지만 강인한 여자! 우리 엄마이다. 엄마의 직업은 농부이자 한우를 키우는 한우농가 사장님이다. 그래서 어린 조카들은 외할아버지, 외할머니를 사장님이라고 부르기도 한다. 엄마는 수만 지기의 논밭과 농장, 하우스 농사를 지어 우리 4남매를 부족함 없이 키우셨다. 가녀린 체구로 고된 노동을 어떻게 견뎌 내셨는지 지금도 실로 놀라울 따름이다. 같은 여자로서 엄마의 인생은 풍파로 가득했지만 완벽하리만큼 엄마로서 최선을 다하셨다. 어릴 적부터 4남매의 학교생활에 늘 관심을 가지셨다. 아빠는 육성회장, 엄마는 어머니회 회장도 마다않고 하셨고, 운동회날 온 가족 나들이를 하며 맛있는 음식을 먹었다. 물론 4남매의 소풍 도시락 한 번 놓친 적이 없고, 선생님의 김밥도 싸 주셨다. 매번은 아니지만 친구가 많은 초등 고학년 시절 생일날 치킨을 직접 튀기고 여러 음식을 준비하여 친구들을 초대하라고 해 주시던 엄마였다. 그런 엄마에게 고등학교 이후로 기숙사 생활을 하며 전화를 걸어 안부를 전할 때면 늘 이렇게 말씀하셨다.

"너무 바빠서 화장실 갈 시간도 없어."

얼마나 바쁘면 생리적 욕구로 바쁨을 표현하실까 하는 생각이 들었다. 매일 흙에서 일을 하며 흙투성이가 되어도 학교 일이나 바깥일을 하실 때면 멋진 엄마로 변신하였다. 그렇다고 우리 집이 원래부터 사는 것이 넉넉했는가, 전혀 아니다. 순전히 두 분이 일궈내셨다. 바빠서 우리와 시간을 보낸 기억이 많지 않아도, 집에서 우리를 기다리며 간식을 매번 챙겨주시지 못했어도 우리 엄마는 늘 나에게 최고였다. '콩 심은 데 콩 나고 팥 심은 데 팥 난다.'라는 속담처럼 열심히 사는 모습을 직접 보고 자라서인지 우리 남매들은 하나같이 열심히 산다. 열심히 살다 보면 빛을 보게 되어있다고 격려도 잊지 않으신다.

엄마는 화단 가꾸는 일을 좋아한다. 내가 태어날 때 터를 잡고 지금까지 변함없는 유일한 곳이 '우리 집 화단'이다. 우리 집 화단은 꽃집 수준의 다양한 식물을 키우고 있다. 수십 종류의 선인장, 달맞이꽃, 미모사, 호랑 가시, 황금 송, 단풍나무, 포도나무, 사과나무, 밤나무, 배나무, 감나무, 자두나무 더 말할 수도 없고 이름을 알지도 못하는 종류의 식물과 함께 산다. 식물원에 놀러 가도 처음 보는 것들 몇 가지를 제외하고는 어려서 보던 것들이라 신기함이 덜하다. 엄마는 식물 가꾸는 것을 좋아해서 농작물을 돌보면서도 매일 다르게 커가는 재미는 나만 알 거라고 말하곤 하신다. 무언가를 돌본다는 것은 쉽지 않은 일이다. 돌본다는 것은 자신의 시간과 힘을 들여 관심과 사랑으로 공들여 키워낸다는 것이다. 자식을 돌보는 일도 쉽지 않은데 농작물, 과일나무, 선인장, 관상용 나무까지 자신의 화단을 꽉 채워 돌보셨다. 우리도 그렇게 엄마의 화단에서 잘 자란 식물들처럼 건강하게 자랐다. 하지만 비바람은 스스로 피해야 했다. 화단이라고 해서 엄마가 비와 해, 눈, 태풍을 모두 막아 줄수는 없었고 그저 화단 안에 잘 지내는지 늘 살피며 뿌리가 썩는지 잎이 마르는지 주시하시며 우리의 성장을 지원하셨다. 물이 필요할 땐 물을 주시고, 가지치기가 필요하면 가지를 치고, 화분이 작아져서 분갈이가 필요하면 큰 화분으로 갈아주었다. 덕분으로 우리는 사회에서 제 일을 해내는 구성원으로 잘 자랐다. 자기 일을 철저히하면서 자식과 가정을 위해 헌신하신 엄마를 생각하면 '우리 집 화단'이 가장 먼저 떠오른다.

가끔 말없이 우체국 택배가 퇴근한 나를 기다리고 있다. 하얀 큰 상자에는 엄마가 보내주신 김치며 수박, 각종 채소가 잔뜩 들어 있다. 빈틈없이 끼어있는 과일, 채소들을 보자면 웃음이 난다. 철철이 텃밭에서 나고 자라는 채소와 함께 우리 남매들의 집마다 맞춤 김치가 담겨 있다. 나는 파김치를 좋아하니 파김치를 듬뿍 담아 주신다. 동생은 고구마순 김치를 듬뿍 담아주신다. 양념게장은 우리 새언니의 것이다. 이런 무료 맞춤 서비스를 받고 고객이 후기를 남기지 않으면 삐지시는 귀여운 엄마이다. 바빠서 문자나 전화라도 늦을라치면 엄마는 "오늘 전화 안 했으면 삐질 뻔했어."라고 솔직하게 말씀하신다. 나는 엄마의 솔직함이 좋다. 자식에게 준만큼 받기위해서가 아니라 자식에게 효도할 기회를 주시는 것이다. 솔직하고 당당한 엄마의 요청은 기분이 좋다. 엄마의 택배 안에는 채소만이 담긴 것이 아니라 엄마의 수고로운 시간과 힘, 노력이 담겨 있다. 그래서 엄마의 반찬들을 먹고 힘을 내어 살 수 있다. 든든한 배경과도 같은 '명품 엄마 백'을 가진 자의 당당함은 어디에서도 꿀리지 않는다. 일에 지쳐 바쁜 자식들에게 조금이나마 도움이 되기 위해 상당량의 음식을 만들어 택배로 보내주시는 엄마의 손길에 우리는 힘을 얻지만, 힘을 나눠주시는 엄마의 마음은 어떨지 문득 궁금해진다.

엄마의 집에는 무려 6개의 보물창고가 있다. 그중 두 개는 차고에 들인 냉장고와 냉동고로 크기가 창고 수준이다. 보물창고 속에는 새벽부터 밭에 나가 씨를 심고 물을 대고, 잡초를 뽑으며 긴 시간을 지나야만 만날 수 있는 귀한 보물이 들어있다. 바로 엄마의 농

산물이다. 쌀, 간 마늘, 고춧가루, 참깨, 수박, 김치, 호박, 오이, 당근, 가지 철철이 없는 것이 없는 마트이다. 귀한 보물은 우리가 집에 가는 날이면 봇물 터지듯이 터져 나온다. 물론 가끔은 오래되어 유물이 되어 버린 물건들도 나오지만, 나의 폭풍 잔소리로 유물은 정리가 된다. 바닷가 근처이기에 새벽녘 군산까지 가서 들어오는 배에서 사 온 꽃게나 조기들도 있다. 그런 보물 창고에는 아무나 들어갈 수 없다. 엄마의 보물은 엄마의 방법대로 진열되어 있고, 선입선출법은 엄마만 알고 있다. 그저 무엇이 필요한지 '지니'에게 말하듯 부탁하면 나오는 신기한 곳이다. 모든 것을 준비하고 우리를 기다리는 외로운 창고지기 우리 엄마! 보물창고에 자주 들러 직접 발굴해야 하는데 자주 가지 못한다. 직접 준비한 것도 모자라 창고지기는 문 앞에 배달해 주기 위해 한 번 더 남의 손을 빌린다. 손 하나 까닥하지 않아도 보물이 우리 집 앞에 배달된 것은 엄마의 시간과 노력, 사랑을 배달받기에 더욱 귀하다. 덕분에 우리 집 냉장고는 엄마의 사랑과 정성으로 가득 차 있어 먹을 때마다 창고지기 엄마가 떠오른다. 엄마의 목소리가 듣고 싶다.

"헤이 지니, 사랑하는 우리 엄마에게 전화해 줘."

남편의 사업 실패로 신혼 초 어려움을 겪었다. 내가 강해진 것도 그 덕이 아닐까 생각한다. 내 나이 26살, 결혼 1년 만에 전세금을 부동산 사기로 날리고, 100일 된 젖먹이를 데리고 건물주 집에도 찾아가 보고 남편의 사업 실패로 수천만 원의 빚을 세 번이나 갚아보기도 하였다. 한번은 7개월 동안 월급을 받지 못하고 회사가 악의적으로 폐업을 한 일도 있었다. 결혼한 이후로 감당하기 어려운 상황마다 시어머니와 엄마의 위로와 격려로 힘든 시간을 견뎌낼 수 있었다. 이혼을 생각하고 힘들어할 때도 엄마는 남편을 격려하고 앞으로 어떻게 살아갈지 조언을 해 주시고 도움을 주셨다. 내가 양분이 많은 화단에 살고 있구나! 느끼게 만든 순간이었다. 어른다움이 무엇인지 엄마를 통해 알았다. 엄마는 인생 멘토이자 꽃집 사장님이시며 보물선 선장님이고, 사랑의 우체부이며 한우 농가 사장이다. 요즘 말로 '프로 N 잡러'이다. '미운 오리 새끼'를 백조로 키워주신 우리 엄마. 살갑지 않아 마음에 담은 말을 표현 못하지만, 덕분에 견딜 수 있었고 엄마를 모델링 삼아 나도 좋은 엄마가 되기 위한 연습을 하게 되어 감사하다는 말을 전하고 싶다.

엄마의 화단은 꽃과 나무들로 가득하고 사랑과 정성, 이야기로 가득하다. 부모님 집에 가는 날이면 '프로 N 잡러' 엄마는 집에 안 계실 때가 많다. 강아지 뭉실이와 화단에 꽃과 나무들이 우리를 먼저 반겨준다. 엄마를 보듯 우리도 화단의 꽃과 나무들을 먼저 돌아보며 부모님의 집을 살핀다. 오래된 나무부터 최근에 키우기 시작한 화분들까지 엄마의 오랜 친구들이 싱그러운 모습으로 반겨주기에 친정집은 언제나 온기로 가득하다. 마음에 구멍이 숭숭 뚫리고 유난히 힘든 날 집에 더 가고 싶은 이유이다. 여전히 양분이 많은 화단의 꽃과 나무는 잘 자라고 있다. 앞으로도 오래오래 잘 자라도록 엄마가 건강하고 행복했으면 좋겠다.

자신을 녹여 세상을 밝히는 촛불처럼 시종일관 자식을 염려하고 돌보는 부모의 정성으로 당신이 밝게 빛나고 있음을 기억하길 바란다.

그대를 만나고

"엄마, 다시 태어나면 뭐 하고 싶어?"

"나는 공부 많이 해서, 훌륭한 사람 되고 싶다. 십일조도 많이 하고."

38년생 엄마는 중학교까지 다녔다. 외할아버지는 여자가 무슨 공부를 하냐며 학교를 못 다니게 했다고 한다. 엄마가 일주일이나 굶고 나서야 뜻을 이뤘다고 하니 얼마나 당찬 여자였는지 알만하다.

"삼 일째까지는 참을만하더라. 다음날부터는 진짜 힘도 없었어야. 외할머니가 겨우 설득해서 외삼촌하고 같이 사는 조건으로 광주에 갈 수 있었다."

시골 부잣집 막내딸로 태어났던 엄마에게도 부족한 것이 있었다. 공부, 세상에 대한 호기심, 여자라는 굴레.

본인이 그토록 가고 싶었던 학교를 딸 다섯 명 모두, 대학교까지 보냈다. 자신이 그렇게 사는 것이 못 배워서, 결혼을 잘못해서라 생각했다. 교육에 대한 열망을 우리를 통해 현실로 만들었다.

"내가 니들 이렇게 살라고 없는 형편에 대학교까지 보낸 줄 아냐?"

"누가 학교 보내달라고 했어?"

해서는 안 될 말을 하고 말았다. 엄마는 와르르 무너지는 산처럼 바닥에 주저앉아 울기 시작했다. 그때부터 시작된다. 아빠를 만나서 고생한 이야기, 시댁의 설움, 자신의 못 이룬 꿈, 시장에서 장사하다가 무시당했던 것까지 쏟아붓고서야 레퍼토리는 끝났다. 우두커니 서서 엄마의 넋두리를 들었다. 엄마는 어떻게든 학교에 보내려고 했지만, 나는 학비까지 빌려서 다니는 학교가 싫었다. 학교에 간들 문제가 해결되는 것도 아니다. 또 돈이 우리를 힘들게 했다. 하다못해 교복, 책까지 필수품을 사려고 해도 돈 걱정을 해야 했다. 엄마가 돈을 빌리러 나갈 때는 못 구해 올까 봐 걱정됐다. 빌리지 못했을 때는 또 엄마의 푸념이 시작됐고, 빌려 왔을 때는 갚을 걱정에 한숨을 쉬었다. 이래저래 엄마는 힘들었고, 나는 그런 상황이 싫었다. 왜 나는 돈 없는 집에 태어났을까. 학교에 보낼 형편도 안 되면서 엄마는 무엇을 위해 저렇게까지 하는 걸까. 여러 생각이 들었지만 묻지 않았다.

나는 42살이고, 엄마는 올해 85살이다. 내가 엄마와 같이 산 시간은 고작 27년이며, 그마저도 엄마를 다 안다고 할 수 없다. 지워진 기억처럼 궁금한 마음에 가끔 엄마에게 묻는다.

"엄마, 첫사랑은 누구였어? 아빠는 어떻게 만났어? 딸 다섯 중에 누가 제일 좋아? 돈 많이 벌면 뭐 하고 싶어? 앞으로 남는 삶 동안 하고 싶은 건 뭐야? 엄마 뭐 먹고 싶어?"

왜 진작 엄마의 삶을 묻지 않았는지 아쉽기만 하다. 엄마는 대화하는 법을 몰라서 자꾸 모르겠다고 대답한다. 부끄러운 건지 정말 기억이 나지 않는 건지 모르겠다. 타임머신이 있다면 엄마의 어린 시절을 보러 가고 싶다. 들판을 뛰어다녔을 여자아이, 동네 어르신들에게 예쁨을 받았을 소녀, 외할머니를 지극히 사랑했다는 효녀가 궁금하다. 그녀를 만나면 꼭 이야기해 주고 싶다.

"기죽지 말고 살아. 여자여도 넌 할 수 있는 게 많아. 사랑하는 남자와 결혼해. 아무리 바빠도 딸들과 대화하는 시간을 가져. 오래오래 살 거니까, 해보고 싶은 거 다 해봐."

DNA는 진화된다고 했다. 엄마의 강력한 핏줄이 막내인 내게 이어지면서, 나는 2023년 현대판 엄마의 아바타로 살고 있다. 엄마는 알고 있는 거는 누구에게 알려줘야 직성이 풀린다. 식당에서도 옆사람에게 TV에서 봤다며 무엇인가를 알려준다. 교회 버스를 타면 엄마 혼자만 계속 이야기한다. 나도 그렇다. 알려주고 싶어서 안달이 났다. 대신 나는 블로그에 글을 쓰고, 유튜브에 영상을 올린다.

엄마는 지금도 무언가를 배운다. 걸을 힘이 있었을 때는 주민 센터에서 요가도 배우러 다녔다. 지금은 TV가 엄마의 선생님이다. 나도 배우는 것을 무진장 좋아한다. 호기심에 배워보는 것도 있고, 몇 백만 원을 투자해서 전문적으로 공부하는 분야도 있다. 엄마의 상인 기질을 이어받아서, 나는 잘 판다. 어렸을 때부터 엄마가 시장에서 옷 장사를 하는 것을 보고 자라서 그랬나 보다. 나는 인터넷이란 도구 덕분에 공부하면서도 돈을 버는 시대에 살지만, 엄마 시절에는 어려웠을 것이다.

우연히 엄마의 사진 한 장을 찾았다. 검정 선글라스, 분홍 블라우스, 나팔바지를 입은 엄마는 낯설었다. 여행을 가서 찍은 사진이었다. 세상 구경 다 하고 싶었던 엄마인데, 막상 내 기억 속에는 가족들과 다녀본 여행이 없다. 옷을 뺏긴 선녀처럼 하늘을 바라보면서 울었을 엄마를 생각하면, 속상하다. 나는 해보고 싶은 거 맘껏 하자 싶어서 여행을 다니기 시작했다. 그러다가 여행 병에 걸려버렸다. 코로나19 전에는 일 년에 두세 번씩 해외여행을 다녔다. 코로나 때에도 바람을 참지 못해 국내는 어디든 발길 닿는 곳이면 가고 봤다. 여행을 다닐수록 안 가본 곳에 대한 호기심에 떠날 궁리만 한다. 그렇다 보니 여행을 가서도 돈 벌 방법을 몇 년째 만들어 내고 있다. 엄마의 딸이라는 증거다.

이적의 '다행이다'라는 노래를 들으면 엄마부터 생각났다. 엄마의 막내딸로 태어나서 다행이다. 얼마나 깊은 인연이었으면 엄마와 딸로 만났을까. 시간이 지나면서 이런 생각이 든다.

엄마 때문에 내 삶이 부끄럽고 싫었다. 숨기고 싶었다.
지금은 엄마 덕분에 그녀의 피를 이어받아 당당하게 하고 싶은 일을 하면서 산다.
'엄마'라는 그대를 만나고 너무 늦게 알아버린 것들이다.

♥ 최
덕
분

엄마의 네 가지 가르침

86년 인생을 거친 비바람과 맞서 싸우며 걸어오신 엄마의 발자취는 가장 아름다운 길이었습니다. 수많은 삶을 몇 권의 책으로 써도 다 기록할 수 있을까요? 지금은 비록 주름이 쪼글쪼글하고 허리가 다 굽은 모습이지만 제겐 가장 큰 스승이요 멘토였습니다. '백옥순 여사' 내 엄마.

나를 이 세상에 태어나게 해 주셨어요. 좋은 가정을 꾸려 행복하게 살 수 있도록 원동력이 되어 주셨습니다. 그리고 '고마워 디자이너'로 많은 사람에게 사명을 다하여 살아갈 수 있도록 '사랑과 나눔'을 가르쳐 주셨지요. 인생 풍파를 거쳐 오면서 끝까지 이겨내고 버틸 수 있었던 힘은 엄마의 보이지 않는 가르침 덕분이었습니다. 고마워 컴퍼니 대표가 되기까지 남편의 도움도 있었지만 내 엄마로 살아준 '백옥순' 여사 덕분이었습니다. 따뜻한 체온을 나누며 순수한 감성을 소유한 엄마는 네 가지 가르침을 주셨습니다.

첫 번째, 젊은 나이에 홀로 되신 시어머님을 지극히 공경하는 '효의 자세'였습니다. 가장 우선순위로 할머니를 먼저 챙기고 사랑의 교육을 보여주신 엄마는 '효부상'을 타셨습니다. 시집간 네 명의 딸에게 가장 많이 말씀하신 것이 바로 '시부모님을 지극히 섬겨라'였습니다. 어려서부터 엄마가 할머니를 따뜻하게 섬기는 모습을 보고 자란 네 자매는 엄마의 가르침대로 시댁에 잘했습니다. 그 덕분에 남편에게 고마운 아내로 존중받게 되었지요. 저 또한 시어머님은 마치 할머니의 존재와 같습니다. 돌아가신 할머니의 사랑이 떠오르면서 90세가 다 된 시어머님을 "엄마."라고 부르며 따뜻하게 안아주고 있습니다.

부모님을 공경하는 우리 부부의 뒷모습을 지켜본 삼 남매도 할머니를 사랑하는 마음이 큽니다. 아내로, 엄마로, 며느리로 존중받고 사랑받을 수 있었던 비결은 바로 엄마의 가르침 덕분이었습니다.

"섬김의 모델이신 엄마, 사랑합니다."

두 번째로는 '나눔'을 몸소 보여주신 엄마 덕분에 고마워 디자이너가 되었습니다. 친척 중에 먹을 게 없어 굶으신 분들이 있으셨는데요. 엄마는 그분을 집으로 모셔와 따뜻한 밥 한 끼니를 주셨습니다. 엄마 시절에는 배고픔이 가장 서러웠던 시절이었어요. 다행히 밭농사, 논농사를 지을 땅이 있었기에 굶지 않았습니다. 엄마도 가난한 생활을 하셨음에도 불구하고 친척들을 따뜻하게 안아주시고 위로를 해주셨습니다. 사촌 언니, 오빠들도 엄마에게 따뜻한 위로를 많이 받으셨습니다. 지금도 친척들과 사촌 언니들은 엄마에게 전화도 주시고 용돈도 주십니다. '뿌린 대로 거둔다'는 황금률을 몸소 실천하신 엄마에게 사람들은 자식 농사를 잘 지었다고 칭찬하십니다. 힘들거나 어려웠던 분들에게 따뜻한 관심과 사랑을 나눔 하신 엄마의 뒷모습 덕분에 엄마와 닮은 삶을 살아가고 있습니다. 저를 만나는 분들에게 조금이라도 더 주려는 마음, 나누려는 마음은 엄마에게 물려받았습니다. 힘든 상황들을 극복하며 끝없이 도전하셨던 '백옥순 여사' 엄마 덕분에 고마워 마인드 경영을 몸소 실천하고 있습니다.

"존경하는 엄마, 참으로 당신은 위대하십니다."

세 번째, '배움의 자세'입니다. 엄마는 무학력입니다. 초등학교도 들어가지 못하셨습니다. 아버지가 돌아가시고 교회를 다니셨는데요. 성경을 통해 한글을 독학하셨습니다. 홀로 되신 시어머니와 네 명의 딸의 가장이셨던 엄마가 한글을 배운다는 것은 생존 그 자체였습니다. 낮에는 품앗이와 밭농사, 논농사를 지으시고 피곤한 몸으로 밤마다 성경책과 찬송가를 가지고 씨름하였습니다. 한 자 한자 보고 따라 필사하며 한글을 익히셨던 엄마의 끈질긴 노력은 처절한 몸부림이었습니다. 한글과 숫자를 독학하시고 시계 보는 방법도 연구하셨습니다. 한글을 아시면서부터 각종 세금 고지서도 혼자 읽으시고 더 넓은 세상을 알아가기 시작하셨습니다. 그리고 일찍 사회에 나간 언니들의 편지를 읽는 기쁨으로 살아오셨습니다. 생존의 한글을 홀로 터득하신 엄마의 배움의 자세는 저게 큰 영향을 주셨습니다. 배움을 곧 실행으로 연결하였던 엄마의 모습을 닮아, 저는 노력 끝에 3p 마스터가 되어 제대로 나눔 하는 모습으로 성장하고 있습니다. "몸소 보여주신 배움의 자세, 참으로 고맙습니다."

네 번째는 '돈의 지혜'입니다. 엄마의 경제력은 참으로 대단하십니다. 당신에게는 철저하게 아끼시고 자식들에게는 과감하십니다. 평생 근검절약과 저축의 방법으로 목돈을 만드셨습니다. 아낄 때는 철저하고 아끼시고 상황에 맞춰 통 크게 쓰십니다. 자식들이 준 용돈을 차곡차곡 모으십니다. 명절이나 엄마를 뵐 때면 손주와 사위들에게 과감하게 주십니다. 돈을 모으는 방법과 돈을 사용하는 지혜를 가지신 엄마는 생각지도 못할 때 돈의 지혜로 감동을 주십니다.

'돈'을 잘 사용하면 기쁨과 행복이 된다는 것을 잘 아시는 엄마에게 꼭 배워야 할 부분입니다. 저는 그동안 돈을 모으지 못했고 불필요한 곳에 사용했습니다. 경제력이 없던 저에게 엄마는 '돈의 지혜'를 몸소 보여주시고 깨달음을 주셨습니다.

"존경하는 지혜의 멘토이신 엄마, 사랑합니다."

나이를 먹을수록 엄마를 닮아가는 게 싫었습니다. 하지만 인생 후반전을 살아가는 저를 발견하면서 알게 되었습니다. 엄마의 인생을 닮아가고 있다는 것이 소중하고 축복임을 알게 되었습니다. 참된 인생을 살아가는 네 가지 방법을 엄마에게 발견하면서 변화되기 시작했습니다. 삶의 지혜를 몸소 보여주신 엄마 덕분에 제가 여기까지 오게 되었어요. 엄마가 몸소 보여주셨던 지혜들은 인생 후반전을 살아가는 저에게 삶의 힘이 되어 주셨습니다.

　덕분이의 엄마로, 내 엄마로, 살아주신 엄마께 참으로 고맙습니다. 사랑합니다. 덕분입니다. 행복합니다.

최
정
선

엄마가 있어 내가 있다

결혼하고 이렇게 살아야지 생각 한 대로 살고 있는 사람은 얼마나 될까?

엄마가 되기 전에 이런저런 준비를 하고 엄마가 되는 사람이 과연 몇이나 될까?

엄마도 세 아이의 엄마였고, 나도 세 아이의 엄마가 되었는데 좋은 엄마가 따로 있는 걸까?

태어나 자라면서 어른이 된다. 결혼하고 아이를 낳고서야 드디어 엄마가 된다. 자고 있는 아이의 얼굴을 바라보면서 좋은 엄마가 되고 잘할 수 있을 거라 믿었다. 하지만 아이가 커 갈수록 모르는 것이 많고 힘들 때가 한두 번이 아니다. 몸이 아프거나 도움이 필요할 때, 마음이 힘들고 외로울 때면 엄마가 무척 보고 싶었다.

엄마도 아빠와 행복한 결혼생활을 원하지 않았을까? 딸에게 공주 치마도 입히면서 예쁘게 키우고 싶었을 테다. 말 안 들어 속상하게 하면 눈물 나게 혼내고. 우는 모습이 안쓰러워 안고 토닥여 주기도 했을 거다. 주말과 휴일에 날씨가 좋으면 자주 손잡고 공원에 갔겠지. 애지중지 키운 딸이 결혼하는 날, 혼주 자리에 앉아서 사위에게 큰절을 받으면서 눈시울도 붉어지셨을 테다. 임신해서 배가 부른 딸이 배 아파 낳은 손주도 보고 안아주고 싶었을 거다. 결혼하여 아이를 낳으면 그렇게 하고 싶은 마음, 엄마도 그러지 않았을까? 엄마 없는 빈자리, 그 외로움이 너무 컸다. 그 마음을 알기에. 내 아이에게만큼은 물려주고 싶지 않다.

엄마의 역할에 대한 매뉴얼이 없다. 매뉴얼이 있다 해도 참고만 할 뿐 그대로 살아내는 것이 쉽지 않다. 엄마가 아이를 낳고 어느 정도 자랄 때까지 씻겨주고 입혀주고 먹여준다. 힘들 때 격려하며 때론 혼을 내기도 하고, 아플 때는 보살피며 고민이 있을 때 들어주는 그런 엄마. 성인이 되어 독립할 때까지 한 집에 살며 든든한 울타리가 되고 싶었다. 그런데 지금 아들, 딸에게 그렇게 하지 못하고 있다. 내가 어려서 바랬던 부분을 내 아이들도 가장 원했던 것이었다. 함께 해 주지 못한 마음 정말 미안한 일이다. 너무 힘들어 선택했지만, 엄마의 책임을 다하지 못해 죄책감이 있었다.

"엄마가 곁에 있어 주지 못해 정말 미안해"

내 엄마와, 나, 우리 아이가 사는 세상이 달라졌다. 나는 엄마에게 원하는 것을 이야기하지 못했다. 새엄마의 양육 태도가 내게 많은 영향을 주었다. 심한 학대로 생각과 감정이 억눌려 있었다. 내 생각을 이야기하는 것이 너무 어려웠다. 주변의 눈치를 살피며 말하고 행동하는 것에 익숙했다. 남들의 시선을 의식하지 않고 편하게 밥을 먹으며 자연스러운 대화를 한다는 건 정말 쉽지 않았다. 지금도 어떤 상황과 환경에서 눈치 보며 긴장된 모습을 보일 때가 있다. 새엄마와 대화할 때 들어야만 했다. 생각만 하고 말로 표현하지 못했다. 말로 표현하는 방법이 서툴고, 어떤 언어를 사용해야 하는지 몰랐다. 생일날 엄마가 끓여준 미역국이 너무 먹고 싶었지만 내뱉지 못했다. 돌이켜보니 엄마와 자연스러운 대화와 편하게 말해본 경험이 없었다. 못했다. 반면, 내 아이들은 본인의 생각과 감정을 솔직하게 표현하고 도움이 필요할 때 요청한다. 때론 엄마가 걱정할까 속으로만 생각한 게 있는지 넌지시 물어본다. 다행히 그때 왜 그랬는지 답해준다. 그런 두 아이에게 고맙고 대견하다. 엄마의 마음을 담아 경청하고 공감하며 필요할 때 도와주는 엄마가 되려 한다. 아이들에게 든든한 안전기지가 되리라 믿는다.

겨우 세 살 된 나를 떠나야 했던 엄마. 나는 엄마가 곁에 계시지 않은 외로움이 너무 크게 자리 잡고 있었다. 요즘 주변에서 모친상 이야기를 들으면 가슴이 먹먹해지기도 하지만 조금 부럽기도 하다. 울 엄마도 어른으로 자라는 과정을 지켜보며 어여쁜 손주의 재롱도 보고 돌아가셨다면 얼마나 좋았을까 싶은 마음이 들어서 부럽다. 분명 엄마도 나와 같은 마음이었으리라. 엄마가 돌아가신 후 생각이 바뀌었다. 건강하고 행복한 엄마의 모습을 보여주는 것이 내 삶의 목표가 되었다. 나이가 든 자녀 곁에 오래도록 옆에 있어 주는 엄마, 몸과 마음이 건강하여 언제나 든든한 버팀목의 엄마가 되어 줄 거다.

가끔씩 꿈을 꿔 본다. 아침에 일어나 엄마가 차려준 따뜻한 밥 먹고 인사하며 학교에 가고 싶다. 비 오는 날, 학교 정문에서 우산 들고 마중 나온 엄마와 집에 오고 싶다. 주말 아침, 부스스한 얼굴로 목욕탕에 가서 등을 밀어주며 시원한 바나나 우유를 함께 마시고 싶다. 손잡고 마트 가서 장도 보고 식당에 마주 앉아 수다 떨며 밥도 먹고 싶다. 남편이 힘들게 하면 투정도 부리고 싶다. 사위 사랑은 장모라고 맛있는 반찬에 감동받는 영상도 보내드리고 싶다. 일이 힘든 날이면 손주도 며칠씩 맡아 달라고 부탁드리고 싶다. 생신, 어버이날에는 선물과 용돈도 드리는 그런 소소한 행복도 느끼고 싶다. 엄마가 없어 느끼지 못한 장면을 상상만 해 본다. 소소한 꿈들을 이루기 위해 건강한 모습으로 아이들 곁에 머물기 위해 오늘도 노력한다.

엄마가 있어 내가 있다. 엄마가 되고 보니 엄마의 마음이 이해된다. 엄마는 분명 뱃속에서부터 나를 지켜주셨다. 아빠와 사는 동안 가슴 아프고 힘든 상황에서도 나를 키우려 노력하셨다. 얼마나 힘드셨을지, 얼마나 아프셨을지 모두 헤아릴 수는 없다. 엄마도 최선을 다하셨지만 이혼을 선택할 수밖에 없었다. 어린 딸을 생각하며 얼마나 우셨을지도 그려진다. 재혼하고 다시 잘 살고 싶어서 애쓰셨을 모습에 가슴이 먹먹하다. 갑작스럽게 쓰러지고 모든 걸 놓고 이별해야 할 상황. 준비되지 않은 죽음 앞에서 얼마나 아프셨을지 헤아릴 수 없다. 그럼에도 불구하고, 나는 건강하게 성장했다. 남들보다 빨리 철이 들었다. 하고 싶은 꿈을 또렷하게 갖고 그 일을 계속하고 있다. 주변을 살피며 대처 능력이 뛰어나다. 무슨 일을 하든 융통성 있게 행동한다. 이런 강점들을 가지고 나답게 살 수 있어 너무 감사하다. 엄마의 빈자리가 상처와 아픔으로 여겨졌던 철없던 시절도 있었다. 하지만 내가 엄마가 되면서 깨달음과 감사함이 너무 많다. 지금, 엄마가 살아계신다면 이 말을 꼭 전하고 싶다.

"엄마! 낳아 주셔서 감사해요."
"난 엄마의 자랑스러운 딸이 되어가고 있어요."

김성신

　　　　　엄마에 대한 글을 쓰기까지 많이 망설였다. 처음에는 쓸 말이 없을 것 같아서였고 쓰기로 마음먹고 나서는 좋은 기억과 함께 안 좋은 기억들이 떠올랐기 때문이다. 하지만 글로 풀어놓고 보니 지난 과거의 일들이, 나의 글들이 소중하게 느껴진다. 결혼하고 사는데 바빠서 엄마에 대해 시간을 내서 생각해본 적이 있었나 싶다. 나를 낳아주신 엄마에게 감사의 마음을 전하며 이제는 그저 건강하시길 바랍니다. 엄마 사랑해요.

김유성

　　　　　'엄마'라고 부르기보다는 '어머니'라고 불러야 더 어울리는 나이가 되었다. 아무리 물을 퍼내도 다함없는 바다처럼 삶의 어려움을 품어 내신 어머니를 이 책을 공저하면서 만나고 막 돌아선다. 한 번도 삶을 원망지도 불평하지도 않으신 어머니. 다시 한번 고개 돌려 바라본다. 여전히 햇살을 닮은 환한 미소로 손 흔들며 서 계신 어머니를 큰 팔 벌려 안아드립니다. 때로는 어린아이처럼 삶의 유머를 잃지 않으시던 어머니. 당신께서 저의 어머니시라는 것이 더없이 감사하고 자랑스럽습니다.

이소희

　　　　　　몽글몽글 간지럽고 묵직하게 아린 풍성한 꽃다발을 한아름 사 왔다. 시들어 버릴까 걱정되는 마음, 가성비를 따지고 합리화하는 마음을 설득하여 꽃다발을 품에 안기까지의 과정이 쉽지 않았다. 위축되고 두려웠던 마음에 알록달록 색을 칠하며 추억을 정돈했다. 현재를 살아내고 미래로 나아가기 바쁜 시기이지만 과거를 들여다보며 마음을 어루만졌다. 꽃향기가 온몸에 스며들어 포근히 안긴다. 소중한 꽃다발을 어디에 놓아야 할까. 엄마도 이 꽃다발을 마음에 들어 할까. 그냥 엄마에게 선물해야겠다.

이영숙

　　　　　　꽃이 피기 전까지 해바라기는 해를 쫓아다닙니다. 해는 엄마고 해바라기는 자식처럼 느껴집니다. 자식이 성장하기 전까지 엄마는 필요한 존재입니다. 글을 쓰며 어린 시절 엄마를 만났습니다. 해처럼 따스한 사랑으로 키워주신 엄마는 거친 세상을 살아갈 힘을 주셨습니다. 때론 바쁜 일상에 지치고 넘어질 때도 있습

니다. 그럴 때마다 전화기 너머로 들려오는 엄마의 목소리는 위로
가 되고 삶의 활력이 됩니다. 세상에 태어나 가장 행복한 일은 제
삶에 엄마를 만난 것입니다. "엄마! 당신은 제 삶에 기적 같은 선물
입니다."

전태련

얼마 전 아빠가 말씀하셨습니다. "너 어릴 때 글을
잘 써서 글 쓰는 일을 할 줄 알았다" 어릴 때 글 쓰는 것을 즐겨 했
기에 아버지는 못내 아쉬우셨나 봅니다. 20년 전 힘든 일을 겪으며
'성공을 하면 꼭 내 이야기를 써야지' 막연한 다짐만 했던 저는 아
빠의 바람대로 계획보다 앞당겨서 공저 작업을 하게 되었습니다.
아직은 아무것도 아닌 미완성인 한 사람이지만 이렇게 목표대로 하
나씩 해나갑니다. 비록 엄마를 표현하기엔 많이 부족한 글이지만
첫발을 내딛는 계기를 만들어 주신 든든하게 내 편과 빽이 돼주시
는 아빠께 무한 감사드리고 부디 건강하시길 바라고 또 바랍니다.

정혜연

글을 쓰며 어릴 적 기억을 더듬어 추억여행을 다
녀온 기분이 든다. 엄마와 이야기를 나누며 일치하는 기억도 일치

하지 않는 기억도 하나같이 소중했다. 어렴풋했던 기억이 또렷해지고 영화 필름을 돌려보는 것 같아 꽤 오래 기억에 남을 것 같다. 엄마의 딸로 태어남이 감사하고 이 책이 출간된 후에 엄마와 나눌 이야깃거리가 더 많을 것 같다. 마흔 중반이 되니 일과 시간을 핑계로 함께 할 시간이 줄었는데 엄마와 많은 이야기를 나누고 서로의 감정을 공유하며 격려와 응원으로 엄마도 나도 행복하게 살아가길 바란다. 이런 마음 나눔은 나의 딸에게도 고스란히 전해질 것이다.

최서연
_____

엄마의 딸로 태어나, 그녀의 삶을 기록한다는 것은 아름다운 작업이다. 기억의 파편을 맞추기 위해 엄마와 대화해보는 시간도 가졌다. 왜 진작 이런 주제로 말해보지 못했을까 후회스러웠다. 어렸을 때는 이해하기 어려웠던 엄마의 말과 행동을 어렴풋하게 받아들일 수 있는 나이가 됐다. 십 년이 지나 오십 대가 되면 엄마를 더 알 수 있겠다는 아쉬움도 있다. 그때까지 내가 할 일은 엄마의 이름을 빛낼 막내딸로서 세상을 아름답게 만들어가는 것이다.

최덕분

지금까지 살아온 삶을 되돌아보았습니다. 깊은 내면을 들여다보면서 저의 모습이 점점 엄마를 닮아갔습니다. 어린 시절부터 보아온 엄마의 뒷모습은 저의 삶을 만들어갔습니다. 앞으로 살아가는 엄마의 네 가지 가르침은 평생토록 디딤돌이 되어갈 것입니다. 부모님을 공경하는 마음, 나눔의 마음, 배움의 자세, 돈을 대하는 자세가 '고마워 디자이너' 제2의 인생이 되었습니다. 사랑하는 엄마의 삶을 본받아 더 많은 분들에게 고마움의 마음을 널리 전하겠습니다. 고맙습니다. 사랑합니다. 덕분입니다. 행복합니다. (고사덕행)

최정선

가슴에 담고 있던 엄마를 불러볼 수 있어 감사했다. 내가 엄마가 되고 자녀를 키우면서 엄마의 삶을 이해하고 진심으로 위로해 주고 싶은 마음이 생겼다. 내가 그렇듯 엄마도 처음부터 엄마는 아니었다. 엄마가 자녀에 대한 책임을 다하지 못했다는 자책도 많이 하셨을 거다. 엄마의 삶을 잘 살고 싶으셨고 많이 애쓰셨다. 내가 지금 그러하듯 말이다. 엄마가 나에게 해주지 못해 가슴 아프게 남겨진 것을 나는 내 자녀들에게 충분히 해주는 엄마가 되기 위해 노력할 것이다.